THE WALKING DEAD

Obras dos autores publicadas pela Galera Record

The Walking Dead: *A ascensão do Governador*
The Walking Dead: *O caminho para Woodbury*
The Walking Dead: *A queda do Governador – parte um*

ROBERT KIRKMAN
E JAY BONANSINGA

THE WALKING DEAD

A QUEDA DO GOVERNADOR

PARTE UM

Tradução
Mariana Kohnert

1ª edição

GALERA RECORD
RIO DE JANEIRO • SÃO PAULO
2014

CIP-BRASIL. CATALOGAÇÃO NA FONTE
SINDICATO NACIONAL DOS EDITORES DE LIVROS, RJ

Kirkman, Robert, 1978-
K65t The Walking Dead: A queda do Governador: Parte um
Robert Kirkman, Jay Bonansinga; tradução Mariana Kohnert.
- 1. edª. - Rio de Janeiro: Galera Record, 2014.
(The Walking Dead; 3)

Tradução de: The Walking Dead: The Fall of the Governor
- Part one
Sequência de: The Walking Dead: O caminho para Woodbury
ISBN 978-85-01-10066-5

1. Ficção americana. I. Bonansinga, Jay. II. Kohnert, Mariana.
III. Título. IV. Série.

13-05882 CDD: 813
CDU: 821.111(81)-3

Título original:
The Walking Dead: The Fall of the Governor - Part one

Publicado mediante acordo com St. Martin's Press, LLC.

Texto revisado segundo o novo Acordo Ortográfico da Língua Portuguesa.

Composição de miolo: Abreu's System

Adaptação de layout de capa: Renata Vidal

Direitos exclusivos de publicação em língua portuguesa somente para o Brasil
adquiridos pela
EDITORA RECORD LTDA.
Rua Argentina, 171 – Rio de Janeiro, RJ – 20921-380 – Tel.: 2585-2000,
que se reserva a propriedade literária desta tradução.

Impresso no Brasil

ISBN 978-85-01-10066-5

Seja um leitor preferencial Record.
Cadastre-se e receba informações sobre nossos
lançamentos e nossas promoções.

Atendimento e venda direta ao leitor:
mdireto@record.com.br ou (21) 2585-2002.

Para Sheri Stearn, minha fiel leitora e outra mãe, e para Diego, pela mecânica da morte e da destruição

— Jay Bonansinga

AGRADECIMENTOS

Um obrigado muito especial para o cara, Robert Kirkman, que nunca falha em tirar mágica da cartola; para Andy Cohen, minha bússola profissional; para Brendan Deneen, meu editor e melhor amigo; para Christina MacDonald pela melhor edição de texto do mundo; e para David Alpert, que mantém tudo unido. Um enorme obrigado também para Kemper Donovan, Nicole Sohl, Stephanie Hargadon, Denise Dorman, Tom Leavens, Jeff Siegel e meus meninos, Joey e Bill Bonansinga. Por fim, mas não menos importante, meu amor e minha gratidão imortais à mulher que mudou minha vida e me tornou um escritor e homem melhores, Jill Norton Brazel.

— Jay Bonansinga

PARTE 1

A Reunião

Então quando a última e sofrida hora
Este espetáculo em ruínas devorar,
O trompete será ouvido às alturas,
Os mortos viverão, os vivos morrerão,
E Música perturbará o céu.

— John Dryden

Um

Contorcendo-se de dor no chão, Bruce Allan Cooper arqueja, pisca e tenta recuperar o fôlego. Ele consegue ouvir os rosnados guturais, animalescos, de meia dúzia de Mordedores que vêm em sua direção, aproximando-se para se alimentar. Uma voz na mente de Bruce grita: *Anda, seu idiota de merda! Sua bicha! O que está fazendo?!*

Um enorme afro-americano com o físico de um ala da NBA, com a cabeça raspada em formato de míssil e um cavanhaque grisalho, ele rola pela terra áspera, evitando por pouco os dedos cinza em garras e a mandíbula estalando de uma Mordedora adulta com meio rosto.

Bruce percorre talvez 1,5 ou 2 metros até que uma pontada de dor explode pela lateral de seu corpo, irradiando fogo pelas costelas, tomando-o em uma agonia paralisante. Ele cai de costas, ainda segurando o machado de incêndio enferrujado. A cabeça do machado está coberta de sangue e cabelo humano, e da bile preta e viscosa que ficou conhecida entre os sobreviventes como excremento dos errantes.

Momentaneamente atordoado, os ouvidos zumbindo, um olho já se fechando pelo inchaço de um nariz quebrado, Bruce está vestido com o uniforme militar esfarrapado e coturnos da milícia oficiosa de Woodbury cobertos de lama. Ele consegue ver o céu da Geórgia acima — um dossel baixo de nuvens cinzentas imundas como água de lavar louça, inclemente e terrível para o mês de abril — e aquilo o provoca: *Você não passa de um inseto aí embaixo, menino Brucey, uma larva na carcaça de uma terra moribunda, um parasita alimentando-se dos restos e ruínas da raça humana que desaparece.*

De uma só vez, o panorama do céu sobre Bruce é ocultado por três rostos desconhecidos — planetas escuros que bloqueiam vagarosamente o paraíso —, cada um rosnando estúpida e ebriamente, cada par de olhos leitosos perpetuamente abertos e ansiosos. Um dos estranhos, um adulto obeso do sexo masculino, vestindo um jaleco hospitalar imundo, baba uma gosma preta que pinga na bochecha de Bruce.

— PORRAAAAAAAAA!

Bruce sai do estupor, encontrando uma reserva inesperada de força. Ele dispara com o machado. O lado pontiagudo arqueia para cima e empala o Mordedor gorducho no tecido mole abaixo da mandíbula. A metade inferior do rosto da coisa se solta e despenca, um corpo borrachudo de carne morta e cartilagem lustrosa que espirala uns 6 metros no ar antes de voltar para a terra e se esparramar.

Depois de rolar de novo e se levantar com dificuldade, Bruce executa um giro de 180 graus — relativamente gracioso para um homem grande agonizando de dor — e apunhala os músculos pútridos do pescoço de outra Mordedora que o ataca. A cabeça dela cai para um lado, agitando-se por um momento em fios de tecido desidratado antes de se soltar e quicar no chão.

A cabeça rola por alguns metros, deixando uma trilha de gosma preta, enquanto o corpo permanece de pé por um momento angustiante, contorcendo-se com braços irracionais esticados em um instinto cego terrível. Algo metálico se enrosca nos pés da coisa quando ela finalmente desaba no chão.

Bruce então ouve a coisa mais estranha que pode ser ouvida — abafada em seus ouvidos traumatizados — após a carnificina: *címbalos se chocando*. Pelo menos é o que parece aos ouvidos ainda zumbindo — um ruído latejante e metálico de algo se quebrando em sua mente — vir da vizinhança. Afastando-se com a arma na lateral do corpo, impulsionado pelo barulho, Bruce pisca e tenta se concentrar em outros Mordedores arrastando-se em sua direção. Há muitos deles para utilizar a picareta.

Bruce dá meia-volta para fugir, e, descuidado, corre diretamente na direção de outra silhueta que bloqueia o caminho.

— UOU!

A outra silhueta — um homem branco, de pescoço largo, compleição parecida com a de um hidrante, os cabelos loiros com um corte à escovinha antiquado no topo da cabeça — emite um grito de guerra e brande uma maça do tamanho da perna de um cavalo na direção de Bruce. O bastão com espinhos passa raspando pelo rosto de Bruce, a centímetros do nariz quebrado. Bruce instintivamente recua e tropeça nos próprios pés.

Ele desaba no chão em uma exibição esquisita que levanta uma nuvem de poeira e incita outra série de ruídos de címbalo vindos da névoa a uma curta distância. O machado sai voando. O homem de cabelos loiros se aproveita da confusão e ruge para Bruce com a maça erguida para a ação. Bruce resmunga e rola para longe do alcance dele no último minuto.

A cabeça da maça atinge o chão com força, cravando-se na terra a apenas centímetros do rosto de Bruce.

Bruce rola na direção da arma caída, que está jogada na terra vermelha a cerca de 3 metros. Ele fecha a mão em torno do cabo de madeira quando, de súbito, sem aviso, uma figura emerge da poeira bem à esquerda de Bruce. Ele desvia da Mordedora, que rasteja em sua direção contraindo-se languidamente como um lagarto gigante. Gosma preta escorre da boca inerte da mulher — os dentes pequenos e afiados são visíveis —, e sua mandíbula estala com vigor reptiliano.

Então outra coisa acontece e leva Bruce de volta à realidade.

A corrente que mantém a mulher no lugar subitamente estala, e o monstro alcança o limite de seu grilhão. Bruce emite um arquejo instintivo de alívio, a coisa morta a apenas centímetros de distância, investindo inutilmente contra ele. A Mordedora ruge com uma frustração grosseira, a corrente segurando firme. Bruce sente vontade de arrancar as órbitas dos olhos da coisa com as próprias mãos, de morder o pescoço daquele pedaço inútil de carne pútrida de merda.

Mais uma vez, Bruce ouve aquele ruído esquisito de címbalo estalando, bem como a voz do outro homem, quase inaudível em meio ao barulho:

— Vamos lá, cara, levante... levante.

Bruce começa a se mover. Ele segura o machado e luta para ficar de pé. Mais ruídos de címbalo estalando... quando Bruce gira, ele brande o machado com força contra o outro homem.

A lâmina erra por pouco a garganta do Escovinha, rasgando a gola do casaco de gola rulê do homem e deixando uma fenda de 15 centímetros.

— Que tal? — murmura Bruce ao tomar fôlego, andando ao redor do homem. — Isso é divertido o suficiente para você?

— Esse é o espírito — murmura o homem robusto, cujo nome é Gabriel Harris, Gabe para os amigos, ao brandir o bastão novamente, a cabeça da arma coberta de pregos ciciando ao passar pelo rosto inchado de Bruce.

— É tudo o que tem? — murmura Bruce, afastando-se bem na hora, e, em seguida, circundando Gabe pelo outro lado.

Ele ataca com o machado. Gabe investe com o bastão, e, em torno dos dois combatentes, os monstros rugem e gorgolejam suas ululações aquosas, debatendo-se contra as correntes, famintos por carne humana, instigados a um frenesi de comida.

Conforme a névoa de poeira nos arredores do campo de batalha assenta, o que restou de uma arena de corrida de terra entra em foco.

Do tamanho de um campo de futebol americano, com as bordas externas fechadas por tela metálica, a Pista de Corrida dos Veteranos de Woodbury está cercada pelas relíquias de antigas áreas de pit-stop e passagens cavernosas. Atrás da tela metálica erguem-se bancos dobráveis que se inclinam para o alto até enormes e enferrujados postes de luz. No momento, os bancos estão cheios de grupos formados pelos animados residentes de Woodbury. Os ruídos estalados dos címbalos são, de fato, os aplausos incontroláveis e as vozes de deboche da multidão.

Lá no miasma de poeira que gira em torno do campo da arena, o gladiador conhecido como Gabe murmura, de modo que apenas seu adversário ouça:

— Você está lutando feito uma maldita de uma garota hoje, Brucey. — A piadinha é pontuada por uma investida circular com o bastão na direção das pernas do homem negro.

Bruce dá uma cambalhota no ar, executando uma manobra que causaria inveja a uma estrela do World Wrestling Entertainment. Gabe golpeia de novo, ao que o bastão se solta e acerta a cabeça de um jovem Mordedor com macacão coberto de graxa, talvez um antigo mecânico. Os pregos se enterram no crânio cadavérico da coisa, fazendo fios grossos de fluido escuro jorrarem no ar antes que Gabe tenha a chance de puxar a maça e murmurar:

— O Governador vai ficar puto com sua atuação de merda.

— Ah, é? — Bruce contra-ataca com o cabo do machado, golpeando-o contra o plexo solar de Gabe e levando o homem robusto ao chão. O machado percorre um arco no ar e desce a apenas centímetros da bochecha de Gabe.

Gabe rola para longe e fica de pé, ainda murmurando.

— Não deveria ter comido aquela última porção de broa de milho ontem à noite.

Bruce investe em um novo golpe com o machado, a lâmina passando a centímetros do pescoço de Gabe.

— Olha quem fala, gorducho.

Gabe gira a maça várias vezes, empurrando Bruce de volta para os Mordedores acorrentados.

— Quantas vezes eu já te disse? O Governador quer que pareça *real*.

Bruce bloqueia a ferocidade dos golpes de maça com o cabo do machado.

— Você quebrou a porra do meu nariz, filho da puta.

— Pare de choramingar, otário.

Gabe golpeia mais e mais com a maça, até que os pregos se enterrem no cabo do machado. Gabe puxa a maça de volta e arranca o machado das mãos de Bruce. O machado voa pelos ares. A multidão vibra. Bruce se afasta às pressas. Gabe o segue. Bruce se interrompe e corre para o lado oposto, ao que Gabe se abaixa e, simultaneamente, golpeia as pernas do homem negro com a maça.

Os pregos se agarram à calça militar de Bruce, rasgando uma tira e lacerando a carne superficialmente. Bruce cambaleia e cai com força. Filetes de sangue espiralam através da luz pálida e empoeirada do dia, conforme Bruce rola.

Gabe recebe os aplausos frenéticos e descontrolados — as pessoas o fazem de maneira quase histérica — e se volta para a arquibancada, que está tomada pela multidão, a população pós-praga de Woodbury. Ele ergue a maça no estilo *Coração valente*. Os vivas crescem e aumentam. Gabe os incentiva. Ele se vira devagar com a maça acima da cabeça, uma expressão quase cômica de vitória masculina no rosto.

O lugar irrompe em um pandemônio... e nos bancos, em meio aos braços agitados e às vozes exultantes, apenas um espectador não parece comovido com o espetáculo.

Sentada na quinta fileira, bem longe, na ponta norte da arquibancada, Lilly Caul vira o rosto, enojada. Com uma echarpe de linho desbotada presa ao redor do pescoço para afastar o vento frio de abril, Lilly veste o jeans rasgado de costume, um casaco de brechó e um colar de contas de segunda mão. Enquanto balança a cabeça e emite um suspiro exasperado, o vento sopra fios de cabelo castanhos como caramelo ao redor do antes jovial rosto de Lilly, que agora exibe marcas do trauma — as rugas aninhadas ao redor dos olhos cor de água-marinha e dos cantos da boca —, tão profundas quanto as saliências de um couro curtido. Ela sequer está ciente de que resmunga.

— Malditos circos romanos...

— O que foi? — A mulher ao lado de Lilly ergue o rosto de um copo térmico de chá verde morno. — Você disse alguma coisa?

Lilly faz que não com a cabeça.

— Não.

— Você está bem?

— Bem... muito bem. — Lilly mantém o olhar distante enquanto o restante da multidão grita e urra e emite uivos de hienas. Ainda com trinta e poucos anos, Lilly Caul parece ao menos dez anos mais velha do que isso agora, com a sobrancelha perpetuamente franzida em consternação. — Se quer saber a verdade, não sei quanto mais desta merda aguento.

A outra mulher beberica o chá, pensativa. Coberta por um jaleco branco encardido sob a parca, com os cabelos presos em um rabo de cavalo, ela é a enfermeira da cidade — uma jovem determinada e de fala mansa chamada Alice —, que adquiriu bastante interesse na posição tênue de Lilly na hierarquia da cidade.

— Não é da minha conta — diz Alice, por fim, falando baixinho o suficiente para não ser ouvida por nenhum dos foliões próximos —, mas se fosse você, guardaria meus sentimentos para mim mesma.

Lilly olha para ela.

— Do que está falando?

— Pelo menos por enquanto.

— Não estou acompanhando seu raciocínio.

Alice parece vagamente desconfortável em conversar sobre aquilo em plena luz do dia, diante dos olhos de outros.

— Ele está nos observando, sabe.

— O quê?

— Agora mesmo, está vigiando.

— Você deve estar...

Lilly se interrompe. Ela percebe que Alice está falando da figura sombreada de pé no topo do arco de pedra, diretamente ao norte, a cerca de 30 metros de distância, sob o placar defeituoso. Escondido pelas sombras, a silhueta formada pelas luzes atrás de si, o homem está parado com as mãos nos quadris, observando a ação no campo com um brilho satisfeito nos olhos.

De altura e compleição medianas, vestido de preto, ele tem uma pistola de alto calibre presa ao quadril. À primeira vista, parece quase inofensivo, benigno, como o dono orgulhoso de uma terra ou um nobre medieval verificando sua propriedade. Mas mesmo àquela distância,

Lilly consegue sentir o olhar viperino dele — afiado como o de uma cobra — varrendo cada canto da arquibancada. E, a cada poucos segundos, aquele olhar elétrico recai sobre o canto no qual Lilly e Alice agora estão sentadas, trêmulas sob o vento da primavera.

— É melhor se ele achar que tudo está bem — murmura Alice para o chá.

— Cruzes — resmunga Lilly, olhando para o chão de cimento coberto de lixo abaixo dos assentos da arquibancada.

Outra onda de vivas e aplausos se ergue ao redor dela quando os gladiadores se enfrentam mais uma vez no campo, Bruce descontrolando-se com o machado, Gabe encurralado por um grupo de Mordedores acorrentados. Lilly presta pouca atenção à cena.

— Sorria, Lilly.

— Sorria *você*... Não tenho estômago para isso. — Lilly ergue o rosto para a ação repulsiva no campo por um momento, a maça abrindo os crânios podres dos mortos-vivos. — Simplesmente não entendo. — Ela balança a cabeça e vira o rosto.

— Não entende o quê?

Lilly respira fundo e olha para Alice.

— E quanto a Stevens?

Alice dá de ombros. O Dr. Stevens tem sido o bote salva-vidas de Alice há quase um ano, mantendo-a sã, ensinando a ela o ofício de enfermeira, mostrando-a como costurar os gladiadores surrados com os suprimentos médicos cada vez mais escassos armazenados na rede de catacumbas sob a arena.

— O que tem ele?

— Não o vejo concordando com essa merda horrorosa. — Lilly esfrega o rosto. — O que o torna tão especial a ponto de não precisar ser bonzinho com o Governador? Principalmente depois do que aconteceu em janeiro.

— Lilly...

— Por favor, Alice. — Lilly olha para ela. — Admita. O bom médico jamais aparece para essas coisas e está constantemente resmungando para qualquer um sobre os sanguinários shows de horrores do Governador.

Alice umedece os lábios e apoia a mão no braço de Lilly em sinal de aviso.

— Me escute. Não se engane. O único motivo pelo qual o Dr. Stevens é tolerado são as habilidades médicas dele.

— E daí?

— E daí que ele não é exatamente uma peça bem-vinda no reinozinho do Governador.

— O que está dizendo, Alice?

A mulher mais nova respira fundo de novo, então abaixa mais ainda a voz:

— Só estou dizendo que ninguém está imune. Ninguém tem estabilidade profissional por aqui. — Ela segura o braço de Lilly com mais força ainda. — E se encontrarem outro médico, um que seja mais empenhado? Stevens poderia facilmente acabar *lá dentro*.

Lilly se afasta da enfermeira, fica de pé e dá uma olhada na ação repugnante no campo.

— Para mim já chega, não aguento mais. — Ela lança um olhar ao norte, para a silhueta no vão imerso em sombras. — Não estou nem aí se ele está vendo.

Lilly começa a se mover em direção da saída.

Alice a segura.

— Lilly, apenas prometa... que irá tomar cuidado. Está bem? Tente não causar problemas? Como um favor a mim?

Lilly lança um sorrisinho frio e enigmático para Alice.

— Sei o que estou fazendo, Alice.

Então, Lilly se vira, desce as escadas e some pela saída.

Faz mais de dois anos desde que os primeiros mortos acordaram e se fizeram conhecer pelos vivos. Nesse período, o mundo maior, fora do isolamento rural da Geórgia, gradualmente chegou ao fim com a lenta inevitabilidade das células metastáticas, os grupos de sobreviventes tateavam em busca de vantagens em condomínios de edifícios comerciais, em shoppings desertos e em comunidades abandonadas. Conforme a população de errantes se incubava e multiplicava e os perigos cresciam, alianças tribais entre humanos eram formadas com um propósito.

A cidadela de Woodbury, no estado da Geórgia, no condado de Meriwether, situado na parte oeste do estado, a cerca de 110 quilômetros ao sul de Atlanta, se tornou uma verdadeira anomalia no reino dos assentamentos de sobreviventes. Originalmente uma pequena cidade agrícola de cerca de mil pessoas, com a extensão de uma rua principal de seis quarteirões e travessias ferroviárias, a cidade tinha sido completamente fortificada e reforçada por um material improvisado de guerra.

Caminhões de carga leve modernizados com metralhadoras de calibre .50 foram enviesados nos cantos externos. Antigos vagões da ferrovia, envolvidos em arame farpado e posicionados para que bloqueassem os pontos de entrada. Ao longo do centro da cidade, muralhas cercam o distrito central de negócios — algumas das barricadas apenas recentemente terminadas — no qual pessoas vivem suas vidas esquecidas, agarrando-se às lembranças de eventos da igreja e churrascos ao ar livre.

Seguindo pela área central das muralhas, caminhando com determinação pelas pedras de cimento rachado da rua principal, Lilly Caul tenta ignorar o que sente sempre que vê os fantoches do Governador passeando diante das lojas, com AR-15 presas bem acima do peito. *Não estão só mantendo os errantes fora... também nos mantêm dentro.*

Lilly é *persona non grata* em Woodbury há meses, desde seu golpe malsucedido em janeiro. Era óbvio para Lilly, mesmo na época, que o Governador tinha saído do controle, que o regime violento dele estava transformando Woodbury em um carnaval da morte. Lilly conseguira recrutar alguns dos habitantes mais sãos da cidade — inclusive Stevens, Alice e Martinez, um dos braços direitos do Governador — para sequestrar o Governador certa noite e levá-lo em um passeio no país dos errantes, ensinar a ele um pouquinho de limite. O plano era "acidentalmente de propósito" fazer com que o Governador fosse devorado. Mas os errantes têm sempre de estragar o curso dos *melhores* planos, e, no meio da missão, um bando havia se formado do nada. A empreitada toda se reverteu em uma luta pela sobrevivência... e o Governador viveu para mandar mais um dia.

Estranhamente, em algum tipo de reviravolta darwiniana, a tentativa de assassinato só serviu para solidificar e fortalecer a base de poder do Governador. Aos residentes já sob seu feitiço, ele se tornou Alexandre, o Grande, retornando à Macedônia... Stonewall Jackson voltando para Richmond, ensanguentado, porém livre, um pit bull nervoso nascido para liderar. Ninguém parecia se importar que o líder fosse obviamente — pelo menos para Lilly — 100% sociopata. *Estes são tempos cruéis, e tempos cruéis exigem liderança cruel.* E para os conspiradores, o Governador tinha se tornado uma figura paterna violenta — dando "lições" e dosando suas punições mesquinhas com prazer.

Lilly se aproxima de uma fileira de edifícios de dois andares feitos de tijolinhos vermelhos, alinhados ao longo do distrito comercial. Antigos complexos de condomínios com decoração peculiar, agora eram prédios exibindo marcas de abrigos da praga. As cercas de madeira foram envoltas em arame farpado, os canteiros estéreis e pedregosos, e cheios de cartuchos de espingarda, as gavinhas de buganvília sobre as molduras das janelas estão mortas e marrons como fios desencapados.

Ao olhar para o alto, para todas as janelas cobertas por tábuas, Lilly pergunta-se novamente, pela milionésima vez, por que permanece naquela família horrível, desolada e disfuncional conhecida como Woodbury. A verdade é que ela fica porque não tem mais para onde ir. Ninguém tem mais para onde ir. A terra do lado de fora daquelas paredes está tomada por mortos errantes, as estradas secundárias entupidas de morte e destruição. Lilly fica porque tem medo, e o medo é o grande denominador comum nesse novo mundo. O medo leva as pessoas para dentro de si mesmas, desencadeia impulsos básicos e liberta o pior dos instintos ferais e do comportamento adormecido na alma humana.

Mas para Lilly Caul, a experiência de animal enjaulado atraiu outra coisa que se escondera profundamente dentro dela pela vida toda, algo que a havia assombrado nos sonhos e estivera à espreita em seu âmago como um gene recessivo: a *solidão*.

Filha única, criada na cidade de classe média de Marietta, Lilly costumava ficar sozinha: brincava sozinha, sentava-se sozinha no fundo do refeitório ou do ônibus escolar... sempre sozinha. No ensino médio, a inteligência afiada, a teimosia e o humor incisivo a distanciavam do cenário social das animadoras de torcida. Cresceu sozinha, e o peso latente dessa solidão a perseguiu no mundo pós-praga. Lilly perdeu tudo que já significou alguma coisa para ela — o pai; o namorado, Josh; a amiga, Megan.

Lilly perdeu tudo.

Seu apartamento fica na ponta leste da rua principal, um dos prédios de tijolo vermelho mais detonado do complexo. Ervas daninhas mortas se agarram à parede oeste como mofo, as janelas cobertas pelas veias pretas e crispadas das gavinhas. Do telhado brotam antenas tortas e antigas parabólicas, que muito provavelmente jamais receberão sinal. Conforme Lilly se aproxima, o teto baixo das nuvens se abre e o sol do meio da tarde, pálido e frio como uma lâmpada fluorescente, irrompe sobre ela, fazendo com que o suor brote na nuca.

Ela chega à porta externa e busca as chaves. Mas para subitamente, algo chamando sua atenção pelo canto do olho. Lilly se vira e vê uma figura estropiada jogada no chão do outro lado da rua, um homem encostado na fachada de uma loja. A visão dele causa uma pontada de tristeza no estômago de Lilly.

Ela guarda as chaves e atravessa a rua. Quanto mais se aproxima, mais claramente ouve a respiração difícil dele — obstruída pelo catarro e pela depressão — e a voz baixa e chiada do homem murmura exalações incompreensíveis num estupor alcoólico.

Bob Stookey, um dos últimos amigos verdadeiros de Lilly, está deitado, enroscado em posição fetal, estremecendo, desmaiado dentro do casaco verde-ervilha da marinha, fedido e puído, apoiado na porta de uma loja de ferragens destruída. A janela acima de Bob exibe o anúncio irônico, desbotado pelo sol, com letras alegres multicoloridas: LIQUIDAÇÃO QUEIMA TOTAL DE PRIMAVERA. A dor gravada no rosto bastante enrugado e envelhecido do médico do exército — que está pressionado contra a calçada feito lixo orgânico — parte o coração de Lilly.

O homem entrou em decadência desde os eventos do último inverno, e pode ser que fosse agora o único outro residente de Woodbury mais perdido do que Lilly Caul.

— Pobrezinho — diz Lilly, em voz baixa, ao esticar a mão na direção de um cobertor de lã em frangalhos enroscado aos pés de Bob.

O fedor de cecê, fumaça de cigarro e uísque barato é soprado até ela. Lilly puxa o cobertor sobre Bob, uma garrafa de bebida vazia rola para fora do tecido e emite um estalo contra a saliência ao lado da porta.

Bob solta um gorgolejo.

— ... preciso contar a ela...

Lilly se ajoelha ao lado do amigo, acariciando o ombro dele e imaginando se deveria limpar Bob, tirá-lo da rua. Também imagina se o "ela" sobre quem Bob balbucia é Megan. Ele gostava da garota — pobre homem —, e o suicídio de Megan o destruiu. Agora, Lilly puxa o cobertor até o pescoço empapado de Bob e dá tapinhas carinhosos no amigo.

— Está tudo bem, Bob... ela... ela está em um lugar melhor...

— ... preciso contar...

Por um breve instante, Lilly se afasta ao ver os olhos tremeluzentes de Bob, que revelam a parte branca e injetada abaixo. Será que ele se transformou? O coração de Lilly dispara.

— Bob? É Lilly. Você está tendo um pesadelo.

Lilly engole o medo ao perceber que o amigo ainda vive — se é que aquilo pode ser chamado de vivo — e que está simplesmente se contorcendo durante um sonho febril e ébrio, provavelmente revivendo a reprise interminável de ter esbarrado em Megan Lafferty pendurada na ponta de uma corda, que por sua vez fora jogada pela varanda quebrada de um apartamento.

— Bob...?

Os olhos dele estremecem e se abrem, apenas por um instante, sem foco, mas acesos com angústia e dor.

— Preciso... *contar* a ela... o que ele *disse* — diz o homem num chiado.

— É Lilly, Bob — diz Lilly, baixinho, acariciando o braço de Bob. — Está tudo bem. Sou eu.

Então, o velho médico encontra o olhar de Lilly e diz outra coisa, em seu chiado mucoso e gaguejante, que faz a espinha de Lilly gelar. Dessa vez, Lilly ouve com clareza e percebe que o "ela" não é Megan.

O "ela" é Lilly.

E a coisa que Bob Stookey precisa lhe contar assombrará Lilly enquanto ela viver.

Dois

Naquele dia, na arena, Gabe dá o golpe final que encerra a competição logo após as 15 horas, fuso horário do leste, depois de uma hora inteira de luta. A cabeça coberta de pregos da maça acerta as costelas de Bruce — o torso está protegido por um colete oculto pela roupa militar —, ele cai, e tem início a contagem. Exausto devido à farsa de murros e socos, o homem negro fica no chão, coberto por uma nuvem de poeira, respirando com dificuldade em meio ao pó.

— *TEMOS UM VENCEDOR!*

A voz amplificada assusta muitos na arquibancada, o ruído estalado ressoa a partir de enormes alto-falantes posicionados ao redor da arena, funcionando por geradores que murmuram abaixo do local. Gabe se exibe, agitando a maça na melhor imitação de William Wallace. Os vivas e os aplausos disfarçam os grunhidos baixos e compartilhados dos mortos-vivos acorrentados aos postes ao redor de Gabe, muitos ainda tentando pegar um pedaço de carne humana, suas bocas pútridas trabalhando e pulsando e babando com fome robótica.

— FIQUEM POR AÍ, PESSOAL, PARA UMA MENSAGEM DO GOVERNADOR APÓS O ESPETÁCULO!!

Com a deixa, os alto-falantes estalam e ribombam a batida de uma música de *heavy metal*, uma guitarra soando como serras preenche o ar à medida que um batalhão de auxiliares de palco invade a arena.

A maioria é de homens jovens usando capuz e jaquetas de couro, carregando grandes estacas de ferro com as pontas em gancho.

Eles circundam os errantes. As correntes são soltas, as coleiras são presas, vozes se erguem, ordens são dadas por capatazes, e, um a um — em uma tempestade de terra —, os trabalhadores começam a levar os monstros para o outro lado da arena, na direção do portal mais próximo. Algumas das criaturas mordem o ar conforme são empurradas de volta para as sombras abaixo da arena, outras grunhem e atiram gotas de baba preta como atores relutantes sendo arrastados para fora do palco.

Alice observa aquilo da arquibancada com um desprazer silencioso. No momento, os outros espectadores estão de pé, batendo palmas para acompanhar o som do *heavy metal*, gritando para a horda de mortos-vivos sendo levada para fora. Alice estende a mão para o chão abaixo de si e encontra a maleta médica preta sob o banco. Ela pega a maleta, rapidamente luta para sair do assento e, então, corre degraus abaixo até o campo.

Quando Alice chega ao nível da arena, os dois gladiadores — Gabe e Bruce — estão indo embora, dirigindo-se à saída sul. Ela corre atrás deles. Pelo canto do olho, sente uma figura fantasmagórica emergindo das sombras do portal norte atrás de si, fazendo uma entrada dramática comparável ao rei Lear atuando em Stratford-Upon-Avon.

Ele chega ao campo todo em suas vestes de couro e apliques metálicos, as botas de cano longo levantando poeira, o sobretudo tremeluzindo à brisa atrás de si. O homem parece um caçador de recompensas grisalho do século XIX, com a pistola agitando-se no quadril conforme caminha. A multidão irrompe em emoção quando o vê, uma onda de aplausos e vivas. Um dos trabalhadores, um homem mais velho com uma camiseta da Harley e com barba estilo ZZ Top, corre até a figura com um microfone de fio.

Alice se vira e alcança os dois guerreiros exaustos.

— Bruce, espera!

Mancando bastante, o grande homem negro chega ao limite do arco sul, para e se vira. Seu olho esquerdo inchou completamente até se fechar, e os dentes estão manchados de sangue.

— O que você quer?

— Quero ver esse olho — responde Alice, aproximando-se dele, ajoelhando-se e abrindo a maleta médica.

— Estou bem.

Gabe se junta aos dois com um sorrisinho no rosto.

— Qual é o problema, pequeno Bruce está com dodói?

Alice olha com mais atenção, dando leves batidinhas no osso do nariz de Bruce com uma gaze.

— Meu Deus, Bruce... por que não me deixa levar você para ver o Dr. Stevens?

— É só um nariz arrebentado — diz Bruce, afastando Alice. — Eu disse que estou bem!

Ele chuta a maleta médica, e ela se vira, os instrumentos e suprimentos se espalhando pela terra. Alice emite um murmúrio exasperado e se abaixa para catar as peças. Em seguida, a música cessa, e o som de uma voz baixa, aveludada e amplificada, ecoa pelo vento e pelo barulho da multidão.

— SENHORAS E SENHORES... AMIGOS E COMPANHEIROS RESIDENTES DE WOODBURY... QUERO AGRADECER A TODOS POR PARTICIPAREM DO ESPETÁCULO DE HOJE. FOI DE ARRASAR!

Alice olha por cima do ombro e vê o governador parado no centro da arena.

O homem sabe como cativar o recinto. Ele avalia a multidão com fogo no olhar, agarrando o microfone manual com a sinceridade inflada do pastor de uma megaigreja, dono de uma aura estranha e carismática. Não é um homem grande, não é particularmente bonito — na verdade, olhando de perto, pode-se até dizer que é desleixado e malnutrido —, mas ainda assim Philip Blake passa um ar de confiança sobrenatural. Tem olhos escuros que refletem a luz como geodos, e seu rosto anguloso é adornado por um bigode retorcido para cima, como o de um bandido do Terceiro Mundo.

Philip se vira e acena com a cabeça para a saída sul, fazendo com que a coluna de Alice se enrijeça quando a jovem sente o olhar frio do Governador sobre si. A voz amplificada estala e ecoa:

— E QUERO MANDAR UM GRITO ESPECIAL PARA NOSSOS GLADIADORES DESTEMIDOS, BRUCE E GABE! MOSTREM UM POUCO DE AMOR A ELES, PESSOAL — ERGAM A MÃO!

Os vivas e gritos e urros sobem diversos tons, ecoando para além dos postes de metal e das marquises afastadas, como uma matilha faminta de cães que ladram. O Governador deixa a coisa rolar, um maestro, pacientemente guiando a sinfonia. Alice fecha a maleta médica e fica de pé.

Bruce acena heroicamente para a multidão, então segue Gabe para dentro das sombras do recuo, sumindo na rampa de saída com a formalidade de um ritual religioso.

Do outro lado da arena, Philip Blake abaixa a cabeça, esperando que a onda de vivas retroceda para o mar.

No silêncio crescente, ele abaixa de leve o tom, falando suavemente com sua voz aveludada, que é levada pelo vento:

— AGORA... FALANDO SÉRIO POR UM MINUTO... SEI QUE NOSSOS MANTIMENTOS ESTÃO FICANDO UM POUCO ESCASSOS. MUITOS DE VOCÊS ANDAM ECONOMIZANDO E RACIONANDO. FAZENDO SACRIFÍCIOS.

O Governador ergue o rosto para seu rebanho, fazendo contato visual conforme continua:

— SINTO A PREOCUPAÇÃO CRESCENDO. MAS QUERO QUE TODOS SAIBAM... O ALÍVIO ESTÁ A CAMINHO. VAMOS FAZER UMA SÉRIE DE BUSCAS... A PRIMEIRA AMANHÃ... E ESSAS BUSCAS VÃO JUNTAR PROVISÕES O BASTANTE PARA NOS FAZER RESISTIR. E ESSA É A CHAVE, SENHORAS E SENHORES. ESSA É A COISA MAIS IMPORTANTE. CONTINUAREMOS RESISTINDO! JAMAIS DESISTIREMOS! JAMAIS!

Alguns espectadores aplaudem, mas a maioria permanece em silêncio, cética, ambivalente em seus assentos duros e frios. Eles estão há semanas vivendo da água azeda e metálica do poço, das frutas podres dos pomares descuidados. Deram a seus filhos as últimas carnes enlatadas e os restos mofados de aves de caça defumadas.

Do centro da arena, o Governador mantém o olhar neles.

— SENHORAS E SENHORES, UMA NOVA COMUNIDADE ESTÁ SENDO CONSTRUÍDA AQUI EM WOODBURY... E É MINHA MISSÃO SAGRADA PROTEGÊ-LA. E FAREI O QUE PRECISA SER FEITO. SACRIFICAREI O QUE PRECISAR SER SACRIFICADO. ESSE É O SIGNIFICADO DE COMUNIDADE! QUANDO VOCÊ SACRIFICA AS PRÓPRIAS NECESSIDADES PELAS NECESSIDADES DA COMUNIDADE, VOCÊ ANDA DE CABEÇA ERGUIDA!

Isso aumenta um pouco os aplausos, alguns espectadores encontram Jesus e emitem gritos. O Governador continua o sermão:

— VOCÊS TIVERAM DE SOFRER IMENSAMENTE DEVIDO À PRAGA. FORAM DESTITUÍDOS DE TUDO PELO QUE TRABALHARAM TANTO A VIDA TODA. MUITOS DE VOCÊS PERDERAM ENTES QUERIDOS. MAS AQUI... EM WOODBURY... VOCÊS TÊM ALGO QUE NÃO PODE SER TOMADO POR HOMEM OU BESTA: VOCÊS TÊM UM AO OUTRO!

Agora, alguns dos residentes ficam de pé e aplaudem, enquanto outros erguem punhos no ar. O barulho aumenta.

— DEIXEM QUE EU RESUMA PARA VOCÊS: O BEM MAIS PRECIOSO QUE TEMOS NO MUNDO É NOSSO PRÓPRIO POVO. E PELO BEM DE NOSSO POVO... JAMAIS DESISTIREMOS... JAMAIS CAÍREMOS... JAMAIS PERDEREMOS A CALMA... E *JAMAIS* PERDEREMOS A FÉ!

Mais espectadores se levantam. Os vivas e os aplausos se elevam até o céu.

— VOCÊS TÊM UMA COMUNIDADE! E, CASO SE APÓIEM NELA, NÃO HAVERÁ FORÇA NO MUNDO QUE POSSA TOMÁ-LA DE VOCÊS! NÓS SOBREVIVEREMOS. PROMETO A VOCÊS. WOODBURY SOBREVIVERÁ! DEUS ABENÇOE A TODOS... E DEUS ABENÇOE WOODBURY!

Do outro lado da arena, Alice carrega a maleta médica pela entrada sul e nem olha para trás.

Ela já viu esse filme.

* * *

Depois do espetáculo pós-jogo, Philip Blake para no banheiro masculino, depois do pórtico cheio de lixo da arena. O espaço estreito fede a urina seca, mofo escuro e cocô de rato.

Philip se alivia, joga água no rosto e então olha por um momento para o próprio reflexo cubista no espelho rachado. Bem no fundo da mente, em algum canto afastado de suas memórias, o som de uma garotinha chorando ecoa levemente.

Ele termina e sai batendo a porta, as botas com bico de metal e a longa corrente do cinto tilintando, Philip percorre o longo corredor de concreto, desce um lance de escadas, passa por outro corredor e, por fim, desce o último lance de escadas, então chega à "pen" — a penitenciária, uma fileira de portas de garagem de enrolar cobertas de mossas e antigas pichações.

Gabe está diante da última porta, à esquerda, e enfia a mão em um latão metálico de óleo. Então joga algo molhado por uma janela quebrada. O Governador se aproxima sem dizer uma palavra e para diante de uma das janelas.

— Bom trabalho lá fora hoje, amigo.

— Obrigado, chefe.

Gabe enfia a mão no latão e puxa outro pedaço, um pé humano cortado displicentemente na altura do tornozelo, reluzente com sangue. O homem casualmente o atira pela abertura irregular.

Philip olha pelo vidro sujo para o espaço confinado de ladrilhos borrifados de sangue. Ele vê a massa fervilhante de mortos-vivos — uma pequena orgia de rostos azuis pálidos e bocas escurecidas, as duas dúzias de errantes sobreviventes do evento do dia chafurdando nos pedaços de corpo humano sobre o chão de ladrilho, como uma vara de porcos selvagens brigando por trufas — e observa fixamente, hipnotizado por um instante, fascinado pelo espetáculo.

Por fim, Philip afasta o olhar da abominação e indica a lata cheia de restos mortais frescos com um aceno de cabeça.

— Quem é desta vez?

Gabe ergue o rosto, a blusa de gola rulê preta e puída está rasgada sobre o peitoral e se alarga na altura da barriga graças ao colete por dentro, as axilas de Gabe apresentam manchas de suor, evidenciando o esforço físico. Ele usa luvas cirúrgicas que pingam sangue fresco.

— Como assim?

— A gororoba que está jogando, quem é?

Gabe assente.

— Ah... é aquele velhote que morava do lado do posto de gasolina.

— Causas naturais, espero?

— É. — Gabe assente e atira mais um pedaço pela abertura. — Ataque de asma ontem à noite, coitado. Alguém disse que ele tinha enfisema.

O Governador emite um suspiro.

— Ele foi para a Glória agora. Me dê um braço. Do cotovelo para baixo. E talvez um dos órgãos menores... um rim, o coração.

Gabe para, os ruídos úmidos deploráveis do frenesi alimentar ecoam pelo corredor. Gabe lança ao Governador um olhar esquisito, uma mistura de simpatia, afeição e talvez até mesmo dever, como um escoteiro prestes a ajudar o líder da tropa.

— Que tal o seguinte — diz Gabe, a voz rouca se suavizando. — Por que não vai para casa e eu os levo para você?

O Governador olha para ele.

— Por quê?

Gabe dá de ombros.

— As pessoas me veem carregando alguma coisa, nem sequer pensam duas vezes. Se você está carregando algo, querem ajudar... talvez perguntar o que é, imaginando o que está fazendo.

Philip encara o homem por um momento.

— Tem razão nisso.

— Não vai pegar bem.

Philip dá um aceno de satisfação.

— Está bem, então. Faremos do seu jeito. Estarei em casa durante o resto da noite, traga pelos fundos.

— Entendido.

O Governador se vira para ir embora e então para por um momento. Ele se volta para Gabe e sorri.

— Gabe... obrigado. Você é um homem bom. O melhor que tenho.

O homem de pescoço robusto sorri. Uma insígnia de mérito para o melhor escoteiro.

— Obrigado, chefe.

Philip Blake se vira e se dirige às escadas com uma alteração muito sutil no andar, um vago, porém distinto, saltitar nos passos.

O mais próximo que Woodbury tem de uma mansão executiva é o apartamento de três quartos que se estende pela cobertura de um enorme prédio de condomínio no fim da rua principal. Pesadamente fortificado, a porta da frente é vigiada o tempo todo por uma equipe rotativa de atiradores, que operam as torretas do outro lado da rua, o prédio é de tijolos amarelos limpos, tem as juntas bem feitas e é livre de grafite e de sujeira.

Philip Blake entra no saguão naquela noite e, assobiando alegremente, passa pela grande estante de caixas de correio metálicas que não veem o serviço postal há mais de 28 meses. Ele sobe as escadas, dois degraus por vez, sentindo-se bem, digno e cheio de afeição pelos irmãos da cidadezinha, a extensão de sua família, seu lugar nesse novo mundo. À porta, ao fim do corredor do segundo andar, ele para, pega as chaves e entra.

O lugar jamais chegaria às páginas da revista *Architectural Digest*. Os cômodos acarpetados estão, na maior parte, sem mobília, algumas poltronas aqui e ali cercadas por caixas. Mas o lugar é limpo e bem organizado, um macrocosmo da mente compartimentada e organizada de Philip Blake.

— O papai chegou — anuncia ele, cuidadosamente, quando entra na sala. — Desculpe tanto atraso, amorzinho... dia ocupado. — Ele desafivela a arma, abre o colete e coloca as chaves e a pistola no aparador ao lado da porta.

Do outro lado da sala, uma garotinha de vestido salopete desbotado está de costas para Philip. Ela bate o corpo levemente contra a enorme janela panorâmica, como um peixe dourado tentando, compulsivamente, escapar do aquário.

— Como vai minha princesinha? — diz ele ao se aproximar da criança. Momentaneamente perdido na felicidade doméstica de uma vida normal, Philip se ajoelha atrás da menina e estende a mão, como se esperando um abraço.

— Vamos lá, bonequinha... é seu papai. Não tenha medo.

A coisinha que um dia foi uma menina se vira de repente para encará-lo, esticando a corrente presa à coleira de ferro. Ela emite um grunhido gutural, estalando os dentes podres para Philip. O rosto — um dia aquele de um lindo querubim de olhos azuis — agora exibe a cor dos mortos, pálida como barriga de peixe. Os olhos estão vazios, bolinhas de gude brancas e leitosas.

Toda a felicidade é drenada de Philip Blake quando ele afunda no chão, sentando-se de pernas cruzadas no carpete diante da menina, suficientemente longe do alcance dela. *Ela não me reconhece.* A mente de Philip acelera, seus pensamentos retomam a disposição padrão, sombria e deprimente: *Por que ela não me reconhece, porra?*

Philip Blake acredita que os mortos-vivos podem aprender, que ainda podem acessar partes dormentes de suas memórias e seus passados. Ele não tem prova científica dessa teoria, mas precisa acreditar nela, *precisa.*

— Está tudo bem, Penny, é só o papai. — Philip estende a mão para a menina como se ela a fosse pegar. — Me dê sua mão, querida. Lembra? Se lembra de quando costumávamos ficar de mãos dadas e fazer longas caminhadas até Lake Rice?

Ela tateia o ar em busca da mão dele, tenta puxá-la para a boca, os minúsculos dentes como os de piranhas fechando-se com força.

Philip puxa o braço de volta.

— Penny, não! — Ele repete o movimento, uma tentativa de pegar carinhosamente a mão da menina. Mas ela tenta dar outra mordida. —

Penny, pare com isso! — Philip luta para controlar a raiva. — Não faça isso. Sou eu... papai... não me reconhece?

Ela segura a mão de Philip, a boca preta e em decomposição de Penny mastiga o ar, e seu hálito tóxico e fétido é soprado com um grunhido úmido.

Philip se afasta. Ele fica de pé. Então passa as mãos pelos cabelos, o estômago se contorce de angústia.

— Tente lembrar, querida — implora ele, com um nó na garganta, a voz falhando como se prestes a soluçar. — Você consegue. Sei que consegue. Tente lembrar quem sou.

A coisa-menina dá um puxão na corrente, a boca movendo-se involuntariamente. Ela inclina a cabeça destruída para Philip — os olhos sem vida exibem apenas fome e, talvez, até mesmo um traço de confusão — a confusão de um sonâmbulo que vê algo que não se encaixa.

— Que droga, criança, você sabe quem eu sou! — Philip fecha as mãos em punho e se ergue sobre Penny. — Olhe para mim! Sou seu pai! Não consegue ver isso?! Sou seu papai, porcaria! Olhe para mim!

A criança morta rosna. Philip solta um rugido de ódio, ergue a mão instintivamente para dar um tapa na menina quando, de súbito, o ruído de batidas à porta quebra o feitiço. Philip pisca ao ouvir o barulho, a mão direita ainda prestes a acertar a criança.

Alguém bate à porta dos fundos. Ele olha por cima do ombro. O som vem da cozinha, onde a porta externa se abre para um deque improvisado que dá para um beco estreito.

Exalando um suspiro, Philip alonga as mãos e inspira a raiva de volta. Ele se afasta da criança, respirando devagar e profundamente enquanto se dirige para o outro lado do apartamento. Philip vai até a porta dos fundos e abre.

Gabe está parado nas sombras, segurando uma caixa de papelão com manchas úmidas oleosas.

— Oi, chefe. Aqui está aquela coisa que você disse que...

Philip estende o braço para a caixa, pega-a sem dizer nada e volta pra dentro.

Gabe continua ali, parado, na escuridão, frustrado pela recepção brusca, enquanto a porta bate em sua cara.

Naquela noite, Lilly tem dificuldades para dormir. Vestida com uma camiseta úmida da Georgia Tech e calcinha, está deitada no colchão sem lençol do futon, tentando encontrar uma posição confortável, encarando as rachaduras no teto de gesso do apartamento térreo imundo.

A tensão em sua nuca, na lombar e nas articulações toma conta de Lilly feito corrente elétrica latejando intermitentemente pelo corpo. Deve ser essa a sensação de tratamentos eletroconvulsivos. Lilly teve um terapeuta que sugeriu TEC para seu suposto distúrbio de ansiedade. Lilly recusou. Mas sempre se perguntou se o tratamento teria ajudado.

Agora, todos os terapeutas se foram, os divãs estão virados, os prédios comerciais foram dizimados e abandonados, as farmácias, saqueadas, todo o campo da psicoterapia, extinto, do mesmo modo que os SPAs e parques aquáticos. Agora, Lilly Caul está por conta própria, sozinha com sua insônia dilacerante e pensamentos andando em círculos, assombrados por memórias do falecido Josh Lee Hamilton.

Em grande parte, Lilly pensa no que Bob Stookey murmurou para ela mais cedo naquele dia, durante a catatonia ébria na calçada. Lilly precisou se abaixar para ouvir o chiado fraco de Bob, as palavras saindo com uma urgência trabalhosa.

— Preciso contar a ela o que ele disse — murmurava Bob ao ouvido de Lilly. — Antes de morrer... ele me contou... Josh me contou... foi Lilly... Lilly Caul... foi ela... a única que ele já amou.

Lilly jamais acreditara naquilo. Nunca. Não na época. Não quando o grande Josh Hamilton estava vivo. Nem mesmo depois que Josh foi assassinado a sangue frio por um dos brutamontes de Woodbury. A muralha que havia em torno do coração de Lilly era devido à culpa? Porque havia incitado e usado Josh para, principalmente, proteção?

Ou seria porque Lilly simplesmente não se amava o bastante para amar outra pessoa?

Depois de ouvir a frase disparada por um bêbado catatônico na calçada naquele dia, Lilly se enrijecera com horror. Tinha se afastado do velho como se ele fosse radioativo, então disparou enlouquecidamente até o apartamento, trancando-se do lado de dentro.

Agora, na escuridão eterna de seu apartamento solitário, a inquietude e a angústia fazem sua pele se arrepiar, e Lilly deseja profundamente os remédios que, em outros tempos, costumava tomar como se fossem doces. Daria o ovário esquerdo por um comprimido de Valium, um Xanax, quem sabe até um Ambien... droga, ela até se contentaria com uma bebida forte. Lilly encara o teto mais um pouco e finalmente tem uma ideia.

Ela sai da cama e vasculha uma caixa de pêssegos com parcos mantimentos. Entre as duas latas de carne enlatada, a barra de sabão Ivory e o rolo de papel higiênico usado pela metade — em Woodbury, o papel higiênico é agora adquirido e distribuído com a crueldade de uma barra de ouro sendo negociada na bolsa de valores de Nova York —, Lilly encontra um frasco quase vazio de NyQuil.

Ela entorna o que restou na boca e volta para a cama. Esfregando os olhos, Lilly respira de modo curto e tenta limpar a mente e ouvir o ruído branco dos geradores do outro lado da rua, os zunidos onipresentes e entorpecedores tornando-se as batidas de um coração em seus ouvidos.

Pouco mais de uma hora depois, Lilly afunda no colchão suado e nas garras de um pesadelo vívido e aterrorizante.

Poderia ser parcialmente culpa do NyQuil agindo em seu estômago vazio, ou parcialmente devido às reminiscências repulsivas da luta de gladiadores que assistira agarrando-se à mente de Lilly, ou talvez o resultado dos sentimentos não resolvidos por Josh Hamilton, mas, seja lá qual for o motivo, Lilly se vê andando sem rumo por um cemitério campestre, na escuridão da noite, procurando desesperadamente o túmulo de Josh.

Ela está perdida e ouve o som de rosnados ferais na floresta escura atrás de si, dos dois lados. Lilly ouve galhos se partindo, cascalho se quebrando, os passos arrastados dos mortos-vivos — centenas deles — vindo em sua direção.

Ela ultrapassa lápide após lápide ao luar... em busca do local do descanso final de Josh.

A princípio, o ruído rítmico de pancadas entra na narrativa do sonho subitamente, distante, os ecos baixos, afogados pelo ruído crescente dos mortos. Lilly nem mesmo toma consciência do barulho por um bom tempo. Está ocupada demais procurando freneticamente a lápide importante, ziguezagueando entre uma floresta de pedras cinza e desgastadas. Os Mordedores se aproximam.

Por fim, Lilly vê um túmulo recente a distância, em uma encosta íngreme de terra pedregosa e árvores esqueléticas. Sob as sombras há uma lápide branca como ossos, de mármore, sozinha, o brilho pálido da lua refletindo-se na superfície. A lápide está no topo de uma colina de terra úmida avermelhada, e, conforme Lilly se aproxima, o nome gravado na superfície se torna visível ao luar:

JOSHUA LEE HAMILTON
N. 15/1/69 M. 21/11/12

O som das pancadas é registrado pelos ouvidos de Lilly conforme ela se aproxima do túmulo. O vento sussurra. Os errantes se aproximam. Pelo canto do olho, ela entrevê o bando que a cerca, os corpos pútridos emergindo do bosque, arrastando-se na direção de Lilly, roupas fúnebres em frangalhos tremeluzindo ao vento, punhados de olhos mortos na escuridão como moedas brilhantes.

Quanto mais Lilly se aproxima da lápide, mais evidente fica o barulho.

Ela sobe a encosta e se aproxima do túmulo. O som das pancadas se revela ser o de ruídos abafados de batidas — um punho batendo contra uma porta ou, talvez, contra o *interior* de um caixão —, o barulho sufocado pelas camadas de terra. Lilly não consegue respirar. Ela se ajoelha ao lado da lápide. O barulho de batidas vem de *dentro* do túmulo de Josh. Naquele momento torna-se tão alto que a terra fofa na superfície do túmulo estremece e rola pela colina em minúsculas avalanches.

O terror de Lilly se modifica. Ela toca o monte trêmulo de terra. Seu coração fica gélido. Josh está lá embaixo, batendo do lado de dentro do próprio caixão, uma súplica terrível para ser libertado da morte, para ser solto da prisão.

Os errantes seguem na direção de Lilly, ela consegue sentir o hálito pútrido deles em sua nuca, as sombras alongadas deslizando colina acima em ambas as laterais de Lilly. Ela está condenada. Josh quer sair. As batidas aumentam. Lilly olha para o túmulo, as lágrimas descem pelas bochechas, pingam de seu queixo. As lágrimas de Lilly inundam a terra. As tábuas grosseiramente pregadas do caixão simples de Josh ficam visíveis em meio à lama, algo se move dentro das ripas.

Lilly chora. Os errantes a cercam. As batidas aumentam e viram pancadas estrondosas. Lilly soluça, estende a mão e carinhosamente toca o caixão quando, de súbito...

... Josh emerge da clausura de madeira, rasgando as tábuas como se fossem palitos de fósforos, a boca faminta dele morde o ar, um rosnado inumano sai de dentro dele. Lilly grita, mas nenhum som sai de dentro dela. O rosto enorme e quadrado de Josh se contorce em sua sede de sangue conforme ele ataca o pescoço de Lilly, os olhos tão mortos e brilhantes quanto uma moeda de prata.

O impacto dos dentes podres de Josh acertando-lhe a jugular desperta Lilly em um espasmo de terror.

Lilly acorda sobressaltada, ensopada de suor febril, a luz da manhã vibrando com o som de alguém batendo à porta de seu apartamento. Ela arqueja para tomar fôlego. Então pisca para afastar o pesadelo, o ruído do próprio grito ainda ecoando em seus ouvidos. As batidas continuam.

— Lilly? Você está bem?

A voz familiar, abafada do lado de fora da porta de entrada, mal é registrada pelos ouvidos de Lilly. Ela esfrega o rosto, respira fundo algumas vezes e tenta se recompor.

Por fim, o quarto entra em foco, e a respiração de Lilly volta ao normal. Ela se arrasta para fora da cama, a tontura tomando Lilly enquanto procura a calça jeans e a blusa. As batidas ficam frenéticas.

— Já vou! — grita ela, com a voz esganiçada enquanto veste as roupas.

Lilly vai até a porta.

— Ah... oi — murmura ela depois de abrir a porta e ver Martinez parado à entrada, sob a luz pálida.

O latino-americano alto e esguio usa uma bandana na cabeça ao estilo de um pirata, tem braços musculosos, os quais despontam das mangas cortadas de sua camisa de trabalho. Martinez tem um rifle de assalto jogado por cima do ombro largo, e o rosto bonito dele se contrai com preocupação.

— Que diabos está acontecendo aqui? — diz ele, olhando Lilly de cima a baixo com os olhos castanhos brilhando de preocupação.

— Estou bem — responde ela, sem convencer muito.

— Você esqueceu?

— Hã... não.

— Pegue suas armas, Lilly — diz Martinez. — Vamos sair para aquela busca sobre a qual falei, e precisamos de todas as mãos no serviço.

Três

— Bom dia, chefe!

Um homem careca e atarracado de meia-idade chamado Gus cumprimenta Martinez e Lilly ao lado do caminhão de carga leve mais afastado, caminhão esse que bloqueia o portão de saída do lado norte da cidade. Gus tem o pescoço largo como o de um rinoceronte e usa uma camiseta sem manga manchada de óleo repuxada em torno de uma barriga rotunda. O sujeito passa a impressão de ser inútil como arma. Mas o que lhe falta em inteligência ele compensa em lealdade.

— Bom dia, Gus — diz Martinez ao se aproximar. — Você se importa de pegar alguns daqueles galões de gasolina vazios, para o caso de darmos sorte na viagem?

— Imediatamente, chefe.

Gus dá meia-volta e sai dando passos desleixados, levando a espingarda .12 com coronha de pistola sob o braço como se fosse um jornal que ainda não teve a chance de ler. Martinez e Lilly observam o pequeno troll sumir ao virar uma esquina.

Lilly olha para o leste e vê o sol do início da manhã despontar sobre o limite da barricada. Nem são 7 horas ainda e o frio anormal da semana anterior já era. Nessa parte da Geórgia, a primavera pode ser um pouco bipolar — entra fria e chuvosa, mas fica quente e úmida como os trópicos, sem avisar.

— Lilly, por que não vai atrás com os outros? — Martinez indica com a cabeça um enorme caminhão militar de carga pesada a meia distância. — Colocarei o velho Gus no banco do carona ao meu lado, caso a gente precise derrubar alguma coisa no caminho.

Ocioso, sob um dossel de carvalhos que se agitam, o caminhão de carga pesada está perpendicular ao de carga leve. Ele tem enormes pneus manchados de lama e uma carcaça aparafusada resistente a minas, tão durável quanto um tanque — uma aquisição recente da estação vizinha da Guarda Nacional. A caçamba traseira tem cobertura de lona.

Quando Martinez e Lilly se aproximam, um homem mais velho usando boné de beisebol e uma jaqueta de seda surge diante do caminhão, limpando as mãos em um retalho oleoso. Envelhecido, magro como uma tripa, na casa dos 60 anos, de olhar astuto e um cavanhaque ruivo grisalho, David Stern tem o porte vagamente majestoso e valentão de um técnico de futebol americano de faculdade.

— Estava com menos um quarto — diz ele para Martinez. — Coloquei um pouco de gasolina reciclada... deve mantê-la andando por um tempo. Bom dia, Lilly.

Lilly dá um aceno de cabeça relutante para o homem e murmura um cumprimento sonolento.

Gus volta com dois galões plásticos de gasolina desgastados.

— Jogue na traseira, Gus. — Martinez vai até a traseira do caminhão. Lilly e David o seguem. — Onde está a pequena dama, David?

— Aqui! — A lona é aberta, e Barbara Stern enfia a cabeça para fora. Está ficando grisalha. Também na casa dos 60 anos, veste uma jaqueta jeans por cima de um vestido havaiano de algodão desbotado, e tem os fios de cabelo rebeldes e prateados da mulher que, mesmo maternal, ainda conserva sua sensualidade. O rosto de Barbara, bastante enrugado e queimado pelo sol, está animado com a inteligência aguçada que, se presume, manteve o marido dela na linha todos esses anos. — Tentando ensinar alguma coisa ao Júnior aqui. É como arrancar um dente.

O "Júnior" ao qual Barbara se refere surge subitamente de dentro da caçamba, ao lado dela.

— Mi-mi-mi — diz o jovem, com um sorriso implicante. Um rapaz de 22 anos, com cachos longos, castanhos, marrons como café *espresso*, Austin Ballard tem olhos determinados, que brilham com esperteza. Com jaqueta de couro de piloto e múltiplas correntes de bijuterias no pescoço, exibe o ar de um roqueiro de segunda classe, um *bad boy* incorrigível. — Como diabos você aguenta, Dave? — pergunta ele.

— Beba muito e concorde com tudo o que ela diz — responde David Stern, brincando, atrás de Martinez. — Barbara, pare de bancar a mãe do garoto.

— Ele estava tentando acender um cigarro aqui, pelo amor de Deus — resmunga Barbara Stern. — Quer que eu deixe ele fumar e mande todos nós para o reino dos céus?

— Tudo bem, gente, vamos parar. — Martinez verifica o cartucho de munição. Está todo profissional, talvez até um pouco sobressaltado. — Temos um trabalho a fazer. Todo mundo já conhece a rotina. Vamos fazer isso com o mínimo de enrolação.

Martinez ordena que Lilly e David entrem na traseira com os outros dois e então leva Gus para a cabine.

Lilly sobe e entra na atmosfera fétida do compartimento de carga. A câmara sem ar fede a suor velho, cordite e bolor. Uma lâmpada redonda dentro de uma grade ilumina levemente os contêineres de transporte alinhados ao longo de cada um dos lados do piso corrugado. Lilly procura um lugar para se posicionar.

— Guardei um lugar para você — diz Austin a ela, com um sorrisinho lascivo, dando tapinhas no contêiner desocupado ao seu lado. — Qual é, relaxe... não vou morder.

Lilly revira os olhos, suspira e se senta ao lado do jovem.

— Guarde suas mãos para você, Romeu — brinca Barbara Stern do outro lado da clausura deprimente em que se encontram. Ela está sentada em uma caixa de madeira baixinha ao lado de David, que sorri para os outros dois do outro lado do compartimento de carga.

— Eles formam um belo par, não é? — pergunta David, com um brilho nos olhos.

— Ah, por favor — murmura Lilly, levemente enojada. A última coisa que quer é se envolver com um cara de 22 anos, ainda mais um garoto que gosta tão irritantemente de flertar como Austin Ballard. Nos últimos três meses, desde que apareceu em Woodbury vindo do norte, malnutrido e desidratado, com um grupo de dez farrapos, Austin cantou quase todas as mulheres solteiras que ainda não chegaram à menopausa.

Caso insistissem, no entanto, Lilly teria de admitir que Austin Ballard é o que sua velha amiga Megan chamaria de "colírio para os olhos". Com a cabeleira cacheada e os longos cílios, poderia facilmente aquecer a alma solitária de Lilly. Além do mais, parece que há mais do que os olhos veem no garoto. Lilly já o tinha visto em ação. Sob a aparência de menino bonitinho e o charme rebelde, há um jovem corajoso, fortalecido pela praga, que parece mais do que disposto a se colocar na linha de frente pelos amigos sobreviventes.

— Lilly gosta de se fazer de difícil — intromete-se Austin, ainda com aquele sorriso lateral. — Mas ela vai se tocar.

— Continue sonhando — murmura Lilly, conforme o caminhão vibra e ronca.

Os freios são acionados, e o compartimento de carga estremece quando o veículo lentamente sai do lugar.

Lilly ouve um segundo motor — um caminhão grande — acelerando do lado de fora da caçamba. O estômago se aperta de leve à medida que percebe que a saída está se abrindo.

Martinez observa o caminhão de carga leve dar ré devagar a partir da abertura, o cano de escapamento vertical cuspindo e jorrando fumaça, abrindo uma brecha de quase 8 metros na barricada.

O bosque adjacente a Woodbury se revela no sol pálido a cem metros de distância. Nenhum errante à vista. Por enquanto. O sol, ainda baixo no céu, irradia-se através das árvores distantes em pequenas partículas enevoadas, queimando a neblina de antes do amanhecer.

Adiantando-se mais 6 metros, Martinez para o caminhão e abre a janela. Ele ergue o rosto para dois atiradores agachados sobre uma plataforma elevatória, a qual está erguida contra o canto da parede.

— Miller! Faça um favor, sim?

Um dos homens — um afro-americano magricela com uma camisa do Atlanta Falcons — se inclina sobre a beirada.

— É só dizer, chefe.

— Enquanto estivermos fora, mantenha o muro livre de Mordedores. Pode fazer isso por mim?

— Pode deixar!

— Queremos uma entrada fácil na volta. Entendeu?

— Pode deixar, cara! Não se preocupe!

Martinez emite um suspiro, subindo a janela de novo.

— Aham — murmura ele aos sussurros, então passa a marcha no caminhão e pisa no acelerador. O veículo ronca e parte em direção à manhã sombria.

Por apenas um instante, Martinez olha pela janela do lado do motorista para o retrovisor lateral. Entre véus de poeira erguida pelos pneus imensos, ele vê Woodbury se afastando a distância atrás do grupo.

— Não me preocupar... claro. O que poderia dar errado?

O grupo leva meia hora para chegar à rodovia interestadual 85. Martinez pega a estrada de Woodbury a oeste, serpenteando entre as carcaças abandonas de carros e caminhões que engarrafam a via de duas pistas, mantendo a velocidade entre 60 e 80 quilômetros por hora para o caso improvável de algum Mordedor desgarrado tentar sair aos tropeços do bosque e os atacar.

Conforme o caminhão de carga intermitentemente desvia de escombros, o movimento oscilante mantém as pessoas na parte traseira agarradas aos assentos. Sentindo-se enjoada, Lilly se empenha em evitar roçar o corpo contra Austin.

A caminho da interestadual, eles passam por Greenville, mais uma comunidadezinha agrária ao longo da autoestrada 18 que é praticamente a imagem espelhada de Woodbury. Antes, Greenville era o centro administrativo, um enclavezinho rústico de prédios governamentais de tijolos vermelhos, domos brancos oficiais e casas vitorianas imponentes, muitas das quais estavam nos registros históricos. Agora, o lugar jaz demolido e drenado de qualquer vida ao sol cruel da manhã. Pela lona traseira tremeluzente, Lilly consegue ver os destroços — janelas com tábuas, colunatas quebradas e carros virados.

— Parece que Greenville foi saqueada — comenta David Stern, melancólico, enquanto o grupo encara pela traseira a devastação que passa por eles.

Muitas das janelas exibem a marca de pichação esclarecedora: um enorme M maiúsculo em um círculo, que significa MORTOS, que significa "Melhor nem tentar". A letra adorna muitos dos prédios naquela parte do estado.

— Qual é o plano, Dave? — pergunta Austin, limpando as unhas com uma faca de caça, uma mania que irrita Lilly imensamente. Ela não consegue decidir se é um hábito genuíno ou se é apenas exibicionismo.

David Stern dá de ombros.

— Acredito que a cidade seguinte, Hogansville, acho, tem uma mercearia que Martinez considera ser ainda viável.

— Viável?

Outro gesto de ombros de David.

— Quem sabe... é tudo um processo de eliminação.

— É, bem... vamos apenas nos certificar de que *nós* não sejamos eliminados no *processo*. — Ele se vira e cutuca Lilly gentilmente nas costelas com o cotovelo. — Entendeu, Lilly?

— Ha ha ha — diz ela, então olha de novo para fora do caminhão.

Eles passam por uma rua de acesso familiar, que serpenteia para fora da via principal de duas pistas, uma grande placa na lateral da estrada reflete o sol da manhã. A logomarca registrada, com o sol dourado, pende para o lado, as letras azuis enormes estão rachadas e desbotadas e salpicadas de cocô de pássaros:

Walmart

Economize. Viva melhor.

Um arrepio gélido de pesar percorre a barriga de Lilly à medida que se lembra dos eventos do ano anterior. Naquele mesmo Walmart, ela e Josh e o contingente de Atlanta toparam pela primeira vez com Martinez e seus seguidores. Em flashes de memórias confusas, Lilly recorda-se de encontrar armas e suprimentos... e, então, de esbarrar em Martinez... do impasse... de Megan ficando histérica... então de Martinez fazendo a apresentação de vendas dele... e, finalmente, de Josh angustiado quanto a experimentar ou não Woodbury por um tempo.

— O que há de errado com essa interseção? — Austin aponta com o polegar na direção do supermercado destruído conforme passam voando pela propriedade.

— Tudo — murmura Lilly, aos sussurros.

Ela vê errantes desgarrados percorrendo o estacionamento do Walmart como aparições do inferno, os carros virados e os carrinhos de compras espalhados tão fossilizados e fustigados pela ação do tempo que agora têm ervas daninhas crescendo por dentro. As bombas do posto de gasolina estão enegrecidas e chamuscadas dos incêndios que destruíram o lugar em fevereiro. E a loja lembra uma ruína antiga feita de vidro quebrado e metal enferrujado, pacotes e caixas vazios vomitados para fora de janelas quebradas.

— O lugar foi saqueado de comida e suprimentos há muito tempo — lamenta David Stern. — Todos e mais alguns se serviram dele.

Conforme ultrapassam o Walmart, Lilly vê de relance, pela lona tremeluzente, a fazenda agrícola ao norte da propriedade. As silhuetas de errantes — daquela distância tão pequenos e indiscerníveis quanto insetos sob uma rocha — oscilam para trás e para a frente sob o matagal e atrás dos milharais mortos.

Desde o advento da horda, no ano anterior, a atividade dos errantes aumentou, a população de mortos-vivos cresce e se espalha nas estradas secundárias e nas fazendas desoladas que antes estavam em descanso e desertas. Rumores circulam sobre grupos desgarrados de cientistas, em Washington e em laboratórios subterrâneos no Oeste, estarem desenvolvendo modelos comportamentais e previsões populacionais para os mortos reanimados, e nada disso é promissor. Notícias ruins pairam sobre a terra e pairam bem agora no compartimento de carga mal iluminado do caminhão de transporte conforme Lilly tenta afastar pensamentos sombrios da mente.

— Ei, Barbara. — Lilly lança um olhar para a mulher de cabelos grisalhos sentada diante dela. — Por que não nos conta a história famosa de novo?

Austin revira os olhos de modo bem-intencionado.

— Ah, meu Deus... isso de novo não.

Lilly olha para ele.

— Você, cale a boca. Vamos, Barbara, conte a história da lua de mel.

Austin esfrega os olhos.

— Alguém me dê um tiro.

— Shhh! — Lilly cutuca Austin, então olha para a mulher mais velha e consegue sorrir. — Vá em frente, Barbara.

A mulher de cabelos grisalhos sorri para o marido.

— Quer contar?

David envolve a esposa com o braço.

— Claro, será a primeira vez... eu falando. — Ele olha para a mulher mais velha com aquele brilho nos olhos, e algo se passa entre os dois, atravessando a clausura obscurecida e causando um aperto no coração de Lilly. — Está bem... primeiramente, eu estava lá nos dias pré-históricos, quando ainda tinha cabelos pretos e uma próstata que funcionava.

Barbara dá um soco brincalhão no braço do marido.

— Pode apenas ir direto ao ponto, por favor? Estas pessoas não precisam de seu histórico urinário completo.

O caminhão ronca sobre trilhos de ferrovia, chacoalhando o compartimento de carga. David se segura no banco, então respira fundo e sorri.

— A questão é que éramos apenas crianças... mas estávamos loucamente apaixonados.

— Ainda estamos, por algum motivo... Sabe Deus por que — acrescenta Barbara, com um risinho, e lança ao marido um olhar significativo.

David mostra a língua para ela.

— Então, enfim... nos vimos em direção ao lugar mais lindo da terra: Iguaçu, na Argentina, com nada além das roupas nas costas e cerca de cem dólares em pesos.

De novo, Barbara se intromete:

— Se não me falha a memória, "Iguaçu" significa "garganta do diabo", e é basicamente um rio que corre pelo Brasil e pela Argentina. Lemos sobre ele em um guia de turismo e achamos que seria a aventura perfeita.

David suspira.

— Então, enfim... chegamos lá no domingo e segunda à noite tínhamos caminhado todo o percurso rio acima, talvez 8 quilômetros, até uma cachoeira incrível.

Barbara balança a cabeça.

— Oito quilômetros? Está brincando? Andamos umas *20 milhas*!

David pisca um olho para Lilly.

— Ela exagera. Confie em mim... foram só uns 20 ou 30 quilômetros.

Barbara, de brincadeira, cruza os braços.

— David? Quantos quilômetros há em uma milha?

Ele suspira e balança a cabeça.

— Não sei, querida, mas tenho certeza de que você está prestes a nos dizer.

— Tipo 1,6... então, 30 quilômetros equivalem a umas 20 milhas.

David lança outro olhar para a esposa.

— Posso contar a história? Tudo bem por você?

Barbara vira o rosto com petulância.

— Quem está lhe impedindo?

— Então encontramos essa cachoeira incrível, e quero dizer que é a cachoeira mais linda da terra. De um único ponto, você está praticamente cercado, 360 graus, e a água ruge ao seu redor.

— E muitos arco-íris! — diz Barbara maravilhada. — Em todo lugar para onde se olhasse. Era realmente uma coisa incrível

— Então — continua David. — A assanhadinha aqui decide brincar um pouquinho.

Barbara sorri.

— Eu só queria dar um abracinho nele, só isso.

— E ela me apalpando enquanto a água corria por todo lado ao nosso redor...

— Eu não estava apalpando você!

— Ela estava me agarrando. E, do nada, diz: "David, onde está sua carteira?". Então sinto a parte traseira da calça jeans, e, isso mesmo, a coisa sumiu.

Barbara balança a cabeça de novo, revivendo o momento pela milionésima vez.

— Minha pochete também estava vazia. Alguém nos roubou em algum momento na fila. Passaportes, identidade, tudo. Estávamos presos no meio da Argentina, dois americanos idiotas, e não tínhamos qualquer "m" de ideia do que fazer.

David sorri consigo mesmo, mantendo o momento na memória como uma herança preciosa que ele guarda em uma gaveta. Lilly tem a sensação de que aquilo é algo essencial para os Stern, algo não dito, mas tão poderoso quanto o movimento das marés ou a atração gravitacional da Lua.

— Voltamos para a cidade mais próxima e fizemos algumas ligações — continua David —, mas não há uma embaixada em quilômetros, e os policiais são tão úteis quanto um dedo no olho.

— Nos disseram que tínhamos de esperar até que o problema com nossa identidade fosse resolvido em Buenos Aires.

— Que fica, tipo, a umas 800 milhas de distância.

— Quilômetros, Barbara. A 800 *quilômetros* de distância.

— David, não comece.

— De qualquer forma, ainda tínhamos alguns centavos de pesos nos bolsos, o equivalente a o quê, Barbara? Tipo 1,5 dólar? Então encontramos uma cidadezinha e convencemos um cara local a nos deixar dormir no chão do celeiro dele por 50 centavos de peso.

Barbara dá um sorriso melancólico.

— Não era exatamente o Ritz, mas nos viramos.

David sorri para a mulher.

— No fim das contas, o homem era dono de um restaurantezinho na cidade e concordou em nos deixar trabalhando lá enquanto esperávamos o problema dos passaportes ser resolvido. Babs servia mesas, e eu trabalhava nos fundos, enchendo linguiças de *chorizo* e fazendo *menudo* para a população local.

— O engraçado é que foi uma das melhores épocas de nossas vidas. — Barbara emite um suspiro pensativo. — Estávamos em um ambiente tão diferente e só tínhamos um ao outro para buscar conforto, mas foi... foi... *bom*. — Ela olha para o marido, e, pela primeira vez, o rosto enrugado de matrona se suaviza. Uma expressão toma conta de Barbara, apenas por um instante, e extingue o tempo, apaga todos os anos e a transforma novamente em uma jovem noiva apaixonada por um homem bom. — Na verdade — diz Barbara, baixinho —, foi até meio que sensacional.

David olha para a esposa.

— Ficamos presos lá por... o quê? Quanto tempo foi, Babs?

— Ficamos lá por dois meses e meio, esperando notícias da embaixada, dormindo com as cabras, vivendo daquela porcaria de *menudo*.

— Foi... uma experiência. — David envolve a mulher com o braço. Ele beija carinhosamente a têmpora de Barbara. — Não teria trocado por todo o chá do Tennessee.

O caminhão estremece ao passar por mais uma série de saliências, e o silêncio ruidoso que se segue pesa sobre Lilly. Esperava que a história levantasse seu ânimo. Esperava que a distraísse, que a acalmasse, talvez até mesmo fosse um bálsamo para seus pensamentos deprimentes. Mas serviu apenas para arranhar a casca que Lilly ergueu sobre o coração. Fez com que ela se sentisse pequena, sozinha e insignificante.

Tontura percorre o corpo de Lilly, e ela sente vontade de chorar... por Josh... por Megan... por si mesma... por todo aquele pesadelo de ponta-cabeça que toma conta da terra.

Por fim, Austin quebra o feitiço com um franzir das sobrancelhas em sinal de confusão.

— Que porra é essa de *menudo*?

O caminhão de carga sacoleja sobre uma série de trilhos ferroviários petrificados e entra em Hogansville pelo oeste. Martinez mantém as duas mãos no volante conforme verifica as ruas desertas e as fachadas das lojas pelo para-brisa.

O êxodo em massa deixou a cidadezinha coberta de grama e ervas daninhas, bem fechada com tábuas de madeira e repleta de pertences esquecidos pela rua — colchões mofados, gavetas soltas e roupas imundas agarradas a cada calha. Alguns errantes desgarrados, maltrapilhos como espantalhos, vagueiam sem rumo nos becos e nos estacionamentos vazios.

Martinez pisa nos freios e reduz a velocidade do caminhão a estáveis 30 quilômetros por hora. Ele vê uma placa de rua e consulta a página arrancada de uma antiga lista telefônica que ele colou no painel. A Piggly Wiggly de Hogansville parece ficar do lado oeste da cidade, a cerca de 800 metros de distância. Os pneus estalam vidro quebrado e detritos, o barulho atrai a atenção de errantes próximos.

Do assento do carona, Gus enfia um cartucho na abertura da espingarda .12.

— Deixe comigo, chefe — diz ele, abrindo a janela.

— Gus, espere! — Martinez estende a mão até uma mochila enfiada entre os bancos. Ele encontra uma Magnum .357 de cano curto com um silenciador e a entrega ao homem careca e rechonchudo. — Use isso, não quero que o barulho atraia mais deles.

Gus abaixa a espingarda, pega o revólver, abre o tambor, verifica as balas, então o fecha com um clique.

— Justo.

O careca mira o revólver para fora da janela e derruba três cadáveres com a facilidade de um homem jogando em um parque de diversões. Os estouros — abafados pelo supressor de barulho — parecem fogo estalando. Os errantes caem um a um, o topo dos crânios deles se abrindo em bolhas de fluido preto e tecido, os corpos despencando na calçada com pancadas úmidas satisfatórias. Martinez continua para o oeste.

Ele vira em um cruzamento bloqueado pelos destroços da colisão de três carros, os escombros queimados de metal e vidro estão emaranhados em uma confusão amassada. O caminhão de carga sobe a calçada, e Gus abate outro par de errantes, vestidos em uniformes de paramédicos. O caminhão continua a descer a rua lateral.

Logo depois de um shopping a céu aberto fechado por tábuas, a placa da Piggly Wiggly aparece no canto sul da rua, a entrada do estacionamento deserto cheia com meia dúzia de errantes. Gus os livra de seus sofrimentos com pouca comoção — parando uma vez para recarregar — enquanto o caminhão entra devagar no estacionamento.

Um dos errantes cai contra a lateral do caminhão, uma fonte de sangue oleoso jorra sobre o capô antes que o corpo deslize para baixo das rodas.

— Merda! — xinga Martinez, ao parar diante da loja.

Pelo para-brisa manchado de sangue, ele consegue ver a área de desastre que é a antiga Piggly Wiggly. Calçada quebrada e vasos de plantas virados se esparramam pela fachada da loja, as janelas estão todas quebradas e com os vidros afiados, fileiras de carrinhos de compras enferrujados estão jogados de lado ou esmagados por vigas quebradas. No interior sombreado da loja, os corredores estão saqueados, as prateleiras, vazias; lâmpadas pendem pelos fios, rodopiando vagarosamente ao vento.

— Merda! Merda! Merda! Merda-merda-merda!

Martinez esfrega o rosto, recosta-se no banco do motorista.

Gus olha para ele.

— E agora, chefe?

A lona se abre, a luz cruel do dia inunda o compartimento de carga. O brilho faz Lilly piscar e semicerrar os olhos enquanto eles se ajustam.

Ela se levanta e olha para Martinez, que está parado do lado de fora da traseira do caminhão, segurando a lona aberta com uma expressão sofrida nas feições sombrias. Gus está em pé atrás dele, apertando as mãos.

— Notícias boas e notícias ruins — resmunga Martinez.

Os Stern se levantam, Austin também se ergue devagar, espreguiçando-se como um gato sonolento.

— A mercearia foi detonada, totalmente limpa — anuncia Martinez. — Sorte de merda.

Lilly olha para ele.

— Qual é a notícia boa?

— Tem um armazém atrás da loja, sem janelas, bem trancado. Parece que as pessoas o deixaram em paz. Talvez seja uma mina de ouro.

— O que estamos esperando?

Martinez ergue o olhar para Lilly.

— Não tenho certeza do quanto é seguro. Quero todos engatilhados e municiados, e na ponta dos pés. Tragam as lanternas também... parece que é bem escuro lá dentro.

Todos pegam suas armas e equipamentos. Lilly vasculha a mochila. Lá de dentro, tira duas Ruger .22 semiautomáticas e verifica os pentes de munição. Tem dois pentes curvos, cada um carregado com 25 balas. Bob a ensinou a usar os pentes de alta capacidade, os quais fazem as pistolas ligeiramente difíceis de manejar, mas também dão a ela poder de resistência caso as coisas fujam ao controle.

— Austin, quero que carregue as mochilas — diz Martinez, indicando bruscamente a pilha de bolsas de lona no canto. — Mantenha todas abertas e prontas.

Austin já está de pé ao lado das bolsas, reunindo-as e colocando-as sobre os ombros. Os outros verificam os suprimentos de munição, embainhando as armas em cavidades das quais seria fácil sacá-las, nos quadris e nos cintos. Barbara enfia uma Colt Army .45 na parte de trás de uma faixa muito bem amarrada em torno de seu tronco largo, David entrega dois cartuchos sobressalentes a ela.

O grupo trabalha com a concentração prática de ladrões de banco veteranos. Fizeram isso muitas vezes. Mesmo assim, ainda há certa tensão estalando na clausura escura conforme Martinez olha uma última vez pela lona aberta.

— Vou encostar o caminhão nos fundos — diz ele. — Estejam prontos para detonar e cuidado ao entrar... o barulho do caminhão já atraiu mais Mordedores.

Após uma rápida sucessão de acenos pelo compartimento de carga, Martinez desaparece.

Lilly vai até a caçamba traseira e se apoia no batente quando o som das portas da cabine fechando é seguido pelo do motor sendo ligado. O caminhão sai devagar e então segue roncando pela lateral do supermercado.

Quarenta e cinco segundos depois, os freios pneumáticos chiam, e o caminhão para de súbito.

Lilly respira fundo, saca uma das Rugers, abre a lona e salta para fora.

Ela aterrissa com força na calçada rachada, o sol nos olhos, o vento no rosto, o cheiro de borracha queimada paira, vindo de algum cataclismo distante. Martinez já está fora da cabine, a .357 com o silenciador embainhada e batendo contra sua coxa; Gus se apressa pela frente do caminhão. O homem careca vai para trás do volante.

O armazém está à direita deles, ao fim do estacionamento dos fundos, aninhado em uma selva de ervas daninhas e capim-navalha, uma enorme caixa de metal corrugado do tamanho de três cinemas. Lilly vê a porta metálica sem marcas no topo de um pequeno lance de escadas, situada bem ao lado da estação de carga e descarga, e duas enormes portas de garagem à sombra do anexo. Tudo parece congelado e petrificado pelo tempo, fechado pela ferrugem, com marcas de grafite.

Lilly olha por cima do ombro e vê de relance um aglomerado de errantes, a cerca de 90 metros de distância, perto da placa detonada do Piggly Wiggly, virando-se devagar para a comoção que o grupo provocou e começando a se arrastar na direção deles.

Austin surge atrás de Lilly.

— Vamos, vamos — murmura ele, carregando as mochilas. — Enquanto somos jovens e estamos inteiros!

David e Barbara aparecem rapidamente atrás de Austin, o casal mais velho fica abaixado, com os olhos arregalados e alerta. Martinez gesticula com a mão para Gus, apontando para a estação de carga e descarga.

— Dê marcha a ré, Gus, e mantenha o canal de rádio aberto e os olhos nas coisas do lado de fora.

— Entendido. — Gus liga o motor, então começa a colocar o caminhão em marcha.

— Sairemos pela lateral da estação de carga e descarga — informa Martinez a ele. — Por isso deixe o motor ligado e esteja pronto para partir sem aviso prévio.

— Entendi!

Então as coisas começam a seguir muito rápida e eficientemente conforme Gus dá ré no caminhão até a estação e os demais, ágil e silenciosamente, sobem até a porta lateral sem marcas, movendo-se com a competência fria de uma equipe da SWAT. Martinez sobe escadas, puxa uma longa placa de metal do cinto e começa a trabalhar no cadeado, batendo na placa com a coronha da arma. Os outros se aglomeram atrás dele, olhando por cima do ombro para os mortos que se aproximam.

O cadeado estala, e Martinez abre a porta de treliças esganiçadas.

Eles mergulham na escuridão e no fedor insuportável — carne podre, odores acres feito vômito, cheiros de amônia —, a porta bate atrás do grupo, fazendo-os saltar. Uma única claraboia, bem acima das estruturas metálicas com teias de aranha, fornece iluminação suficiente para revelar as silhuetas dos corredores e as empilhadeiras tombadas espalhadas entre as prateleiras.

Cada um dos intrusos — inclusive Lilly — pausa para sorrir quando seus olhos se ajustam o suficiente para ver todos os enlatados e a comida embalada que se erguem até as vigas do teto. É, de fato, a mina de ouro pela qual Martinez torcera. Mas, tão imediatamente quanto registram a boa sorte, ouvem os ruídos aumentando nas sombras mais profundas, como se agindo sob a deixa da chegada do grupo, e um a um os sorrisos desaparecem...

... à medida que veem a primeira das silhuetas que emerge de detrás das prateleiras carregadas.

Quatro

Ao sinal de Martinez, o grupo começa a atirar, o estalo coletivo de silenciadores e os flashes faiscantes das aberturas dos canos iluminando o armazém escuro. Lilly dispara três tiros rápidos, abatendo dois à distância de 15 metros. Um dos alvos — um homem obeso com um uniforme de trabalho em frangalhos, a carne da cor de minhocas — é jogado contra uma prateleira, e seu crânio jorra fluidos cerebrais quando ele derruba uma fileira de tomates enlatados. O outro Mordedor — um jovem de macacão sujo de graxa, que talvez operasse empilhadeiras — desaba em uma cascata de sangue que borrifa do buraco recém-aberto em seu crânio.

Os mortos continuam vindo, pelo menos duas dúzias ou mais, de todos os cantos do armazém.

O ar estrondeia e estala com iluminação estroboscópica. Os atiradores se mantêm aglomerados perto da porta, os canos das armas disparando e se iluminando. Austin joga as mochilas no chão e começa a trabalhar com a Glock 19, outra aquisição do depósito da Guarda Nacional, equipada com um silenciador e um dispositivo abaixo do cano que lança um estreito fio de luz vermelha pela escuridão. David mira em uma mulher com uniforme manchado da Piggly Wiggly e manda a garota morta pelos ares contra uma estante de *bagels* mofados. Barbara acerta um homem mais velho de camisa social manchada de sangue, gravata tipo *clip on* e um crachá com o nome — talvez o antigo gerente da loja —, derrubando a criatura em uma névoa vermelha que pinta uma lâmpada em profusão pontilhista.

O tiroteio abafado emite um ruído surreal, como uma rodada de aplausos enlouquecidos, acompanhados por uma exibição de fogos que interrompe a quietude fétida, seguida pelo estalido e o tilintar de cápsulas de balas acertando o chão. Martinez se adianta, liderando o grupo mais para dentro do armazém. Eles passam por corredores perpendiculares e atiram em figuras errantes com olhos brancos leitosos que seguem diretamente para eles — antigos operadores de máquinas, balconistas, assistentes de gerência, caixas —, cada um desabando em batismos copiosos de sangue. O grupo perde a conta quando o último afunda no chão.

No silêncio que ecoa, Lilly ouve o ganido metálico da voz de Gus irrompendo do walkie-talkie de Martinez:

— ... porra está acontecendo?! Estão me ouvindo?! Chefe?! Vocês ouviram? O que está *acontecendo*?

Ao fim do corredor principal, Martinez para e toma fôlego. Ele pega o rádio preso no cinto.

— Estamos bem, Gus — diz ele ao walkie-talkie. — Esbarramos em uma comitiva de boas-vindas... mas tudo limpo.

No ar, a voz chia:

— Estava quase infartando!

Martinez aperta o botão TALK:

— A porra da equipe toda deve ter se escondido aqui quando a merda aconteceu. — Ele olha ao redor para a carnificina por trás de véus de fumaça azul, o ar agora fedendo a cordite. Martinez aperta o botão. — Fique pronto para partir, Gus. Parece que vamos encher o caminhão até o teto com mantimentos.

A voz retorna:

— Boa notícia, chefe. Entendido. Estarei pronto.

Martinez desliga o rádio, coloca-o de volta e se vira para os outros.

— Todo mundo bem?

Lilly ouve um apito dentro dos ouvidos, mas se sente equilibrada, alerta.

— Tudo bem — responde ela, e pressiona com o polegar a coronha de cada uma das Rugers, liberando os cartuchos usados, que batem no chão com um estalo. Lilly pega cartuchos novos de trás da cintura e os coloca no lugar. Ela verifica os corredores dos dois lados, onde os restos dos errantes jazem em pilhas encharcadas de sangue. Lilly não sente nada.

— Fiquem de olho nos desgarrados — ordena Martinez, olhando para os corredores às sombras.

— Que porcaria esta coisa! — reclama David Stern, sacudindo uma lanterna. As mãos retorcidas dele tremem. — Verifiquei as pilhas ontem à noite.

Barbara revira os olhos na escuridão.

— O homem é um caso perdido com a tecnologia. — Ela pega a lanterna do marido. — Achei que estas pilhas não estivessem muito confiáveis. — Ela desatarraxa a tampa da lanterna e agita as pilhas tipo C. Não adiante; a coisa não acende.

— Espere um pouco — diz Austin, e coloca a Glock de volta atrás do cinto. — Tenho uma ideia.

Ele vai até uma prateleira sobre a qual toras de lenha estão empilhadas junto com sacas de carvão, latas de fluido para isqueiro e pacotes de lascas de madeira. Austin puxa um longo pedaço de madeira sólida, tira uma bandana do bolso e a enrola na ponta da lenha.

Lilly o observa com interesse. Ela não consegue desvendar muito bem esse garoto. De alguma forma, ele parece mais velho do que realmente é. Lilly o observa embeber o tecido com fluido de isqueiro. Ele pega um isqueiro Bic e acende a bandana, e, de súbito, uma chama de luz laranja brilhante ilumina o corredor central com um halo radiante.

— Muito sombrio — diz Lilly, e dá uma risada. — Bom trabalho, Huckleberry.

Eles se dividem em dois grupos. Martinez e os Stern pegam a frente do prédio — um labirinto de prateleiras transbordando com mercadorias embaladas, suprimentos para casa, bens secos, condimentos e utensílios de cozinha —, e Lilly e Austin ficam com os fundos. Martinez ordena que todos sejam rápidos, sem enrolação, e, se virem algo sobre o qual não tenham certeza, deixem. Que peguem apenas os itens dentro da validade.

Austin leva Lilly por um corredor lateral ladeado por escritórios vazios. Eles passam por diversas portas, cada uma trancada e exibindo escuridão vazia atrás das janelas. Austin caminha um pouco à frente de Lilly, segurando a tocha em uma das mãos e a Glock na outra. Lilly está com as duas armas empunhadas, pronta para entrar em ação ao menor sinal.

À luz amarela bruxuleante, eles passam por fileiras de tanques de propano, suprimentos de jardim, sacas de fertilizante, pilhas de lenha, mangueiras de jardim enroladas e tralhas inúteis, como alimentadores de pássaros e anões de jardim. A pele da nuca de Lilly fica arrepiada quando ela ouve o eco dos sussurros e o arrastar dos pés dos Stern e de Martinez aproximando-se na escuridão atrás dela.

No fim do corredor principal, contra a parede dos fundos, os dois se viram e encontram uma enorme empilhadeira hidráulica entre ancinhos, pás e ferramentas. Austin puxa a coisa até o corredor — é um enorme carrinho de carga com rodas de ferro pesadas e dois garfos que se estendem por pelo menos 2,5 metros — e testa a empilhadeira bombeando a enorme alavanca manual.

— Isso pode ser útil — especula Austin.

— Faça um favor, segure a tocha um segundo. — Lilly indica as sombras na parede dos fundos. Austin ergue a tocha e revela, à luz trêmula da chama, uma pilha de estrados vazios.

Eles agem com rapidez, enfiando os garfos da empilhadeira sob o estrado mais próximo.

Então voltam pelo corredor central escuro, as rodas guinchando ruidosamente no piso imundo de cimento. Os dois começam a carregar o estrado, Austin empurra e segura a tocha, Lilly pega os itens essenciais. Tonéis de 190 litros de água potável, caixas de sementes, ferramentas de ponta afiada, rolos de corda. Viram novamente e seguem por um corredor de bens enlatados. Lilly começa a trabalhar empilhando caixas embaladas a vácuo de pêssego, milho, feijão, couve, latas de sardinha, de atum e carne enlatada.

— Seremos heróis, voltando com toda essa porcaria — resmunga Austin, enquanto empurra a empilhadeira pelo corredor.

— Aham. Talvez você finalmente consiga comer alguém — brinca Lilly, empilhando as bandejas pesadas com um murmúrio.

— Posso perguntar uma coisa?

— O quê?

— De onde vem essa atitude?

Lilly continua trabalhando, as armas cutucando-a atrás do cinto.

— Não faço ideia do que você está falando.

— Por favor, Lilly... percebi de imediato... desde que a conheci... você tem implicância com alguma coisa.

Os dois seguem até o fim do corredor de bens enlatados. Lilly joga mais uma caixa de latas no estrado e resmunga:

— Podemos simplesmente terminar isso e sair daqui?

— Só estou puxando papo — diz Austin com um resmungo ao empurrar o equipamento pela curva no fim do corredor.

Os dois seguem por mais um corredor empilhado com caixas de frutas podres. Então param. Austin ergue a tocha e revela os pêssegos e as bananas escuras e murchas nas caixas infestadas de larvas. As frutas se decompuseram até virarem caroços pretos e viscosos.

Lilly limpa o suor do rosto, e sua voz sai baixa e rouca.

— A verdade é que perdi pessoas muito próximas.

Austin encara as frutas podres.

— Olhe... sinto muito por ter mencionado... desculpe. — Ele começa a empurrar o equipamento mais para dentro do corredor. — Você não precisa...

— Espere!

Lilly o segura e o mantém parado. Um ruído baixo de batidas metálicas faz a espinha dela se arrepiar, e Lilly sussurra:

— Ilumine com a tocha naquela direção.

À luz bruxuleante, os dois veem uma fileira de portas de freezer na lateral esquerda do corredor. O fedor de carne rançosa paira no ar.

Lilly saca as armas. A última porta à esquerda oscila e estala intermitentemente, as treliças enferrujadas estão soltas.

— Fique atrás de mim, erga a tocha — sussurra Lilly, e coloca o dedão nos ferrolhos das duas Rugers, seguindo na ponta dos pés até a última porta à esquerda.

— Errante? — Austin pega a Glock e se aproxima por trás dela.

— Cale a boca e erga a tocha.

Lilly passa da porta oscilante, para e fica de costas para o freezer.

— No três — sussurra ela. — Está pronto?

— Pronto.

Lilly segura a tranca.

— Um, dois, *três*!

Ela escancara a porta do freezer, os dois canos das armas se erguem, e o coração dela acelera. Não há nada ali. Nada além de escuridão e o fedor rançoso.

O odor toma conta de Lilly, fazendo com que os olhos dela se encham d'água à medida que se afasta, abaixando as pistolas. A podridão escura e oleosa se agarra ao interior do freezer às escuras. Lilly ouve um barulho e abaixa o rosto para alguma coisa pequena e peluda que passa às pressas por seus pés. Ela solta um suspiro doloroso ao perceber que era apenas um rato que fazia todo aquele barulho.

— Porra — comenta Austin, sem fôlego, abaixando a Glock e exalando aliviado.

— Vamos — diz Lilly, enfiando as armas de volta no cinto. — Temos o bastante. Vamos voltar, encher o caminhão e sair dessa porra.

— Por mim está ótimo — responde Austin, puxando o carrinho para si com um sorriso, então o empurrando de volta pelo corredor, seguindo Lilly em direção à frente do armazém. Atrás dele, uma silhueta enorme emerge do freezer.

Austin ouve primeiro e só tem tempo de se virar e ver o homem corpulento de macacão e rosto deformado arrastando-se em direção a ele. As mandíbulas da criatura abrem e fecham, os olhos são da cor de leite azedo, o Mordedor tem bem mais de 1,80 metro e está coberto com um filme de mofo branco por ter ficado trancado no freezer por tanto tempo.

Desviando da criatura e levando a mão à Glock, Austin tropeça na ponta do carrinho.

Ele cai, a arma escorrega de sua mão, a tocha rola pelo cimento. O enorme Mordedor paira acima, babando bile negra, a tocha agora ilumina a cena por um ângulo surreal. Chamas estremecem e refletem os olhos brilhantes e leitosos do cadáver.

Austin tenta rolar para longe, mas o Mordedor fecha os dedos gigantescos nas pernas da calça dele. Austin emite um rugido de ódio, chuta o errante, xinga a criatura. A coisa abre a boca, e Austin acerta a sola da bota no aglomerado de dentes pretos e tortos como os de um tubarão.

O estalo no maxilar inferior mal detém a coisa.

A criatura ataca a carne da coxa de Austin. O peso da coisa é insuportável, como se uma casa o esmagasse, e, no momento em que ela está prestes a morder a artéria femoral de Austin — os dentes escuros a apenas centímetros —, os estalos de dois silenciadores calibre .22 são ouvidos.

Apenas alguns segundos se passaram desde o momento em que o Mordedor apareceu, mas é a quantidade de tempo exata que levou para que Lilly ouvisse a comoção, parasse o que estava fazendo, virasse, soltasse os ferrolhos, erguesse as armas, mirasse com cuidado e intercedesse. Ela acerta o Mordedor fatalmente, bem entre os olhos, logo acima do osso do nariz.

O enorme cadáver é lançado para trás em uma nuvem de sangue que parece fumaça na escuridão, o topo do crânio dele partindo-se e jorrando.

A criatura cai em uma poça encharcada aos pés de Austin enquanto o jovem se encolhe para longe e arqueja para tomar fôlego. Austin então se afasta de costas arrastando a bunda no chão por diversos segundos de frenesi.

— Porra!... Meu Jesus! Porra!

— Você está bem? — Lilly se aproxima, se ajoelha e inspeciona as pernas de Austin. — Está bem?

— Eu... é... estou bem, *bem* — dispara o rapaz, e gagueja, tomando fôlego. Ele encara o enorme amontoado que é o cadáver deitado a seus pés.

— Venha, vamos...

— YO!

O som da voz de Martinez vindo da frente do armazém entra nos ouvidos de Lilly, ainda zunindo.

— Lilly! Austin! Estão bem?!

Lilly grita por cima do ombro:

— Estamos bem!

— Juntem suas tralhas e venham! — Martinez parece nervoso. — O barulho está atraindo mais deles dos esconderijos! Vamos embora!

— Vamos, bonitão — murmura Lilly para Austin, ajudando-o a se levantar.

Os dois se levantam, Austin recupera a tocha antes que esta tenha a chance de incendiar qualquer coisa, então os dois empurram o carrinho. Pesa uma tonelada agora, e são necessários os dois, bufando e sem fôlego, para empurrar a coisa pelo corredor.

O grupo se reúne na estação de carga e descarga. Os Stern e Martinez encheram as bolsas, assim como meia dúzia de grandes caixas de papelão com uma variedade de mantimentos embalados, inclusive caixas de macarrão instantâneo, café solúvel gourmet, garrafas de 2 litros de suco, pacotes de farinha, caixas de arroz com macarrão, diversos quilos de açúcar, galões de vegetais em conserva e caixas embaladas a vácuo de banha, macarrão instantâneo com molho, macarrão com queijo e cigarros. Martinez chama Gus pelo rádio e diz a ele para dar ré no caminhão até o mais próximo possível da estação e para ficar pronto para a ação quando a porta da garagem subir. Austin, ainda sem fôlego e abalado pelo ataque, empurra o estrado até a porta de metal corrugado.

— Me passe aquele martelo que encontrou lá atrás — diz Martinez a David.

O homem mais velho se aproxima e entrega o martelo a Martinez. Os outros se reúnem ao redor dele, esperando, nervosos, enquanto Martinez martela o cadeado na base da porta da garagem. O cadeado é teimoso, e o ruído das marteladas ecoa. Lilly olha por cima do ombro, semiconsciente dos sons de passos arrastados que vêm das sombras mais escuras atrás de si.

O cadeado finalmente se parte, e Martinez empurra a porta. A coisa se enrosca para cima com um guincho enferrujado. O vento e a luz irrompem para dentro do armazém, cheirando a asfalto e borracha queimando, fazendo com que todos pisquem. No chão rodopiam faixas de nylon para embalagens e lixo, agitados pela brisa.

A princípio, conforme dão os primeiros passos para fora, ninguém vê a pilha de lixo orgânico e caixas de papelão mofadas do outro lado da estação de carga e descarga, ao lado de uma caçamba de lixo, que se move levemente, trepidando com algo abaixo dela. Estão todos muito ocupados seguindo Martinez pela estação imunda, com os braços cheios de mantimentos.

Gus dá ré no caminhão, com a lona aberta, o cano de descarga engasgando e soprando ao vento da primavera. O grupo começa a carregar a traseira.

As mochilas pesadas vão pela abertura. Entram as caixas. Entra o conteúdo do estrado, os bens enlatados, os tonéis de água, os suprimentos de jardim, as ferramentas, o propano. Ninguém sequer nota o cadáver que se move pela estação de carga e descarga, arrastando-se em meio à pilha de lixo e, então, ficando de pé com a hesitação ruidosa e inebriada de um bebê grande demais. Lilly vê o movimento de relance pelo canto do olho, então se vira na direção do Mordedor.

O cadáver esquálido de um afro-americano de quase 30 anos, talvez no início dos 30, com dreadlocks curtinhos despontando na cabeça, se arrasta desastradamente na direção do grupo como um mímico bêbado caminhando contra um vento imaginário, agarrando-se ao ar. Ele veste um macacão laranja que parece familiar para Lilly, mas ela não consegue se lembrar de onde.

— Deixa comigo — diz Lilly para ninguém em particular, quando saca uma das Rugers.

Os outros reparam a comoção e param de trabalhar, sacam as armas e observam Lilly parada em pé como uma pedra, imóvel como uma placa de quilometragem na estrada, apontando a mira frontal para o cadáver que se aproxima. Um momento se passa. Lilly fica imóvel como uma estátua. Os outros encaram enquanto Lilly, por fim, tranquilamente, quase languidamente, decide puxar o gatilho, diversas e diversas vezes, esvaziando as últimas seis cápsulas do cartucho.

A arma estala e acende, e o cadáver jovem e negro parece dançar na estação por um momento, os ferimentos de saída jorram sangue desintegrado. As balas corroem a crosta dura do crânio, destruindo os dreadlocks e lançando pedaços do lobo pré-frontal e fluido cérebro-espinhal cinzento pelos ares. Lilly termina e encara, inexpressiva.

O Mordedor se vira e desaba na estação de carga e descarga em uma poça encharcada de sangue.

Parada em uma névoa azulada da fumaça com cordite da própria arma, Lilly murmura algo para si mesma. Ninguém ouve o que ela diz. Os outros encaram a mulher por um momento, então Austin finalmente se aproxima e elogia:

— Bom trabalho, Annie Oakley.

Martinez quebra o feitiço.

— Tudo bem... vamos correr, pessoal! Antes que a gente atraia mais deles!

O grupo se amontoa na traseira do caminhão. Lilly é a última a entrar e encontrar um assento em meio ao compartimento de carga abarrotado. Ela se senta em um dos tanques de propano e se segura em um trilho lateral, preparando-se para a força inercial. Então a porta da cabine bate, e o motor ronca, e o caminhão subitamente ruge para longe da estação de carga e descarga.

Lilly lembra-se naquele momento — por algum motivo a percepção surge em sua mente conforme o caminhão se afasta — de onde tinha visto um macacão laranja como o que o Dreadlock estava usando. É um macacão de presídio.

Eles percorrem todo o caminho do estacionamento, passam pela saída e estão a meio caminho da estrada de acesso quando Barbara quebra o silêncio.

— Não foi um mau dia de trabalho para um bando de desajustados emocionais.

As risadas começam com David Stern, então se espalham entre cada passageiro, até que, por fim, até mesmo Lilly está rindo com alívio e satisfação insanos e descontraídos.

Quando conseguem voltar para a autoestrada, cada ocupante daquela clausura escura e fétida está vibrando com animação.

— Podem imaginar o olhar no rosto das crianças dos DeVrie quando virem todo esse suco de uva? — Barbara Stern parece definitivamente fervilhante com o jeans desbotado e as tranças grisalhas desarrumadas. — Achei que detonariam o castelo quando acabou o suco instantâneo Kool-Aid na semana passada.

— E aquele café solúvel Via, do Starbucks? — acrescenta David. — Mal posso esperar para aposentar aquelas porcarias de grãos de café na pilha de lixo.

— Temos todos os grupos alimentares também, não temos? — Austin se anima em seu lugar, separado de Lilly por uma depressão no assento. — Açúcar, cafeína, nicotina e cupcakes Dolly Madison. As crianças vão ficar doidonas de açúcar durante um mês.

Lilly sorri para o rapaz pela primeira vez desde que se conheceram. Austin devolve o olhar piscando um olho, os longos cachos caídos em torno do lindo rosto devido à corrente de ar que entra pela lona tremulante.

Lilly olha pela abertura traseira e vê a estrada campestre deserta passar em um borrão, o sol da tarde piscando agradavelmente através das árvores que ficam para trás deles. Apenas por um instante, sente como se Woodbury pudesse mesmo ter uma chance. Se tivessem mais pessoas como aquelas — pessoas que se importam umas com as outras — podem até ter a chance de construir uma comunidade.

— Você se saiu bem hoje, bonitinho — diz Lilly, finalmente, para Austin. Ela olha para os outros. — Todos se saíram bem. Na verdade, se pudermos apenas...

Um ruído baixo vindo de fora interrompe Lilly. A princípio, soa meramente como o vento agitando a lona. Mas quanto mais Lilly ouve, mais parece com um ruído quase alienígena, de outra época, de outro lugar, um ruído que ela não ouve — um ruído que *ninguém* ouve — desde que a praga irrompeu anos antes.

— Ouviram isso? — Lilly olha para os demais, os quais, todos agora parecem ouvir espantados. O ruído aumenta e diminui ao vento. Parece vir do céu, talvez a 1,5 quilômetro, vibrando o ar como o rufar de um tambor. — Parece... Não. Não pode ser.

— Que porra é essa? — Austin abre caminho até a traseira do compartimento e coloca a cabeça para fora, inclinando o pescoço para olhar o céu. — Está de *sacanagem* com a minha cara!

Lilly vai para perto dele, segurando-se na abertura traseira e inclinando o corpo para fora.

O vento agita seus cabelos e faz seus olhos arderem conforme a mulher olha para cima, e, certamente, ela vê um relance daquilo no céu do oeste.

Apenas a cauda da aeronave está visível acima do dossel das árvores, o rotor girando desenfreadamente, o corpo do helicóptero inclinando-se para baixo. A coisa está com problemas. Uma espiral fina de fumaça preta acompanha a traseira do helicóptero como um cometa escuro enquanto ele mergulha e sai do campo de visão.

O caminhão de carga reduz a velocidade. Martinez e Gus obviamente também viram a coisa.

— Acha que é...? — Lilly começa a perguntar o que está na mente de todos quando as palavras são interrompidas.

O impacto da queda — há mais de 800 metros de distância — sacode a terra.

Um cogumelo de fogo acende o bosque e arranha o céu.

Cinco

— Aqui! Bem aqui! Pare!

Gus pisa nos freios, o caminhão de carga reclama conforme estremece para fora da estrada de duas pistas. O veículo quica sobre uma trilha estreita de grama lamacenta no recuo da estrada, então chacoalha e para com uma nuvem de monóxido de carbono e poeira.

— É o mais próximo que chegaremos de caminhão — diz Martinez, inclinando-se para a frente no banco do carona. Ele vira o pescoço para olhar pelo para-brisa sujo e vê de relance a coluna de fumaça que sobe além das árvores no horizonte oeste. Parece estar a cerca de 400 metros. Martinez pega a .357. — Vamos precisar andar o resto do caminho.

— É um caminho longo, chefe. — Gus olha pela janela lateral, coçando as bochechas grisalhas. — Parece que caiu na mata densa.

Martinez pensa nisso, mordendo a parte interna da bochecha. Naquela região da Geórgia, muitas das estradas passam por vales planos e arborizados conhecidos como grotas. Formados por rios e cercados por colinas densamente florestadas, esses aglomerados de vegetação arbustiva, ervas e musgo podem estar cheios de sumidouros, colônias de mosquitos e recessos e reentrâncias nos quais Mordedores enlameados costumam espreitar.

Gus olha para Martinez.

— O que acha de tentarmos ir dirigindo?

— Negativo. — Martinez pronuncia a palavra com rispidez, verificando o cilindro da Magnum. Ele consegue ouvir a porta traseira do caminhão descendo e os outros saindo, as vozes tensas são carregadas pela brisa da tarde. — Ficaremos presos nesta sopa de lama, com certeza.

— Como quiser, chefe. — Gus puxa a alavanca de câmbio até ponto morto e desliga o motor. O silêncio é preenchido pelo farfalhar da natureza... os zunidos apressados dos grilos, o vento nas árvores.

— Deixe a calibre .12, pegue uma das AR-15, caso fique complicado, e pegue o facão debaixo do banco. — Martinez tem uma faca de combate Bowie, dos fuzileiros navais, com uma lâmina de 40 centímetros, presa à perna, e, no momento, verifica-a. Ele faz isso compulsivamente, com o maxilar trincado, ar profissional, enquanto ouve os demais se aproximando pela lateral do caminhão. Martinez sai da cabine.

Todos se reúnem diante da cabine, entre as ervas daninhas e as nuvens de mosquitos zumbindo, com os rostos fechados e pálidos de tensão. O ar tem cheiro de podridão e de metal queimado. Austin levanta, pressionando as mãos e olhando para o local do acidente. Os Stern ficam juntos, ambos com as sobrancelhas franzidas de preocupação. Lilly está com as mãos nos quadris, a Rugers embainhada no alto da cintura.

— No que você está pensando? — pergunta ela para Martinez.

— Dave e Barb, quero que fiquem com o caminhão, vigiando. — Martinez enfia a Magnum atrás do cinto. — Se forem cercados, dirijam para afastá-los... levem as criaturas para longe... e então façam a volta e nos busquem. Entenderam?

David apenas assente sem parar, parecendo um boneco nervoso de cabeça articulada.

— Sim, claramente.

— Fiquem com o walkie-talkie, mantenham a frequência aberta enquanto estivermos fora.

Gus entrega o rádio para David, que ainda assente e murmura:

— Entendi, entendi.

— Há uma caixa de sinalizadores de estrada na traseira — diz Martinez para Gus. — Pegue um punhado deles. E também pegue o kit de primeiros-socorros, está bem?

Gus corre para a traseira do caminhão enquanto Martinez olha para o relógio.

— Temos ainda umas boas quatro horas de luz do dia. Quero ir até lá e voltar antes que escureça, nada de enrolação.

Lilly tem um cartucho de alta capacidade restante. Ela o enfia na Ruger, puxando a trava.

— A questão é... e se encontrarmos sobreviventes?

— Essa é a questão — diz Martinez, soltando a bainha da perna e posicionando a faca para facilitar seu acesso. — Além disso, o helicóptero ainda pode estar inteiro.

Lilly olha para ele.

— Não temos maca, nenhum médico, nenhum modo de trazê-los até aqui.

— Pensaremos nisso quando chegarmos lá — fala Martinez, ajustando a bandana, já ensopado de suor na testa.

Gus retorna com a mão cheia de sinalizadores, que parecem bananas de dinamite.

Martinez dá um sinalizador para cada um.

— Quero que todos fiquem juntos, em formação unida... mas se por algum motivo alguém se afastar, acenda um desses e encontraremos você. — Ele olha para os Stern. — Se vocês tiverem qualquer problema aqui atrás, acendam um desses. — Martinez olha para o homem careca. — Gus, quero você no flanco direito com o facão. Não faça barulho. Use a AR-15 como um último recurso. Tomarei o flanco esquerdo. — Ele olha para Lilly. — Você e Júnior fiquem com o meio.

Austin olha para o céu. As nuvens do meio da tarde apareceram. O dia se tornou fechado e cinzento. O pântano diante do grupo se estende em sombras oscilantes. Foi um ano úmido, e agora o chão parece intransponível, enlameado devido a torrentes, buracos ocultos e densos aglomerados de pinheiros brancos que os separam do local do acidente.

— Há um riacho correndo pelo meio do bosque — diz Martinez, respirando fundo e sacando a Magnum. — Seguiremos a água o máximo possível, então nos guiaremos pela fumaça. Todos entenderam?

O grupo concorda, sem dizer nada, engolindo a apreensão crescente que os percorre como se fosse um vírus.

Martinez assente.

— Vamos nessa.

É difícil seguir durante um tempo, a lama impiedosa sugando as solas das botas, fazendo ruídos de estalos molhados no silêncio primitivo do bosque. Eles seguem as curvas sinuosas do riacho salobro, e, quanto mais se aventuram pela grota, mais as árvores engolem a luz do dia.

— Você está bem, Huckleberry? — sussurra Lilly para Austin, que caminha ao lado dela, com a Glock firme nas duas mãos suadas.

— Fantástico — mente ele. Os longos cachos de Austin estão afastados do rosto reluzente de suor por uma faixa de couro. Ele morde o lábio, nervoso, enquanto revolve a lama.

— Não precisa segurar a arma assim — diz Lilly, e dá um risinho.

— Assim como?

— Como se fosse algum tipo de soldado da Força Delta. Apenas mantenha a arma à mão.

— Está bem.

— Se tiver um na mira, leve o tempo que precisar. Eles são lentos, então faça valerem os tiros. Não precisa agir feito um pistoleiro.

Austin olha para Lilly.

— Só quero estar pronto... caso eu precise salvar você.

Lilly revira os olhos para o rapaz.

— É, ótimo, sinto-me totalmente segura agora.

Ela olha entre as árvores diante deles e vê a névoa fraca de fumaça se acumulando no bosque. O ar, agitado com insetos, tem cheiro de fios elétricos queimados e metal chamuscado. Os destroços ainda estão a poucas dezenas de metros entre os pinheiros distantes. O crepitar baixo de fogo pode ser ouvido, mas muito pouco, acima do farfalhar do vento no alto das árvores.

À direita, a cerca de 20 metros diante de Lilly, Martinez tomou a liderança, ziguezagueando entre a vegetação rasteira, cortando a folhagem com a faca Bowie. Em um caminho paralelo à esquerda, Gus o segue se arrastando, facão no ombro, os olhos de cão farejador varrendo as sombras em busca de Mordedores. O céu mal pode ser visto acima dele, bloqueado por emaranhados de troncos de árvores e gavinhas.

Lilly está prestes a falar quando uma figura surge diante de Gus.

Ela para, sua arma se ergue rapidamente, o fôlego fica preso na garganta. Ela vê Gus levantar o facão. O enorme errante do sexo masculino, vestido de macacão surrado, está de costas para ele, cambaleando com as pernas mortas, a cabeça inclinada na direção do local do acidente como um cachorro que ouve um apito ultrassônico. Gus se adianta sorrateiramente pelas costas do morto.

O facão desce rápido, a lâmina faz um ruído de esmagamento quando é cravada na dura-máter cartilaginosa do crânio do errante. Fluidos jorram, emitindo ruídos aquosos que escorrem no silêncio do bosque quando o errante desaba. Lilly mal tem chance de respirar de novo quando outro ruído chama sua atenção à direita.

A 4,5 metros de distância, Martinez rasga outro errante desgarrado — uma mulher magricela com cabelo grisalho embaraçado como teias de aranha — provavelmente a antiga mulher de algum fazendeiro escondendo-se na vegetação. A faca de Martinez empala a nuca da mulher acima dos tendões, derrubando-a com a velocidade de uma embolia silenciosa. A mulher nem viu o golpe se aproximar.

Emitindo um suspiro involuntário de alívio ao abaixar a pistola, Lilly percebe que os errantes, no momento, estão hipnotizados pela visão e pelos ruídos do acidente.

Martinez para e olha por cima do ombro para os demais.

— Todos estão bem? — pergunta ele com a voz baixa, quase como um sussurro teatral.

Acenos de cabeça de todos. Então voltam a seguir, devagar, mas constantemente adiante, para as árvores mais densas e para as sombras envoltas em neblina. Martinez gesticula para que o grupo se apresse. O chão está esponjoso e encharcado sob os pés deles, o que faz com que sigam lentamente. As sombras se aproximam, os odores de metal chamuscado e combustível queimado tomam conta do grupo, o crepitar fica mais alto.

Lilly se sente enjoada, sua pele está arrepiada de nervoso. Ela sente o olhar de Austin sobre si.

— Será que poderia parar de olhar para mim?

— Não é culpa minha que você seja tão gostosa — responde ele, com aquela risada nervosa de sempre.

Lilly balança a cabeça desapontada.

— Pode apenas tentar se concentrar?

— Estou totalmente concentrado, acredite — diz Austin, ainda agarrado à arma com aquela pegada exibicionista de falso policial conforme continuam.

A menos de 90 metros do local do acidente, eles chegam a uma vala — uma clareira pantanosa infestada de insetos bloqueando o caminho —, enormes troncos de árvores caídos atravessam o pântano. Com gestos silenciosos das mãos, Martinez direciona o grupo para usar os troncos como ponte. Gus vai primeiro, caminhando de lado pelo maior dos troncos caídos. Martinez o segue. Em seguida vai Lilly, e Austin fecha a retaguarda. Quando chega do outro lado, Austin tem a sensação de que alguém puxa sua calça jeans. Os outros já atravessaram e agora seguem arrastando os pés na direção da clareira. Austin para. A princípio, acha que ficou preso em um pedaço de tronco, mas então olha para baixo.

Mãos em decomposição saem do pântano, agarrando-se à perna da calça dele.

Austin grita e se atrapalha com a arma quando dedos mortos o agarram, puxando-o para baixo. Erguendo-se para cima da mira, a metade superior de uma criatura em decomposição ataca as pernas de Austin. Coberto de gosma preta, o crânio sem cabelos, impossível de identificar como sendo de um homem ou de uma mulher, os olhos brancos e opacos como lâmpadas, o morto estala a boca escura de tartaruga com as articulações enrijecidas de uma mandíbula destruída.

Austin consegue dar um único tiro abafado — o silenciador cospe as fagulhas —, mas a bala erra o alvo. O tiro arranha o topo da cabeça do Mordedor do pântano, então afunda inofensivamente na água.

A 15 metros dali, Lilly ouve o tiro. Ela dá meia-volta e pega as armas. Mas as pernas de Lilly ficam presas e ela escorrega na lama. Estatelada nas ervas daninhas, as armas voando das mãos.

Austin tenta dar um segundo tiro, mas o Mordedor do pântano ataca a perna dele. A criatura emerge para fora da mira como uma baleia preta e viscosa, sua mandíbula incontrolável emitindo um rugido irritante. Austin se arrasta para trás involuntariamente — com um grito agudo —, e a arma escorrega de sua mão. Ele chuta a boca da criatura, o bico da bota fica preso nos dentes escuros e podres e na baba pútrida. O Mordedor do pântano fecha a mandíbula.

Lilly se arrasta até as armas. Martinez e Gus, a essa altura, se voltaram para a comoção, mas é tarde demais para interceder. O enorme Mordedor encharcado está prestes a mastigar a bota de caminhada da Timberland de Austin, e o rapaz vasculha o bolso desenfreadamente em busca de alguma coisa. Por fim, Austin fecha a mão em torno do sinalizador.

No último instante possível — antes que o Mordedor do pântano consiga rasgar a pele do pé de Austin — o jovem acende o sinalizador e o enfia no olho esquerdo do Mordedor. A criatura cambaleia e se afasta de súbito, soltando Austin e jogando a cabeça destruída para trás em um chafariz de fagulhas.

Austin encara por um momento, mesmerizado pela visão das chamas *dentro* da cavidade pútrida do crânio do Mordedor. O olho esquerdo brilha por um momento horrível, reluzindo com a intensidade de um sinal de trânsito amarelo. O Mordedor enrijece o corpo na lama. A parte de trás da cabeça, de repente, estoura, cuspindo chamas como o cano de um maçarico.

O olho esquerdo salta para fora como uma lâmpada estourando, cuspindo tecido quente em Austin... e então a criatura mergulha no vazio negro.

Austin estremece, limpa o rosto e observa por um momento, hipnotizado pelo espetáculo do Mordedor afundando de volta para o esquecimento... até que a única coisa que resta são bolhas flutuando na superfície do pântano e um brilho tênue e tremeluzente abaixo da água viscosa. Por fim, Austin consegue desviar o olhar. Ele encontra a arma e recupera o fôlego.

— Bom trabalho — diz Lilly, com uma suavidade relutante na voz, conforme atravessa a ponte de tronco. — Aqui... me dê a mão.

Ela ajuda Austin a se levantar, mantendo o rapaz equilibrado no tronco gosmento. Ele recupera o fôlego, engole o choque e enfia a arma de volta no cinto. Austin encara Lilly.

— Essa foi por pouco. — Ele consegue dar um sorriso hesitante. — Aquela coisa poderia facilmente ter atacado você.

— É... graças a Deus que você estava por perto — responde ela, um sorriso nos lábios agora, apesar do coração acelerado.

— LILLY!

A voz retumbante de Martinez se intromete no momento, atraindo a atenção de Lilly para trás do ombro dela.

A cerca de 30 metros de distância, entre uma abertura entre as árvores, em meio a um véu de fumaça negra e rançosa, Martinez e Gus encontraram o local do acidente.

— Vamos, bonitinho — diz Lilly, rangendo os dentes, nervosa de tensão. — Temos trabalho a fazer.

O helicóptero está caído de lado em um leito seco do riacho, soltando fumaça do tanque de combustível furado. Nenhuma vítima à vista. Lilly se aproxima com cuidado, tossindo, usando a mão para afastar a fumaça do rosto. Ela vê Martinez se aproximar da cabine do piloto, agachado, com a mão sobre a boca.

— Cuidado! — Lilly saca as armas ao gritar para Martinez. — Não sabe o que tem aí dentro!

Martinez toca a maçaneta da porta e se queima, então puxa a mão de volta.

— Filha da *PUTA*!

Lilly se aproxima. A fumaça, já se dissipando, começa a se abrir como uma cortina e revela o chão macio e chamuscado ao redor do local do acidente. Lilly percebe que o piloto deve ter mirado no solo mole do leito do riacho, a terra coberta de folhas do entorno está agora revirada pela violência da queda. O rotor principal, solto e caído no chão a 6 metros de distância, parece ter dado um nó.

— Gus! Austin! Fiquem de olho no entorno! — Martinez indica a muralha adjacente de pinheiros brancos mais acima da elevação. — O barulho vai atrair um bando!

Gus e Austin se viram na direção do bosque e erguem os canos das armas para a escuridão atrás das árvores.

Lilly sente o calor no rosto conforme se aproxima dos destroços. A fuselagem está caída sobre a lateral direita, a cauda e o rotor traseiro do helicóptero parecem terrivelmente dobrados. Um dos esquis do trem de pouso foi arrancado como que pela força de um abridor de latas gigante. As janelas da carenagem e das portas estão rachadas e embaçadas por causa dos passageiros sufocados ou da fumaça. Independentemente das causas, no entanto, é impossível ver do lado de dentro da cabine do piloto. A fuligem cobriu a maior parte das marcas da carcaça e do chassi, mas Lilly vê uma série de letras ao longo da cauda. Ela vê um W e talvez um R... e é só.

Martinez ergue a mão de súbito, e o ruído do fogo diminui o suficiente para que eles ouçam os gritos abafados que vêm de dentro da cabine do piloto. Martinez se aproxima, caminhando agachado.

Lilly se move com as Rugers para cima, abaixada e pronta para a ação.

— Tome cuidado!

Martinez respira fundo, então sobe pela lateral da fuselagem. Lilly se aproxima, mirando as .22 gêmeas para a porta. Equilibrando-se na estrutura de aço destruída, Martinez tira a bandana e a enrola na alavanca de abertura. Lilly ouve uma voz aguda.

— ... daqui...!

Martinez dá um puxão.

A porta estala, abrindo-se com um guincho das treliças que reclamam, liberando uma lufada de fumaça e a silhueta em frangalhos de uma mulher histérica. Vestida com casaco rasgado e uma echarpe, manchada de sangue, ela irrompe da cabine do piloto, tossindo e gritando:

— ... ME TIREM DAQUI...!

Lilly abaixa as armas, percebendo que a mulher ainda não se transformou. Martinez puxa a vítima de dentro da armadilha mortal. A mulher se debate nos braços dele, o rosto macilento é uma máscara de agonia. Uma das pernas da mulher está muito queimada, o tecido da calça jeans escureceu até virar uma crosta coberta de pus e sangue. A mulher segura o braço esquerdo junto à barriga, a fratura no cotovelo desponta pela manga do casaco.

— Uma ajuda aqui, Lilly!

Os dois carregam a mulher para longe dos destroços e colocam-na no chão. Ela parece ter quase 40 anos, talvez já quarenta e poucos. Pele clara, cabelos loiros com reflexos, contorcendo-se de dor e com o rosto molhado de lágrimas, a mulher balbucia histericamente:

— Vocês não entendem! Nós precisamos...!

— Está tudo bem, tudo certo — diz Lilly a ela, gentilmente afastando os cabelos encharcados da mulher do rosto. — Podemos ajudar você, temos um médico, não muito longe daqui.

— Mike! Ele ainda...! — As pálpebras da mulher estremecem, o corpo sofre espasmos de dor, os olhos se reviram devido ao choque. — Não podemos ir... precisamos... precisamos tirá-lo... precisamos!

Lilly toca a bochecha da vítima, a pele dela está pegajosa e viscosa como uma ostra.

— Tente ficar calma.

— ... precisamos *enterrar ele*... é algo que eu... antes de ele... — A cabeça da mulher cai para um lado, e ela mergulha na inconsciência tão subitamente quanto a chama de uma vela se apaga.

Lilly ergue o rosto para Martinez.

— O *piloto* — exclama Martinez, e encara Lilly com severidade.

Àquela altura, a fumaça se dissipou, e o calor diminuiu, e tanto Gus quanto Austin voltaram a olhar por cima dos ombros. Martinez fica de pé e retorna para os destroços. Lilly o segue. Os dois sobem em um dos esquis retorcidos e impulsionam o corpo para cima o suficiente para ver pela porta aberta. O odor de carne queimada invade seus sentidos enquanto olham para dentro.

O piloto está morto. Na clausura nevoenta e em chamas, o homem chamado Mike está sentado, curvado, com a jaqueta de couro de piloto chamuscada — ainda afivelado ao assento —, todo o lado esquerdo do corpo escurecido e desfigurado devido ao incêndio durante o voo. Os dedos de uma das mãos enluvadas derreteram e se fundiram com a alavanca de comando. E, apenas por um instante, encarando aquela cabine infernal, Lilly tem a sensação de que aquele cara foi um herói. Ele pousou a aeronave na encosta esponjosa do riacho, salvando a vida da passageira — esposa, namorada?

— Tarde demais para fazer qualquer coisa por *este* cara — murmura Martinez ao lado dela.

— Obviamente — diz Lilly, descendo de volta ao chão. Ela olha pela clareira, onde Austin agora está ajoelhado ao lado da mulher inconsciente, procurando-lhe a pulsação no pescoço. Nervoso, Gus vigia o bosque. Lilly limpa o rosto. — Mas deveríamos honrar o pedido dela, não?

Martinez desce do helicóptero e olha pela clareira, a fumaça se dissipando ao vento. Ele limpa os olhos.

— Não sei.

— Chefe! — grita Gus da beira do bosque. Ruídos perturbadores da floresta ao redor são trazidos pelo vento. — Deveríamos pensar em dar o fora daqui bem rápido.

— Já vamos! — Martinez se vira para Lilly. — Voltaremos com a mulher.

— Mas e quanto a...?

Martinez abaixa a voz.

— Sabe o que o Governador vai fazer com esse cara, certo?

A espinha de Lilly se arrepia de ódio.

— Isso não tem nada a ver com o Governador.

— Lilly...

— Esse cara salvou a vida da mulher.

— Ouça. Já vai ser um inferno voltar com *ela* por este bosque.

Lilly emite um suspiro angustiado.

— E não acha que o Governador vai descobrir que deixamos o piloto?

Martinez se afasta dela e cospe com ódio. Limpa a boca. Repensa a questão.

— Chefe! — grita Gus de novo, parecendo excessivamente nervoso.

— Eu disse que já estamos indo, porra! — Martinez encara o chão chamuscado, pensando, angustiado... até que a questão toda se torna uma decisão já tomada.

Seis

O grupo volta ao caminhão assim que o sol começa a se por, as sombras da floresta se prolongando ao redor. Exaustos da viagem de volta através da grota, onde encontraram um número cada vez maior de errantes, o grupo pede a ajuda de David e de Barbara para arrastar os corpos — cada um amarrado a uma maca improvisada com galhos de bétula e folhagem de salgueiro — rapidamente até a porta traseira do caminhão. Eles os erguem, um de cada vez, para dentro do compartimento de carga lotado.

— Cuidado com ela — avisa Lilly, enquanto David e Barbara enfiam a maca que carrega a mulher entre duas pilhas de caixas de comida.

A mulher está lentamente retomando a consciência, a cabeça dela oscila para a frente e para trás, olhos estremecendo. Não há muito espaço para corpos a mais no caminhão, e Barbara precisa, apressadamente, reorganizar as caixas e as pilhas de embalagens para abrir espaço.

— Ela se machucou feio, mas está resistindo — acrescenta Lilly, quando sobe no compartimento de carga. — Queria poder dizer o mesmo do piloto.

Todas as cabeças se viram na direção da porta traseira quando Gus e Martinez erguem o piloto morto — os restos desfigurados ainda amarrados à maca — para cima e para a traseira do caminhão. David precisa abrir espaço para o cadáver enfiando uma pilha de pêssegos em lata contra uma parede, esvaziando assim uma faixa estreita do piso corrugado entre uma torre de caixas de macarrão instantâneo com molho e meia dúzia de tanques de propano.

David limpa as mãos artríticas na jaqueta de seda enquanto olha para os restos mortais queimados do piloto.

— Isto aqui nos apresenta um tipo de dilema.

Lilly olha por cima do ombro para a porta traseira aberta no momento em que Martinez olha para dentro da câmara sombreada.

— Precisamos enterrá-lo, é uma longa história.

David encara o cadáver.

— E se ele...?

— Fique de olho nele — ordena Martinez. — Se ele se transformar no caminho de volta, use uma bala de calibre pequeno. Prometemos à moça que...

— Não vamos conseguir!

O ataque repentino leva a atenção de Lilly de volta para a mulher, que se contorce no piso de ferro, ainda no casulo feito de galhos de salgueiro, a cabeça manchada de sangue oscilando para a frente e para trás. Os olhos febris estão arregalados, o olhar fixo no teto do caminhão. Os murmúrios são proferidos irregularmente, como se ela estivesse falando no sono.

— Mike, estamos ao sul de lá... E quanto... e quanto à torre?!

Lilly se ajoelha ao lado da mulher.

— Está tudo bem, querida. Você está em segurança agora.

Barbara vai ao lado oposto do compartimento e rapidamente abre a tampa protetora de um galão de água filtrada. Ela volta para a mulher ferida com o galão.

— Aqui, querida... tome um gole.

A mulher na maca se contrai quando uma onda de dor percorre seu corpo, no momento em que a água escorre para dentro da boca. Ela tosse e tenta falar.

— Mike... ele está...?

— Merda!

A voz de Austin ecoa da traseira do veículo quando ele tenta, com dificuldade, subir no caminhão. Lançando olhares nervosos por cima do ombro, o rapaz vê um bando de errantes se arrastando para fora do bosque — a cerca de uns 18 metros e se aproximando —, pelo menos dez deles, todos homens grandes, as bocas famintas trabalhando ocupadas conforme se aproximam. Os olhos leitosos brilham à luz do crepúsculo. Austin sobe no caminhão com a arma ainda apertada na mão suada.

— SAIA DAQUI, PORRA!

As batidas das portas da cabine assustam todos. O câmbio guincha. O chassi estremece e vibra abaixo deles. Lilly se segura às caixas conforme o caminhão dá ré em um redemoinho de fumaça e poeira.

Pela lona esvoaçante da traseira, Lilly vê os errantes se aproximando.

O caminhão se choca diretamente contra os mortos, derrubando-os como pinos de boliche, emitindo pancadas úmidas abaixo das rodas enormes. O caminhão quica sobre as criaturas enquanto o motor reclama, ruidoso, e os pneus escorregam por um momento na viscosidade dos órgãos pútridos.

As rodas ganham tração no asfalto, Gus empurra o câmbio para a posição *drive* e o caminhão sai aos roncos dali, derrapando pela estrada de duas pistas na direção pela qual chegaram. Lilly volta a olhar para a mulher com os cabelos com reflexos.

— Aguente firme, querida, você vai ficar bem... vamos levá-la a um médico.

Barbara vira mais água nos lábios rachados e queimados da mulher.

Lilly se ajoelha mais perto.

— Meu nome é Lilly, e esta é Barbara. Pode nos dizer seu nome?

A mulher murmura algo inaudível, a voz dela é abafada pelo rugido do caminhão.

Lilly se aproxima mais.

— Repita, querida. Qual é o seu nome?

— Chrisss... Chris-*tina* — diz ela, com dificuldade, entre os dentes.

— Christina, não se preocupe... tudo vai ficar bem... você vai conseguir. — Lilly acaricia a sobrancelha encharcada de suor da mulher.

Trêmula, contorcendo-se na maca, a mulher está com a respiração curta. Os olhos se fecham pela metade, os lábios se movem, proferindo uma litania silenciosa e sofrida que ninguém consegue ouvir. Lilly toca nos cabelos embaraçados. — Vai ficar tudo bem — murmura repetidamente, mais para si mesma do que para a mulher.

O caminhão ronca pela estrada de duas pistas, a lona traseira oscila ao vento.

Lilly olha para trás e vê os pinheiros altos do lado de fora, passando em um borrão. O sol poente atrás das copas das árvores produz um efeito estroboscópico quase hipnótico. Por um momento, Lilly se pergunta se tudo vai, *de fato*, ficar bem. Talvez Woodbury tenha se estabilizado agora. Talvez os métodos maquiavélicos do Governador consigam mesmo mantê-los em segurança, manter o local fechado. Ela quer acreditar em Woodbury. Talvez seja essa a chave... simplesmente *acreditar*. Talvez apenas isso faça com que resistam...

Talvez, talvez, talvez, talvez...

— O-onde estou? — A voz é rouca, engasgada e falha.

O Dr. Stevens está de pé ao lado da cama, com o jaleco surrado e óculos de armação de arame, olhando para baixo em direção à mulher do helicóptero.

— Você vai ficar um pouco grogue por um tempo — diz ele. — Nós lhe demos algumas pílulas da felicidade.

A mulher chamada Christina está deitada de costas em uma maca improvisada nas catacumbas de blocos de concreto abaixo da pista de corrida. Vestida em um roupão de toalha de segunda mão, o braço direito amarrado em um gesso improvisado com galhos e esparadrapo, a mulher vira o rosto pálido e macilento para longe da luz halogênica impiedosa que brilha sobre ela.

— Segure isto, Alice, só um segundo. — Stevens entrega a bolsa plástica de soro para a jovem enfermeira. Também com um jaleco surrado, o cabelo preso em um rabo de cavalo, Alice força um sorriso ao segurar a bolsa afastada, com o fio conectado a uma agulha no braço da mulher ferida.

Mais uma vez, Christina balbucia:

— O-onde estou?

Stevens segue até uma pia adjacente, lava e seca as mãos.

— Eu poderia ser sincero e dizer que estamos no Nono Círculo do Inferno, mas evitarei as críticas por enquanto. — Ele se volta para a mulher e fala, com um sorriso acolhedor, porém levemente irônico: — Você está na profícua metrópole de Woodbury, Geórgia... com população de *sabe-se-lá-quantos*. Meu nome é Dr. Stevens, e esta é Alice, e são 19h15, e soube que você foi pescada dos destroços de um helicóptero esta tarde...?

A mulher consegue assentir, então se encolhe ao sentir uma pontada no abdômen.

— Isso vai ficar um pouco sensível por um tempo — diz Stevens, limpando as mãos na toalha. — Você teve queimaduras de terceiro grau em mais de vinte por cento do corpo. A boa notícia é que não acho que precisará de transplante de pele... há apenas um pequeno edema que estamos tratando de forma intravenosa. Para sua sorte, ainda tínhamos três litros de glicose. Os quais você está sugando como um marinheiro bêbado. Você conseguiu fraturar o braço em dois lugares. Observaremos isso também. Disseram que seu nome é Christina?

Ela assente.

Stevens acende uma lanterna clínica tipo caneta, se abaixa e verifica os olhos da mulher.

— Como está sua memória recente, Christina?

Ela inspira dolorosamente, chiando baixinho na garganta.

— A memória está bem... Meu piloto... O nome dele é Mike... *era* Mike... Eles...?

Stevens coloca a lanterna de volta no bolso e fica sério.

— Sinto dizer, mas seu amigo morreu na queda.

Christina consegue assentir.

— Sei disso... mas me pergunto se... o corpo dele... Trouxeram de volta?

— Na verdade, trouxeram.

Ela engole em seco, umedece os lábios ressecados.

— Isso é bom... porque prometi a ele um enterro cristão.

Stevens olha para o chão.

— Isso é muito admirável... um enterro cristão. — Stevens e Alice trocam um olhar. Stevens olha de novo para a paciente e sorri.

— Um passo de cada vez... está bem? Por enquanto, vamos nos concentrar em fazer você ficar boa.

— Qual é o problema? Disse algo errado?

Stevens avalia a mulher ferida.

— Não é nada, não se preocupe.

— Há algum problema em querer dar a meu piloto um enterro digno?

Stevens suspira.

— Olhe... Serei sincero com você. Não acho que isso vai acontecer.

Christina emite um resmungo ao tentar se sentar. Alice ajuda, mantendo o braço da paciente cuidadosamente elevado. Christina olha para Stevens.

— Mas qual diabos é o problema?

Stevens olha para Alice, então de volta para a paciente.

— O Governador é o problema.

— Quem?

— O cara que gerencia o lugar. — Stevens tira os óculos, pega um lenço e limpa as lentes com cuidado conforme fala. — Ele acha que é um servidor público, imagino. Por isso o nome.

Christina franze a sobrancelha, confusa.

— Esse cara é...? — Ela busca as palavras. — Ele é...?

— É o quê?

A mulher dá de ombros.

— Ele é... como diria? "Eleito"? É um oficial eleito?

O médico lança outro olhar significativo para Alice.

— Hmm... nossa... essa é uma pergunta interessante.

Alice resmunga:

— Ele foi eleito sim... por um único voto... o *dele*.

O médico esfrega os olhos.

— É um pouco mais complicado do que isso. — Ele mede as palavras. — Você é nova aqui. Esse homem... é o macho-alfa em nosso pequeno canil. Ele é líder por exclusão. Mantém a ordem fazendo o trabalho sujo. — Um pequeno sorriso surge nas feições delicadas de Stevens. O sorriso está encharcado de desprezo. — O único problema é que o homem desenvolveu um gosto pela coisa.

Christina encara o médico.

— Não entendi o que isso significa.

— Olhe. — Stevens recoloca os óculos e, cansado, passa os dedos pelos cabelos. — O que quer que aconteça com os restos de seu amigo... aceite meu conselho. Fique de luto sozinha, preste respeito silenciosamente.

— Não estou entendendo.

Stevens olha para Alice, o sorriso se desfaz. Então encara Christina.

— Você vai ficar bem. Em uma semana ou mais... quando seu braço estiver curado... pode pensar em sair deste lugar.

— Mas eu não...

— E mais uma coisa. — Stevens mantém o olhar fixo nela. Ele baixa a voz uma oitava, fica muito sério. — Esse homem. O Governador. Não deve confiar nele. Entendeu? É capaz de *qualquer coisa*. Então apenas fique longe dele... e aguarde até poder sair daqui. Entende o que estou dizendo?

Christina não responde, apenas o encara, absorvendo a informação.

A escuridão cai sobre a cidade. Algumas das janelas começam a brilhar com luz de lanternas, outras já pulsam com a corrente imprevisível dos geradores. À noite, Woodbury tem a sensação surreal e antiquada do século XXI transportado para o XIX — uma atmosfera que se tornou de praxe entre a maioria dos assentamentos pós-praga. Em um canto, chamas de tochas banham um McDonald's fechado com tábuas e abandonado, a luz amarelo-alaranjada reflete as ruínas dos arcos dourados em pedaços.

Os homens de Martinez, posicionados em plataformas levadiças em junções cruciais da barricada, agora começam a lidar com um número crescente de sombras móveis na beira do bosque adjacente. O tráfego de errantes aumentou levemente desde o retorno da equipe de reconhecimento, e agora armas de calibre .50 posicionadas nas laterais norte e oeste estalam com tiros intermitentes. Isso confere à cidadezinha — que agora é banhada pela meia-luz roxa e enevoada do crepúsculo — uma sensação de zona de guerra.

Encaminhando-se por um pórtico de fachadas de lojas, carregando uma caixa de pêssegos cheia de provisões, Lilly Caul se dirige a seu prédio. Ela ouve os disparos de armas automáticas atrás de si, ecoando pela rua tomada pelo vento. Então para e olha por cima do ombro ao ouvir uma voz se elevando sobre os disparos.

— LILLY, ESPERE!

Sob as rajadas estroboscópicas de balas traçantes arqueando no céu, a silhueta de um jovem vestido em couro e com cachos castanhos esvoaçantes corre na direção de Lilly. Austin tem uma mochila pesada de suprimentos sobre o ombro. Ele mora meio quarteirão a oeste da casa de Lilly. Austin se aproxima com um sorriso enorme e esperançoso no rosto.

— Eu ajudo você com isso.

— Está tudo bem, Austin, eu consigo — diz Lilly, quando o rapaz tenta tirar a caixa dela. Por um momento constrangedor, os dois brincam de cabo de guerra com a caixa. Por fim, Lilly desiste. — Está bem, está bem... *leve.*

Agora, Austin caminha alegremente ao lado dela com a caixa nos braços.

— Uma descarga de adrenalina e tanto, hoje, não?

— Calma, Austin... controle-se.

Os dois seguem na direção do prédio de Lilly. A distância, um homem armado caminha de um lado para outro ao longo de uma fileira de caçambas de caminhão no fim da rua. Austin dá a Lilly o mesmo sorrisinho provocador que vem oferecendo a ela há semanas.

— Acho que tivemos um gostinho da camaradagem do campo de batalha juntos, hein? Meio que nos aproximamos lá fora, não foi?

— Austin, pode, *por favor*, parar com isso?

— Estou cansando você, não estou?

Lilly balança a cabeça e solta uma risadinha, apesar do nervosismo.

— Você é incansável, admito isso.

— O que vai fazer esta noite?

— Está me chamando para sair?

— Tem uma luta na arena. Por que não me deixa levá-la? Levo aquele pacote de alcaçuz que encontrei hoje.

O sorriso de Lilly some.

— Não sou muito fã.

— De quê? Alcaçuz?

— Muito engraçado. Aquelas lutas são bárbaras. Prefiro comer vidro quebrado.

Austin dá de ombros.

— Se você diz. — Os olhos dele se iluminam com uma ideia. — Que tal isto: em vez de um encontro, por que não me dá mais algumas dicas qualquer dia desses?

— Dicas sobre o quê?

— Sobre lidar com os mortos. — De súbito, Austin exibe uma expressão séria no rosto. — Vou ser sincero com você. Desde que toda essa merda começou, meio que me escondi nos grupos grandes... jamais precisei me defender de verdade. Tenho muito que aprender. Não sou como você.

Lilly olha para o rapaz conforme andam.

— O que quer dizer com isso?

— Você é durona, Lilly... tem aquela coisa fria, calculista, tipo Clint Eastwood.

Os dois chegam ao estacionamento diante do prédio de Lilly, agora mergulhado nas sombras, as ervas daninhas mortas no exterior dos tijolos vermelhos são como um câncer sob a luz tênue.

Lilly para, vira para Austin e diz:

— Obrigada pela ajuda, Austin. Assumo daqui. — Ela pega a caixa e olha para ele. — Só uma coisa. — Lilly umedece os lábios e sente uma pontada de emoção beliscar suas entranhas. — Eu nem sempre fui assim. Você deveria ter visto como eu era no início. Com medo da própria sombra. Mas alguém me ajudou quando precisei. E essa pessoa não precisava. Acredite em mim. Mas sim, me ajudou.

Austin não diz nada, apenas assente e espera que ela termine o pensamento, porque parece que alguma coisa a corrói por dentro. Algo importante.

— Vou te mostrar algumas coisas — diz Lilly, por fim. — E, aliás... esse é o único modo de sobrevivermos. Ajudar um ao outro.

Austin sorri, e, pela primeira vez desde que Lilly o conheceu, é um sorriso caloroso, sincero e sem segundas intenções.

— Agradeço, Lilly. Desculpe por ser tão babaca.

— Você não tem sido um babaca — diz Lilly, então, sem aviso, ela se inclina sobre a caixa e dá um beijinho platônico na bochecha de Austin. — Você só é jovem.

Ela se vira e entra, fechando a porta com cuidado diante dele.

Austin fica parado ali por bastante tempo, encarando aquela enorme porta de entrada de carvalho, esfregando a bochecha como se tivesse sido tocada por água benta.

— Doutor? — Três batidas fortes e curtas estilhaçam a quietude da enfermaria improvisada... seguidas pela inconfundível voz gutural, com o leve sotaque da Geórgia rural, logo atrás da porta: — A nova paciente pode receber visitas?

Do outro lado da sala cinza cercada por blocos de concreto, o Dr. Stevens e Alice se entreolham. Os dois estão de pé diante de uma pia de aço inoxidável, esterilizando instrumentos em um balde de água escaldante, o vapor flutuando pelas expressões tensas deles.

— Só um segundo! — grita Stevens, limpando as mãos e seguindo até a porta.

Antes de abri-la, Stevens olha para o outro lado da enfermaria, para a paciente sentada no canto da maca, as pernas esguias e enfaixadas pendendo. Christina, ainda de roupão, beberica água filtrada em um copo de plástico, um cobertor de lã está puxado até seu tronco. O rosto inchado da mulher — ainda lindo, mesmo com os cabelos embaraçados como palha de trigo presos para trás em um nó emaranhado — registra a tensão.

Naquele instante antes de a porta se abrir, algo impronunciado se passa entre o médico e a paciente. Stevens assente, então abre a porta.

— Soube que temos uma mocinha corajosa em meio a nós! — vocifera o visitante ao adentrar a sala como se fosse um fenômeno da natureza. O corpo magricela e curvado do Governador está vestido com trajes de guerreiro de fim de semana: um colete de caça, blusa de gola rulê preta e calça camuflada enfiada em coturnos pretos; fazendo com que pareça um ditador degenerado do Terceiro Mundo. Seus cabelos cor de ônix na altura dos ombros brilham e se agitam quando entra na sala, o bigode retorcido está enroscado ao redor de um risinho. — Vim prestar respeito.

Gabe e Bruce entram no encalço do Governador, os dois homens severos e alertas como agentes do serviço secreto.

— Aí está ela — diz Philip Blake para a mulher sentada na maca. Ele vai até a cama, pega uma cadeira dobrável de metal e a coloca no chão ao lado da cama. — Como você está, mocinha?

Christina apoia a água e então, timidamente, puxa o cobertor sobre o colo exposto.

— Estou bem, acho. Graças a esses dois.

O Governador se senta ao contrário na cadeira diante da mulher, apoiando os braços finos no encosto. O olhar dele é jovial feito o de um vendedor excessivamente cuidadoso.

— O doutor Stevens e Alice aqui são os melhores... com certeza são. Não sei o que faríamos sem eles.

Stevens ergue a voz do outro lado da sala.

— Christina, diga oi para Philip Blake. Também conhecido como Governador. — O médico emite um suspiro e vira o rosto, como se enojado por toda aquela exibição de falsa cortesia. — Philip, esta é Christina.

— *Christina* — ronrona o Governador, como se experimentasse o nome. — Ah, esse não é o nome mais lindo?

Um tremor repentino e poderoso de apreensão formiga na lombar de Christina. Algo a respeito dos olhos do homem — profundos e escuros como os de um puma — a deixa imediatamente nervosa.

O Governador não tira o olhar brilhante e castanho da mulher enquanto fala com os demais.

— Vocês se importam se a moça e eu conversarmos em particular?

Christina quer dizer algo, quer se opor, mas a força da personalidade daquele homem é como um rio selvagem fluindo pela sala. Sem uma palavra, os outros se entreolham e então, timidamente, um atrás do outro, saem em fila da enfermaria. O último a sair é Gabe, que para à porta.

— Ficarei aqui fora, chefe — diz ele. Então...

Clique.

Sete

— Então, Christina... bem-vinda a Woodbury. — A princípio, o Governador mantém o sorriso eletrizante apontado para a mulher ferida. — Posso perguntar de onde você é?

Christina respira fundo, olhando para as pernas. Por algum motivo indefinido, ela se sente impelida a manter em segredo a emissora de TV para a qual trabalhava. Em vez disso, simplesmente diz:

— Subúrbio de Atlanta, foi atingido feio.

— Sou de um buraco de cidade no entorno de Savannah, chamada Waynesboro. — O sorriso do homem se alarga. — Nada chique como os bairros ricos de Hot-Lanta.

Ela dá de ombros.

— Eu com certeza não sou rica.

— Aqueles lugares foram todos para o inferno agora, não foram? Os Mordedores ganharam *aquela* guerra. — O Governador abre aquele sorriso para Christina. — A não ser que você saiba algo que não sei.

A mulher o encara sem dizer nada.

O sorriso do Governador some.

— Posso perguntar como acabou naquele helicóptero?

Por um breve instante, ela hesita.

— O piloto era... um amigo. Chama-se Mike. — Christina engole a hesitação. — O problema é que prometi a ele um enterro cristão. — A mulher sente o calor do olhar do Governador como se fosse uma fornalha. — Acha que eu poderia fazer isso?

O homem magro arrasta a cadeira para perto da cama.

— Acho que podemos acomodá-la nesse departamento... quero dizer... se você entrar no jogo.

— Se eu o quê?

O Governador dá de ombros.

— Apenas responda a algumas perguntas. Só isso. — Ele pega uma embalagem de chiclete Juicy Fruit do bolso do colete, arranca um pedaço e enfia na boca. Oferece a Christina. Ela recusa. O Governador guarda o chiclete e aproxima mais a cadeira. — Veja bem, Christina... a questão é que... tenho uma responsabilidade com meu povo. Há certa... *diligência* que preciso cumprir.

Ela olha para o homem.

— Contarei tudo o que quiser saber.

— Você e o piloto estavam sozinhos? Ou havia mais pessoas com vocês antes de decolarem?

De novo, a mulher engole em seco, preparando-se.

— Nós nos juntamos a algumas pessoas.

— Onde?

Christina dá de ombros.

— Você sabe... aqui e ali.

O Governador sorri e balança a cabeça.

— Agora, veja bem, Christina... isso não vai funcionar. — Philip Blake apoia a cadeira contra a maca, próximo o bastante para que Christina sinta o cheiro dele: cigarros e chiclete e algo indiscernível, como carne estragada; então o Governador fala baixinho. — Em um tribunal, um bom advogado deve se certificar de fazer uma objeção quando a testemunha está escondendo informações.

Ele está prestes a passar do limite, diz uma voz na cabeça de Christina, *não se deve confiar nele, é capaz de qualquer coisa.* Com um sussurro fraco, ela responde:

— Não sabia que eu estava sendo julgada aqui.

O rosto magro e bastante marcado do Governador se transforma, qualquer traço de divertimento se dissipa.

— Não precisa ter medo de mim.

Christina olha para ele.

— Não estou com medo de você.

— A verdade é que não quero forçar ninguém a fazer algo que não queira... ninguém precisa se machucar. — Com o gesto casual de um homem que ajusta os punhos da camisa, ele apoia a mão retorcida na beirada da cama, entre as coxas de Christina, de modo provocativo, sem tocar a mulher, apenas apoiado entre as pernas enfaixadas dela. O olhar de Philip não vacila. Permanece fixo em Christina. — É só que... farei o que for preciso para me certificar de que esta comunidade sobreviva. Entendeu?

Ela abaixa o rosto para a mão do Governador, para a sujeira debaixo das unhas.

— Sim.

— Por que não vai em frente e começa a falar, querida. Sou todo ouvidos.

Christina emite um suspiro angustiado, mudando a postura. Ela encara o próprio colo.

— Eu trabalhava no Canal 9, WROM, a afiliada da Fox no norte de Atlanta... era produtora de conteúdo... vendas de bolos, animais de estimação perdidos, essas coisas. Trabalhava naquela torre grande em Peachtree, aquela com o heliporto no telhado. — A respiração da mulher fica difícil, a dor aumenta conforme ela fala. — Quando a "transformação" aconteceu, cerca de vinte de nós ficamos presos na estação... Sobrevivemos da comida no refeitório do quarto andar por um tempo... então começamos a sair com o helicóptero que dava notícias do trânsito para buscar suprimentos. — Ela perde o fôlego por um momento.

O Governador encara.

— Sobrou algum desses suprimentos lá em cima?

Christina faz que não com a cabeça.

— Nada... nenhuma comida... nenhuma energia... nada. Quando acabou a comida... as pessoas começaram a se voltar *umas contra as outras.* — Ela fecha os olhos e tenta bloquear as lembranças que voltam em uma enxurrada, como quadros intermitentes de um filme de terror com imagens reais: os balcões do bufê cobertos de sangue e todos os monitores com chuviscos e a cabeça cortada no freezer industrial pútrido e os gritos à noite. — Mike me protegeu, que Deus o abençoe... e finalmente, ele e eu... nós conseguimos sair de fininho para o telhado e fugir no helicóptero de trânsito de Mike. Achamos que estávamos livres... mas não percebemos... havia alguém em nosso grupo que estava determinado a impedir que qualquer *outro* saísse. Ele sabotou o motor do helicóptero. Soubemos imediatamente. Mal saímos da cidade... percorremos talvez uns 80 quilômetros... antes de começarmos a ouvir... antes de vermos... — Christina balança a cabeça, deprimida, então ergue o rosto. — Enfim... você sabe o resto. — Ela tenta esconder o fato de que está tremendo. A voz de Christina fica mais afiada, torna-se destemida. — Não sei o que quer de mim.

— Você enfrentou muita coisa. — O Governador dá tapinhas na coxa enfaixada da mulher, o comportamento dele muda de súbito. Ele sorri para Christina, afasta-se da cama e fica de pé. — Sinto muito por ter passado por isso. São tempos difíceis... mas você está segura aqui.

— Segura? — Christina não consegue afastar a raiva crescente. Os olhos dela lacrimejam de ódio. O lado implacável da mulher surge nesse momento, a profissional de TV veterana que não aceita merda de ninguém. — Está falando sério?

— Muito sério, querida. Estamos construindo algo bom aqui, algo sólido. E sempre procuramos pessoas boas para se juntarem a nós.

— Acho que não. — Christina o encara com raiva. — Acho que vou me arriscar lá fora com os Mordedores.

— Agora fique calma, querida. Sei que passou maus bocados. Mas isso não é motivo para recusar algo bom. Estamos construindo uma comunidade aqui.

— Por favor! — Christina praticamente cospe as palavras. — Sei tudo sobre você.

— Tudo bem, já chega. — O Governador parece uma criança tentando acalmar um aluno indisciplinado. — Vamos abaixar o tom um pouco.

— Talvez consiga enganar alguns desses caipiras com essa encenação de Líder Benevolente...

O Governador dispara contra a mulher e lhe acerta um tapa — com o dorso da mão contra o rosto ferido de Christina — forte o bastante para fazer com que a cabeça da mulher quique contra a parede

Christina arqueja e pisca, e engole a dor. Ela esfrega o rosto e encontra fôlego o bastante para falar bem baixinho e de modo equilibrado:

— Trabalhei com homens como você durante toda a minha carreira. Você se intitula o governador? Sério? É apenas um valentão de escola que encontrou um pátio para comandar. O doutor me contou tudo sobre você.

De pé acima de Christina, o Governador assente e dá um sorriso frio. A expressão dele endurece. Os olhos semicerram, a luz halogênica refletida nas íris escuras como duas cabeças de alfinete prateadas.

— Eu tentei — murmura o homem, mais para si mesmo do que para ela. — Deus sabe que tentei.

Ele a ataca de novo, dessa vez na direção do pescoço. Christina enrijece na cama enquanto o Governador a estrangula. Ela olha nos olhos dele. Christina se acalma de súbito durante o estrangulamento. Seu corpo começa a ter espasmos involuntários contra a maca, fazendo as rodinhas guincharem, mas ela não sente mais dor. O sangue é drenado do rosto da mulher. Ela quer morrer.

O Governador sussurra baixinho:

— Pronto... pronto... *pronto*... vai ficar tudo bem...

Os olhos dela se reviram na cabeça, exibindo a parte branca conforme a mulher se torna lívida ao aperto de Philip. As pernas dela chutam e se contraem, derrubando o suporte do soro. O aparato de aço tilinta no chão, derramando glicose.

No silêncio que se segue, a mulher fica dura como pedra, os olhos congelados com um olhar vazio e pálido. Mais um momento se passa, então o Governador a solta.

* * *

Philip Blake se afasta da maca na qual a mulher de Atlanta agora jaz morta, braços e pernas esparramados, oscilando pela lateral da cama. Ele tenta recuperar o fôlego, inspirando e expirando profundamente, recompondo-se.

Em algum compartimento distante do cérebro, uma voz baixa protesta e se debate, mas Philip enfia a voz de volta naquele lugar escuro e partido da mente. Ele murmura consigo mesmo, a voz quase inaudível para os próprios ouvidos, como se uma discussão estivesse acontecendo:

— Precisava ser feito... Não tive escolha quanto a isso... nenhuma escolha...

— CHEFE?!

O ruído abafado da voz de Gabe do outro lado da porta traz Philip de volta.

— Um segundo — grita ele, o tom imperativo retornando à voz. — Me dê só um segundo.

Philip engole em seco e vai até a pia. Ele abre a torneira, joga água no rosto, lava as mãos e se seca em uma toalha encharcada. E quando está prestes a virar, vê de relance o próprio reflexo na superfície de um armário de aço inoxidável sobre a pia. O rosto brilha de volta na superfície prateada aquosa do armário, quase fantasmagórico, translúcido, ainda inexistente. Philip se vira.

— Entre, Gabe!

A porta se abre com um clique, e o homem careca e corpulento olha para dentro.

— Tudo bem?

— Vou precisar de uma ajudinha com uma coisa — diz o Governador, indicando a mulher morta. — Isso precisa ser feito direitinho. Não fale, apenas ouça.

Em um prédio residencial ao lado da pista de corrida, na quietude empoeirada do segundo andar, o Dr. Stevens está jogado preguiçosamente com o jaleco desabotoado, uma revista *Bon Appétit* aberta apoiada contra a barriga volumosa e aristocrática, uma garrafa meio vazia de Pinot Noir contrabandeado na caixa ao lado, quando uma batida à porta o faz quicar na poltrona. O médico tateia em busca dos óculos.

— Doutor! — A voz abafada do lado de fora da porta o acorda e agita.

Tonto devido ao vinho e à falta de sono, Stevens cambaleia pela suposta sala de estar do apartamento austero. Uma toca cheia de caixas de papelão e pilhas de material de leitura que ele pôde encontrar, mal iluminada por lampiões de querosene, a casa do médico é um refúgio do fim do mundo para quem foi um intelectual a vida toda. Por um tempo, Stevens acompanhou boletins esporádicos emitidos pelo CDC e por Washington — que em geral chegavam com grupos de sobreviventes, publicados em circulares breves, impressas sob demanda —, mas agora os dados acumulam poeira à janela, esquecidos no luto radioativo do doutor pela perda da família.

— Precisamos ter uma conversinha — diz o homem no corredor, quando Stevens abre a porta.

O Governador fica do lado de fora, na escuridão do corredor, com Gabe e Bruce parados atrás, os rifles jogados sobre os ombros. O rosto obscuro e hirsuto do Governador está iluminado com falsa alegria.

— Não se incomode com os biscoitos e o leite, não ficaremos muito tempo.

Stevens dá de ombros e leva os três homens para a sala de estar. Ainda zonzo, o médico indica um sofá em frangalhos coberto de jornais.

— Se encontrar um lugar para sentar neste chiqueiro, é bem-vindo para descansar.

— Ficaremos em pé — diz o Governador, inexpressivo, olhando ao redor da pocilga. Gabe e Bruce se movem para trás de Stevens, predadores circulando a presa.

— Então... a que devo esta inesperada...? — O médico começa a falar, e o cano de uma pistola APC é erguido, roçando a parte de trás de sua nuca.

Stevens percebe que Gabe pressiona o cano da semiautomática contra os tendões do pescoço, o mecanismo empunhado e pronto para atirar.

— Você é um estudioso de história, doutor. — O Governador caminha em círculos como um chacal. — Tenho certeza de que se lembra, nos tempos da Guerra Fria, de quando os russos ainda balançavam seus cacetes nucleares para nós... tinham uma expressão. Destruição Mútua Assegurada... D-M-A, era como chamavam.

O coração de Stevens acelera, a boca fica seca.

— Conheço a expressão.

— É o que temos aqui. — O Governador dá a volta e vai para a frente do médico. — Se eu caio, você cai comigo. E vice-versa. Está entendendo?

Stevens engole em seco.

— Sinceramente, não tenho ideia do que está falando.

— A garota Christina, ela teve a impressão de que eu era um cara mau. — O Governador ainda caminha em círculos. — Não tem ideia de onde ela tenha tirado tal impressão, tem?

Stevens começa a dizer:

— Olhe, eu não...

— Cale a porra da boca! — O Governador saca uma pistola 9 mm preta, coloca o dedão no ferrolho e enfia o cano sob o queixo do médico. — Você tem sangue nas mãos, doutor. O falecimento da garota é culpa *sua*.

— Falecimento? — A cabeça de Stevens está virada para cima agora, devido à pressão do cano da arma. — O que você fez?

— Fiz meu dever.

— O que fez com ela?

Com os dentes trincados, o Governador cicia para Stevens:

— Eu a removi da equação. Era um risco à segurança. Sabe por quê?

— O que isso...?

— Sabe por que ela era um risco à segurança, doutor? — Philip aumenta a pressão no queixo do médico. — Ela era um risco à segurança por culpa *sua*.

— Não sei do que está falando.

— Você é um homem inteligente, doutor. Acho que sabe exatamente do que estou falando. — Philip alivia a pressão, puxa a arma de volta e continua circulando. — Gabe, pode se afastar. Deixe-o em paz agora.

Gabe puxa a arma e se afasta. O médico exala um suspiro minguado, as mãos trêmulas. Ele olha para o Governador.

— O que quer, Philip?

— QUERO SUA LEALDADE, PORRA!

O rugido repentino da voz retumbante do Governador parece mudar a pressão do ar na sala. Os outros três homens ficam mortalmente quietos. O médico encara o chão, os punhos fechados, o coração acelerado.

O Governador continua caminhando de um lado para o outro ao redor do médico.

— Sabe o que acontece quando você fere minha imagem nesta cidade? As pessoas ficam nervosas. E quando ficam nervosas, ficam descuidadas.

O médico continua olhando para o chão.

— Philip, não sei o que essa mulher disse a você...

— Vidas estão em risco aqui, doutor, e você está fodendo com o equilíbrio.

— O que quer que eu diga?

— Não quero que diga nada, quero que, para variar, você ouça. Quero que cale essa boca espertinha e ouça e pense em uma coisa.

O médico emite um leve suspiro de exasperação, mas não diz nada.

— Quero que considere o que aconteceu com a garota antes que envenene mais alguém contra mim. — O Governador se aproxima de Philip. — Quero que concentre seu cérebro grande nisso. Pode fazer isso por mim?

— Como quiser, Philip.

— E quero que considere outra coisa. Quero que considere como tem sorte... tem habilidades que o mantêm por aqui.

O médico ergue o rosto para ele.

— O que quer dizer?

O Governador mantém o olhar em Stevens.

— Vou colocar desta forma. É melhor rezar para que a gente não esbarre em outro médico. Entendeu?

O médico olha para baixo.

— Entendi, Philip. Não precisa me ameaçar.

Agora o Governador inclina a cabeça para Stevens e sorri.

— Doutor... por favor... sou eu. — O antigo charme de vendedor da Fuller Brush retorna. — Por que eu ameaçaria meu velho remenda-ossos? — Philip dá tapinhas nas costas do médico. — Somos apenas dois vizinhos papeando sobre um desentendimento. — Philip olha para o relógio. — Na verdade, adoraríamos jogar damas com você, mas precisamos...

Do nada, um som do lado de fora interrompe as palavras do Governador e chama a atenção de todos.

Baixo a princípio, carregado pelo vento, o estalo inconfundível de um tiro de calibre .50 vem do leste. A duração e a fúria dos disparos — mais de uma arma ladra por diversos momentos — indicam um tiroteio sério.

— Espere! — O Governador ergue a mão e inclina a cabeça na direção da janela. Parece que o som vem do canto nordeste da barricada, mas àquela distância é difícil dizer com certeza. — Alguma coisa importante está acontecendo — diz o Governador para Gabe.

Tanto Gabe quanto Bruce giram as metralhadoras Bushmaster para a frente do corpo, soltando a trava de segurança.

— Vamos! — O Governador dispara para fora da sala, Gabe e Bruce no encalço.

Os três correm para fora do prédio de Stevens com as automáticas empunhadas, o Governador à frente, a 9 mm na mão, engatilhada e erguida.

O vento sopra lixo nos pés deles conforme se dirigem para o leste. Os ecos dos tiros de automáticas já se dissiparam na brisa, mas o grupo consegue ver um par de luzes de busca de tungstênio — a quase 300 metros de distância —, seus feixes gêmeos balançando para cima até o topo das silhuetas de telhados.

— BOB! — O Governador vê o velho médico encolhido contra uma fachada de loja a meio quarteirão. Envolto em um cobertor em frangalhos, o bêbado está agachado, tremendo, os olhos saltam arregalados na direção da comoção. Ele parece ter sido acordado pelo tiroteio apenas momentos antes, a expressão lívida e agitada, um homem que foi despertado de um pesadelo por outro. O Governador corre até ele. — Viu alguma coisa, amigo? Estamos sendo atacados? O que está acontecendo?

O médico balbucia por um momento, tossindo e chiando.

— Não sei ao certo... ouvi um cara... ele vinha da muralha apenas um segundo atrás... — Bob se curva com um ataque de tosse.

— O que ele disse, Bob? — O Governador toca o ombro do idoso, sacudindo-o de leve.

— Ele disse... que é uma nova chegada... algo assim... novas pessoas.

O Governador solta um suspiro de alívio.

— Tem certeza, Bob?

O velho assente.

— Disse algo sobre umas pessoas novas chegando com um bando de errantes no encalço. Mas abateram todos... quero dizer, os *errantes*.

O Governador dá tapinhas no idoso.

— Que alívio, Bob. Fique bem aqui enquanto vou verificar.

— Sim, senhor, farei isso.

O Governador se vira para os homens, falando aos sussurros agora:

— Até entendermos essa situação, fiquem com as armas a postos.

— Sim, chefe — diz Gabe, abaixando o cano da Bushmaster, mas mantendo a arma aninhada sob os braços rechonchudos. Com a mão enluvada, ele solta o gatilho, mas mantém o indicador no coldre. Bruce faz o mesmo, fungando, nervoso.

O Governador olha para o próprio reflexo na janela da loja de ferramentas. Ele acaricia o bigode, tira uma mecha de cabelos pretos como pena de corvo dos olhos e murmura:

— Vamos, rapazes, vamos levar a comitiva de boas-vindas.

A princípio, de pé em um halo de iluminação de magnésio e uma nuvem de cordite, Martinez não ouve as passadas pesadas que se aproximam dele vindas da extensão escura da rua adjacente. Está distraído demais pela confusão que adentrou a cidade após a chegada dos novos visitantes.

— Vou levá-los para o chefe — diz Martinez para Gus, que está parado perto de uma abertura na muralha, com os braços cheios de armas confiscadas, alguns bastões de batalhão de choque, um machado, duas pistolas calibre .45 e algum tipo chique de espada japonesa ainda em sua bainha ornamentada. O ar tem cheiro de carne podre e aço quente, e o céu noturno ficou enevoado.

Atrás de Gus, em uma névoa de fumaça de arma, corpos em frangalhos são visíveis no chão do lado de fora da barricada e alguns espalhados sobre a calçada dentro da abertura. Os corpos recém-detonados fumegam no frio da noite, seus rastros pretos reluzentes espalhados pelas pedras do calçamento.

— Se eu souber que um Mordedor se aproximou sequer 6 metros da muralha — vocifera Martinez, fazendo contato visual com cada um dos 12 homens que estão de pé, tímidos, ao redor de Gus —, *vocês* vão ouvir muito! Casa limpa!

Então Martinez se vira para os recém-chegados.

— Vocês podem vir comigo.

Os três estranhos param por um momento, desconfiados e hesitantes contra a parede — dois homens e uma mulher —, semicerrando os olhos sob o brilho de tungstênio, de costas para a barricada como se fossem prisioneiros surpreendidos em fuga. Desarmados e desorientados, imundos da viagem difícil, os homens usam trajes de batalhão de choque, a mulher veste um tecido com capuz que, a princípio, parece quase deslocado no tempo, como uma capa de um monastério ou de alguma ordem secreta.

Martinez se aproxima um passo do trio e começa a dizer algo mais, então o som de uma voz familiar ecoa detrás dele:

— Posso assumir a partir daqui, Martinez!

Martinez se vira e vê o Governador se aproximar, com Gabe e Bruce no encalço.

Conforme se aproxima, o Governador faz o papel perfeito de anfitrião da cidade, parecendo todo "sejam bem-vindos companheiros", à exceção do gesto de abrir e fechar as mãos em punhos.

— Gostaria eu mesmo de acompanhar nossos convidados.

Martinez assente, se afasta e não diz nada. O Governador para, olha pela abertura deixada pelo caminhão de carga leve que falta.

— Preciso de você na muralha — explica o Governador aos sussurros para Martinez, indicando toda a carnificina espalhada pelo chão —, tirando todos os Mordedores que, sem dúvida, eles atraíram até aqui.

Martinez continua assentindo.

— Sim, senhor, Governador. Não sabia que você viria buscá-los quando demos a notícia da chegada. São todos seus.

O Governador se volta para os estranhos com um enorme sorriso.

— Sigam-me, amigos. Farei o tour mais curto com vocês.

Oito

Austin chega cedo à arena aquela noite — por volta de 20h45 — e se senta sozinho, na frente, atrás da barreira enferrujada de tela metálica, no final da segunda fileira, pensando em Lilly. Ele imagina se deveria ter insistido mais para conseguir que ela o acompanhasse naquela noite. Pensa no olhar que Lilly lançou a ele no início da noite — na suavidade que passou pelos olhos de avelã logo antes de o beijar — e Austin sente uma estranha mistura de animação e pânico queimando no estômago.

Os enormes postes arqueados de xênon se acendem, vivos, ao redor do estádio, iluminando a faixa de terra e o campo coberto de lixo, e as arquibancadas lentamente se enchem ao redor de Austin com cidadãos barulhentos, sedentos por sangue e por catarse. O ar tem um traço frio e fede a óleo combustível e podridão de errantes, e Austin se sente estranhamente *removido* de tudo isso.

Vestido com um moletom com capuz, jeans e botas de motociclista, os cabelos longos presos com um prendedor de couro, ele se remexe no assento frio e duro, os músculos doloridos das aventuras daquela tarde no interior. Austin não consegue ficar confortável. Ele olha para além do campo, para o lado mais afastado da arena, e vê os portais escuros se enchendo com aglomerados de cadáveres de pé, cada um encoleirado a um guia por correntes grossas. Os guias começam a levar os Mordedores para a luz ofuscante do campo, os spots de luz prateada fazem os rostos mortos ficarem quase iguais aos do teatro kabuki, pintados como palhaços mórbidos.

A multidão fervilha com barulho, assobios e palmas. Os grunhidos e os resmungos viscosos dos errantes conforme tomam seus lugares na pista de cascalho mais externa misturam-se às vozes crescentes dos espectadores, criando assim um ruído inumano. Austin encara o espetáculo. Ele não consegue tirar Lilly da cabeça. O rugido que se avoluma ao seu redor começa a se dissipar... e dissipar... e dissipar... até que ele só consiga ouvir a voz de Lilly na cabeça, baixinha, fazendo uma promessa.

Mostrarei algumas coisas... o único modo de sobrevivermos... ajudar um ao outro.

Alguma coisa cutuca as costelas de Austin e o arranca de volta à realidade.

Ele se vira e percebe que um senhor tomou o lugar ao lado.

Exibindo uma barba amarelada pela nicotina, um rosto velho tão enrugado quanto um pergaminho amassado e um surrado sobretudo preto com um chapéu de aba larga, o homem é um judeu chassídico briguento que, de alguma forma, conseguiu sobreviver nas ruas de Atlanta depois da Transformação. O nome dele é Saul, e o homem mostra a Austin os dentes manchados e apodrecidos quando diz, sorrindo:

— A coisa vai ficar quente na velha cidade esta noite... estou certo?

— Sim, claro. — Austin se sente aturdido, zonzo. — Mal posso esperar.

Austin se volta para os mortos reunidos na periferia da pista, e essa visão o faz sentir um desconforto no estômago. Um dos Mordedores, um homem obeso com macacão de pintor borrifado com bile, projeta um emaranhado de intestino delgado de um ferimento circular na barriga porcina. Outro não tem a lateral do rosto, os dentes superiores brilham sob os holofotes conforme a mulher geme e puxa a corrente. Austin está rapidamente perdendo o entusiasmo pelas lutas. Lilly tem razão. Ele abaixa a cabeça para a faixa grudenta abaixo da arquibancada, para as guimbas de cigarro e as poças de bebidas e de cerveja azeda.

Austin fecha os olhos e pensa no rosto doce de Lilly, as sardas salpicadas sobre o osso do nariz, a curva esguia do pescoço.

— Com licença — diz o rapaz, levantando-se e passando pelo idoso.

— Melhor voltar correndo — murmura o velhote, piscando repetidamente. — O espetáculo vai começar a toda!

Austin já está a meio caminho no corredor. Não olha para trás.

Enquanto cruza a cidade, ultrapassando as sombras de fachadas de lojas e os prédios escuros e cobertos com tábuas da avenida principal, Austin vê meia dúzia de pessoas vindo em sua direção do lado oposto da rua.

Fechando mais o capuz, enfiando a mão no bolso, ele continua avançando, a cabeça abaixada. Enquanto evita contato visual com o grupo que se aproxima, Austin reconhece o Governador, que caminha à frente dos estranhos como um guia turístico, o peito todo inflado de orgulho. Bruce e Gabe seguem na retaguarda com os rifles de assalto empunhados e prontos.

— ... Guarda Nacional a cerca de 1,5 quilômetro, completamente abandonada — diz o Governador para os estranhos. Austin jamais viu aquelas pessoas. O Governador as está tratando como VIPs. — Todo tipo de suprimento no interior — diz o Governador. — Temos feito bom uso deles. Óculos de visão noturna, rifles de precisão, munição, vocês viram isso em ação. Este lugar não seria merda alguma sem eles.

Quando Austin passa na calçada oposta, ele vê melhor os recém-chegados.

Os dois homens e a mulher parecem açoitados pela batalha, sombrios e talvez até um pouco nervosos. Entre os dois homens — cada um deles está vestido com roupa de batalhão de choque —, o mais velho parece mais durão, mais malvado, mais esperto. De cabelos loiros como areia, uma barba um pouco grisalha, o homem mais velho caminha ao lado do Governador, e Austin ouve quando ele diz:

— Vocês parecem ter sorte. Para onde está nos levando? Estamos caminhando na direção da luz. O que é aquilo? Um jogo de beisebol?

Antes de o grupo desaparecer na esquina, Austin olha por cima do ombro e vê melhor os outros dois estranhos. O homem mais jovem usa um capacete de batalhão de choque e parece, talvez, asiático, é difícil determinar sua idade àquela distância e sob aquela luz.

A mulher é muito mais interessante de se olhar. O rosto fino e delineado mal pode ser visto à sombra do capuz, e, para Austin, ela parecer ter trinta e poucos anos, ser afro-americana e exoticamente linda.

Apenas por um instante, Austin tem uma sensação ruim a respeito daquelas pessoas.

— Ora, estranho. — Ele ouve o Governador dizendo quando o grupo sai de seu campo visual. — Parece que não somos os únicos com sorte por aqui. Vocês apareceram na noite perfeita. Há uma luta hoje.

O vento e as sombras abafam o restante da conversa conforme o grupo vira uma esquina. Austin solta um suspiro, afasta a sensação inexplicável de pesar e continua a seguir para a casa de Lilly.

Um minuto depois, ele se vê parado diante do prédio dela. O vento retornou e espirais de lixo passam pela entrada. Austin para, abaixa o capuz, afasta uma mecha de cabelo cacheado dos olhos e, silenciosamente, ensaia o que dizer.

Ele sobe até a porta de Lilly e inspira fundo.

Lilly está sentada próxima à janela em uma poltrona de segunda mão, uma vela tremeluzente num aparador ao lado, um livro de culinária aberto no capítulo sobre os grandiosos acompanhamentos da comida sulista, quando o ruído de batidas interrompe seu devaneio.

Ela estava pensando em Josh Hamilton e em todas as grandes refeições que ele teria preparado se tivesse sobrevivido, e a mistura de tristeza e arrependimento levou a fome de Lilly a desejar mais do que carne enlatada e arroz instantâneo. Ela também estava pensando bastante no Governador naquela noite.

Ultimamente, seu pavor do homem vinha se transformando em outra coisa. Ela não consegue tirar da mente a memória do Governador sentenciando o assassino de Josh — o açougueiro da cidade — a uma morte horrível nas mãos dos errantes famintos. Com uma combinação de vergonha e satisfação, Lilly revive o ato de vingança em seus pensamentos mais obscuros. O homem teve o que mereceu. E talvez — apenas talvez — o Governador seja o único remédio que eles têm para aquele tipo de injustiça. Olho por olho.

— Quem diabo...? — resmunga ela, levantando-se da poltrona.

Lilly cruza a sala descalça, a calça jeans boca de sino rasgada se arrasta na madeira imunda do piso. Ela está vestida com uma camiseta térmica verde-oliva, tipo lingerie, decotada provocativamente em um V perfeito, um top esportivo por baixo, colares de couro cru e contas ao redor do pescoço fino. As mechas loiras estão presas ao estilo Brigitte Bardot no topo da cabeça. O senso de moda descolado de Lilly — desenvolvido inicialmente em brechós e em lojas do Exército da Salvação em Marietta — resiste bravamente no mundo pós-praga. De certa forma, seu senso de moda é sua armadura, seu mecanismo de defesa.

Lilly abre a porta e olha para Austin parado no escuro.

— Desculpe por ficar incomodando você — diz ele, envergonhado, com um braço segurando o outro como se estivesse prestes a rasgar nas costuras. Ele está com o capuz puxado sobre o rosto fino e, por um brevíssimo instante, parece uma pessoa diferente para Lilly. Os olhos perderam a confiança arrogante que perpetuamente brilhava ali. A expressão do rosto dele se suavizou, e a pessoa de verdade por baixo daquela crosta dura emergiu. Austin encontra o olhar de Lilly. — Está ocupada?

Lilly sorri.

— É, você me pegou no telefone com meu corretor de ações, estava movendo milhões entre meus fundos de investimento.

— Devo voltar outra hora?

Lilly suspira.

— Isso se chama piada, Austin. Lembra o que é humor?

Ele assente, triste.

— Ah... é. — Austin consegue sorrir. — Estou um pouco lento esta noite.

— O que posso fazer por você?

— Tudo bem... hã. — Ele olha ao redor da rua escura. Praticamente toda a cidade se deslocou até a arena para as festividades da noite. Agora, o vento arrasta o lixo nas calçadas desertas e farfalha entre os fios elétricos mortos, fazendo um zumbido esquisito. Apenas alguns dos homens de Martinez permanecem nos cantos das barricadas, patrulhando com as AR-15 e os binóculos. De vez em quando, uma luz de busca varre os bosques vizinhos com o feixe luminoso. — Estava imaginando, hã, sabe, se não estiver muito ocupada — gagueja Austin, evitando contato visual com Lilly —, se você estaria disposta a, tipo, treinar um pouco comigo hoje à noite?

Lilly olha para o rapaz de modo questionador.

— Treinar?

Austin pigarreia sem jeito, então olha para baixo.

— Bem, é que você disse que pensaria na possibilidade de me mostrar algumas coisas... me dar algumas dicas de como... sabe... lidar com os Mordedores, me proteger.

Lilly olha para ele e respira fundo. Então sorri.

— Um segundo... vou buscar minhas armas.

Os dois descem até a estação de trem perto da fronteira leste da cidade, o mais longe das luzes e do barulho da arena que conseguem. Quando chegam lá, Lilly já levantou a gola da jaqueta jeans para se proteger do frio crescente. O ar tem cheiro de metano e gás de pântano — um misto de podridão —, e o odor os envolve nas sombras sob o luar do pátio dos trens. Lilly repassa alguns cenários com Austin, faz testes, desafia o jovem. Austin está com a Glock 9 mm consigo, assim como com uma faca de caça embainhada na coxa direita, amarrada com couro cru.

— Vamos, continue em movimento — diz Lilly para ele em certo momento, conforme Austin, vagarosamente, segue ao longo da fronteira do bosque, a pistola na lateral do corpo, agarrada à mão direita, o dedo do lado de fora do vão do gatilho. Os dois estão treinando há quase uma hora, e Austin está ficando impaciente. A floresta pulsa e zune com ruídos noturnos — grilos, galhos farfalhando — e a ameaça constante de sombras se movendo atrás das árvores. Lilly caminha ao lado dele com a autoridade silenciosa de uma instrutora de treino. — Você deve sempre se manter em movimento, mas não muito rápido, nem muito devagar... mantenha os olhos abertos.

— Deixe eu adivinhar... *assim*, certo? — diz ele, um traço de exasperação na voz.

A arma de Austin está com um dos silenciadores de Lilly acoplado ao cano. O capuz dele está puxado, bem fechado, ao redor do rosto. Uma cerca alta de arame retorcido percorre o limite do bosque, tendo um dia servido como segurança para o depósito da ferrovia. Um rastro de carvão espalhado se estende ao longo de uma fileira de trilhos de ferrovia abandonados, cobertos pela grama selvagem.

— Eu disse a você para não colocar o capuz — falou Lilly. — Você está interrompendo sua visão periférica.

Austin tira o capuz e continua se movendo no limite das árvores.

— E agora?

— Melhor. Você deve sempre estar ciente do que o cerca. Essa é a chave. É mais importante do que qual arma usa ou do que a maneira como segura a pistola ou o machado ou qualquer coisa. Sempre esteja ciente daquilo que está em cada um dos seus lados. E daquilo que está atrás de você. Assim pode fugir rapidamente se precisar.

— Entendi.

— E nunca-nunca-nunca-*nunca* se permita ficar cercado. Eles são lentos, mas podem se fechar ao seu redor se forem numerosos o bastante.

— Você já disse isso.

— A questão é sempre saber para que lado correr se precisar. Lembre-se, sempre será mais rápido do que eles... mas isso não quer dizer que não possa ser cercado.

Austin assente e olha intermitentemente por cima do ombro, acompanhando a escuridão em todos os lados da trilha. Ele se vira e, devagar, recua pela trilha por um momento, examinando as sombras.

Lilly o observa.

— Abaixe a arma por um segundo — diz ela. — Pegue a faca. — Lilly o observa trocar de arma. — Tudo bem, agora digamos que está sem munição, está isolado, talvez perdido.

Austin olha para ela de esguelha.

— Lilly, já repassamos essa parte... tipo, umas duas vezes.

— Que bom, você sabe contar.

— Qual é...

— E vamos repassá-la de novo, uma terceira vez, então responda à pergunta. Como você segura sua faca?

Austin suspira, recuando ao longo das árvores, as botas esmagando o carvão.

— Você segura com a lâmina para baixo, agarrando firme o cabo... Não sou burro, Lilly.

— Nunca disse que você era burro. Me diga por que está segurando assim.

Austin continua recuando ao longo do limite do bosque, movendo-se distraidamente agora, balançando a cabeça.

— Você segura assim porque só tem uma chance de descer com força no crânio deles e quer fazer isso decisivamente.

Lilly repara em uma tábua largada — um dormente da ferrovia — ao lado da trilha, a cerca de 6 metros. Ela se move silenciosamente na direção do objeto.

— Continue — diz Lilly. Com um movimento rápido e discreto, Lilly chuta o dormente para o caminho de Austin. — Por que faz isso decisivamente?

Ele emite outro suspiro cansado, recuando distraído.

— Faz isso decisivamente porque tem a chance de destruir o cérebro. — Austin continua recuando devagar na direção do dormente, agarrado à faca, alheio à obstrução que jaz em seu caminho. — Não sou burro, Lilly.

Ela sorri.

— Ah, não, você é um verdadeiro ninja, o modo como verificou o bosque para nós hoje no local do acidente. Está com tudo em cima.

— Não tenho medo, Lilly, já disse um milhão de vezes, estive...

Austin tropeça no dormente da ferrovia.

— Ai! MERDA! — dispara ele, quando atinge o chão, levantando uma nuvem de poeira de carvão.

A princípio, Lilly emite uma gargalhada enquanto Austin fica sentado ali por um segundo, parecendo derrotado, envergonhado, humilhado. Na escuridão, os olhos dele brilham com emoção, e os cachos pendem no rosto do rapaz. Ele parece um cachorro açoitado. A risada de Lilly cessa, e a culpa revira seu estômago.

— Desculpe, desculpe — murmura ela, ajoelhando-se ao lado de Austin. — Eu não tive a intenção... — Lilly acaricia o ombro dele. — Desculpe, estou sendo babaca.

— Tudo bem — responde Austin, baixinho, respirando fundo, olhando para baixo. — Eu mereço.

— Não. Não. — Lilly se senta ao lado dele. — Você não merece nada disso.

Austin olha para ela.

— Não se preocupe com isso. Só está tentando me ajudar e agradeço.

— Não sei *o que* estou fazendo na metade do tempo. — Lilly esfrega o rosto. — Só sei que... precisamos estar prontos. Precisamos estar... odeio dizer isso... mas precisamos estar tão sedentos por sangue quanto os Mordedores. — Ela olha para o rapaz. — É a única forma de superarmos isso.

O olhar de Austin se detém sobre Lilly. O zunido do ambiente fica mais profundo ao redor deles, o rugir dos sons da noite aumenta. De longe, quase inaudíveis, vêm os grunhidos de hiena dos espectadores da pista de corrida torcendo por sangue.

Por fim, Austin diz:

— Você está começando a soar como o Governador.

Lilly olha para longe e não diz nada, apenas ouve os sons pairando na brisa.

Austin umedece os lábios e olha para ela.

— Lilly, estive pensando... e se não houver outro lado para o qual ir? E se for só isto? E se isto for tudo o que há para nós?

Lilly pensa a respeito.

— Não importa. Contanto que tenhamos um ao outro... e estivermos dispostos a fazer o que for preciso... sobreviveremos.

As palavras pendem no ar noturno por um momento. Quase imperceptivelmente, os dois se aproximaram, a mão de Lilly permanecendo no ombro de Austin, a dele encontrando a lombar de Lilly.

Lilly percebe, de súbito, que, originalmente, podia estar pensando na união da comunidade como um todo, mas agora está pensando apenas nos dois. Lilly se vê inclinar para perto dele, e Austin responde inclinando o corpo na direção dela. Lilly sente alguma coisa se desenvolver, se libertar, os lábios dos dois se tocam, e o beijo está para acontecer, quando, de repente, Lilly se afasta.

— O que é isso? Nossa, o que é isso?

Ela sente algo molhado na cintura de Austin e olha para baixo.

A bainha do moletom dele está ensopada de sangue. Parte do sangue pinga em um fluxo até o chão folhoso, preto e brilhante como óleo de transmissão. A lâmina da faca desponta de um rasgo na calça jeans, onde cortou a carne do quadril de Austin durante a queda. Austin coloca a mão sobre o ferimento.

— Merda — dispara ele, com os dentes trincados, o sangue escorrendo pelos dedos. — Achei que tinha sentido alguma coisa me morder.

— Vamos! — Lilly fica de pé em um salto e oferece a mão a Austin, cuidadosamente levantando-o. — Temos de levar você para o Dr. Stevens.

Seu nome todo era Christina Meredith Haben, cresceu em Kirkwood, Geórgia, e foi para a faculdade nos anos 1980 para estudar telecomunicações em Oberlin. Teve um filho fora do casamento, deu à luz a criança e a entregou para adoção um dia depois do 11 de Setembro. Sofreu diversas desventuras amorosas na vida, jamais encontrou o cara certo, nunca se casou e sempre se considerou comprometida com o trabalho de produtora de conteúdo sênior em um dos maiores canais da região sul. Christina ganhou três prêmios Emmy, um Clio e dois Cable Ace — todos a deixavam, justificadamente, orgulhosa — e nunca sentiu que seus superiores a respeitavam ou a remuneravam como merecia.

Mas no momento — naquele piso de ladrilho imundo, na iluminação das lâmpadas fluorescentes — todos os arrependimentos de Christina Haben, os medos, as frustrações, as esperanças e os desejos se foram há muito tempo, destruídos pela morte, seus restos mortais espalhados pelo parquete inundado de sangue viscoso enquanto 17 errantes prisioneiros arrancam os órgãos e os tecidos da mulher.

Os ruídos úmidos e orgíacos da alimentação ecoam pelas paredes de concreto enquanto os mortos se banqueteiam com as partes do corpo, em sua maioria inidentificáveis, que costumavam compor Christina Haben. Sangue e fluido espinhal e bile se misturam nos cantos da sala como alimentos multicoloridos, escorrendo pelas depressões dos azulejos, borrifando as paredes com profundas manchas escarlate e encharcando os Mordedores em frenesi. Selecionados pela integridade física, etiquetados para a arena de gladiadores, a maioria das criaturas parece ter sido homens adultos, alguns agora agachados de modo simiesco à luz forte, roendo nódulos cartilaginosos que costumavam pertencer à parte inferior do esqueleto de Christina Haben.

Do outro lado do ambiente, portas duplas retangulares estão embutidas em uma porta de garagem que cerca a sala. Na moldura da janela à esquerda, um rosto magro, abatido e de bigode, olha para a ação.

Parado no corredor silencioso, do lado de fora do espaço fechado, olhando atentamente pelo vidro da janela, o Governador exibe pouca emoção no rosto a não ser severa satisfação com o que vê. Sua orelha esquerda está com ataduras de um encontro recente com os recém-chegados, e a dor toma conta dele. Faz com que feche os punhos. Irradia pela medula como eletricidade, envolvendo-o, cristalizando sua missão. Todas as dúvidas, todas as hesitações — na verdade, toda sua humanidade remanescente — estão sendo colocadas de lado pelo ódio, pela vingança e pela voz bem no fundo dele que serve de bússola. O Governador sabe agora qual é o único modo de evitar que sua caixinha de metal pegue fogo. Ele sabe o que deve fazer para...

As passadas arrastadas da outra ponta do corredor interrompem seus pensamentos.

* * *

Lilly está com o braço ao redor de Austin quando chega à base das escadas, vira em um canto e corre pelo corredor principal que atravessa as catacumbas fétidas de blocos de concreto das garagens e das baias de serviço abaixo da arena.

A princípio, ela não vê a figura escura de pé, sozinha, no final do corredor, olhando pela janela do portal. Está preocupada demais com o ferimento de Austin e com o esforço exigido para simplesmente manter pressão no corte com a mão direita conforme se arrasta pela enfermaria.

— Olhe o que o gato trouxe — diz a figura, quando Lilly e Austin se aproximam.

— Ah... oi — diz Lilly, sem jeito, ao se aproximar com Austin pingando algumas gotas de sangue no chão, nada que ponha a vida em risco, mas o suficiente para se preocupar. — Preciso levar este aqui ao médico.

— Espero que o outro cara esteja pior — brinca o Governador, quando Lilly e Austin param do lado de fora de uma porta de garagem surrada.

Austin consegue dar um risinho, os cachos longos e úmidos pendem sobre seu rosto.

— Não é nada... é superficial... caí em cima da minha faca feito um idiota. — Ele segura a lateral do corpo. — O sangramento basicamente parou, estou totalmente bem agora.

Muito baixinho, os sons abafados do frenesi da alimentação podem ser ouvidos pelo vidro selado. Parece um estômago gigantesco roncando. Lilly vê de relance pela janela mais próxima a orgia grotesca que ocorre na "pen", e lança um olhar para Austin, que também vê. Os dois ficam em silêncio. A visão daquilo quase não é registrada na mente de Lilly. Antigamente, teria se sentido enojada. Lilly olha de volta para o Governador.

— Vejo que estão tomando as vitaminas e os minerais.

— Nada é desperdiçado aqui — diz o Governador, dando de ombros e acenando na direção da janela. — Pobre garota do helicóptero, morreu... ferimentos internos devido à queda, acho... pobrezinha. —

Ele se vira na direção do vidro e olha para dentro. — Ela e o piloto servem a um propósito maior agora.

Lilly vê a orelha enfaixada. Ela olha novamente para Austin, que também encara as ataduras manchadas de sangue do Governador e a orelha mutilada abaixo.

— Não é da minha conta — diz Austin, por fim, apontando para a orelha. — Mas *você* está bem? Parece que tem um ferimento horrível aí.

— Essas pessoas novas, chegaram esta noite — murmura o Governador, sem tirar o olhar da janela. — No fim das contas, eram um risco maior do que pensei.

— É, vi você com eles mais cedo. — Austin se empertiga. — Estava meio que levando eles para fazer um tour do lugar, certo? O que aconteceu?

O Governador se vira e olha diretamente para Lilly, como se *ela* tivesse feito a pergunta.

— Tento estender toda cortesia às pessoas, mostrar a elas hospitalidade. Estamos todos no mesmo barco ultimamente, certo?

Lilly assente para ele.

— Com certeza. Então, qual era o problema *deles*?

— Pelo visto eram um grupo de reconhecimento de outro assentamento próximo, e as intenções deles não eram exatamente amigáveis.

— O que eles fizeram?

O Governador encara Lilly.

— Acho que iam tentar saquear nossa cidade.

— *Saquear*?

— Está acontecendo por todo canto agora. Os grupos de reconhecimento se infiltram, asseguram um lugar, então roubam tudo. Comida. Água. Nossa roupa do corpo.

— Então, o que aconteceu?

— Tive uma discussão feia com eles. Não deixaria que fodessem com a gente. Não em um milhão de anos. Um deles, a garota de cor, tentou arrancar minha orelha a mordidas.

Lilly compartilha outro olhar de tensão com Austin. Ela olha para o Governador.

— Cruzes... o que está acontecendo? Essas pessoas são *selvagens*, porra.

— Somos todos selvagens, garotinha Lilly. Só precisamos ser os mais selvagens do quarteirão. — O Governador respira fundo. — Briguei bem feio com o principal. O cara revidou com força. Acabei cortando a mão dele fora.

Lilly não consegue se mover. Ela sente emoções contraditórias percorrendo seu corpo, beliscando suas entranhas, disparando fagulhas de trauma no fundo de sua mente — lembranças de uma bala destruindo a parte de trás da cabeça de Josh Hamilton.

— *Meu Deus* — murmura ela, quase para si.

O Governador respira fundo mais uma vez, então exala um suspiro exasperado.

— Stevens está mantendo o cara vivo. Talvez a gente consiga extrair alguma coisa dele. Talvez não. Estamos em segurança por enquanto. E é isso que conta.

Lilly assente e ameaça dizer algo quando o Governador a interrompe.

— Não vou deixar ninguém foder com nossa cidade — diz ele, fazendo contato visual com os dois.

Uma única pérola de sangue escorre pelo pescoço do Governador a partir da orelha enfaixada. Ele a limpa e suspira de novo.

— Vocês são minha prioridade número um, e é só isso que importa.

Lilly engole em seco. Pela primeira vez desde que chegou àquele lugar, sente algo diferente de desprezo por aquele homem... se não confiança, então talvez um traço de compreensão.

— Enfim — diz ela —, melhor eu levar Austin para a enfermaria.

— Vá em frente — diz o Governador, com um sorriso cansado. — Consiga um Band-Aid para o bonitão aqui.

Lilly passa o braço ao redor de Austin e ajuda o jovem a se arrastar pelo corredor. Mas antes de eles virarem na última esquina, Lilly para e olha de volta para Philip.

— Ei, Governador — diz ela, baixinho. — Obrigada.

* * *

Percorrendo o labirinto de corredores que dá na enfermaria, os dois esbarram em Bruce. O enorme afro-americano está vindo da direção oposta, caminhando com determinação, as botas de montaria ecoando, a .45 quicando na coxa grande e musculosa, o rosto queimando com urgência. Bruce ergue o rosto ao ver Lilly e Austin.

— Oi, gente — diz ele, com a voz de barítono. — Viram o Governador por aí?

Lilly diz onde está o homem, então acrescenta:

— Deve ser noite de lua cheia, não?

Bruce olha para ela. A expressão séria, os olhos semicerrando-se, ele parece estar imaginando o quanto, exatamente, a garota sabe.

— Como assim?

Lilly dá de ombros.

— Só parece que as coisas estão ficando cada vez mais loucas.

— De que jeito?

— Não sei... esses babacas tentando saquear a cidade... as pessoas agindo como doidas e coisas assim.

Bruce parece aliviado.

— Ah... é... uma coisa doida. Preciso ir.

Ele passa roçando os dois, então corre pelo corredor até a "pen" dos errantes.

Lilly franze a sobrancelha, observando-o.

Alguma coisa não se encaixa.

Nove

Quando chegam à enfermaria, Lilly e Austin encontram o Dr. Stevens preocupado, debruçado sobre a forma parcialmente nua de um homem adulto inconsciente jogado sobre uma maca no canto. O homem — de cerca de 30 anos, magro, de cabelos loiros como areia, uma barba meio grisalha — está com uma toalha jogada sobre as partes íntimas e uma atadura encharcada de sangue no coto direito em que consiste seu punho. O médico cuidadosamente remove um colete protetor surrado e manchado de sangue dos ombros do homem.

— Doutor? Tenho outro paciente para você — diz Lilly ao cruzar a sala com Austin se arrastando ao seu lado.

O homem inconsciente na maca é desconhecido para Lilly, mas Austin parece reconhecê-lo pelos cabelos loiros como areia imediatamente, ao que dá um cutucão nas costelas de Lilly.

Austin sussurra:

— É *ele*... o cara com quem o Governador se atracou.

— O que foi agora? — diz o médico, erguendo o rosto da maca e olhando para os dois por cima dos óculos de armação de arame. Ele vê os dedos de Austin manchados de sangue, pressionados contra a costela. — Coloque-o ali, já vou até vocês. — O médico olha por cima do ombro. — Alice, ajude-nos com Austin, sim?

A enfermeira sai de uma despensa adjacente com os braços cheios de ataduras de algodão, esparadrapo e gaze. Vestida com o jaleco, o cabelo preso para longe do rosto jovem, ela parece exaurida. Alice faz contato visual com Lilly, mas não diz nada conforme corre pela sala.

Lilly ajuda Austin a subir na mesa de exames no canto oposto.

— Quem é o paciente, doutor? — pergunta Lilly, fazendo-se de boba, ajudando Austin, com cuidado, a subir na mesa. Austin se contorce levemente com uma pontada de dor, mas parece mais fascinado pelo homem deitado e apagado na maca. Alice se aproxima e começa a abrir com cuidado o moletom de Austin, inspecionando o ferimento.

Do outro lado da sala, o médico cuidadosamente passa uma camisola hospitalar rasgada por cima da cabeça oscilante do homem, guiando os braços inertes para dentro das mangas.

— Acho que ouvi alguém dizer que o nome dele é Rick, mas não tenho certeza.

Lilly vai até a maca e olha com desdém para o homem inconsciente.

— O que *eu* ouvi é que ele atacou o Governador.

O médico não olha para ela, apenas contrai os lábios de modo cético conforme amarra gentilmente a parte de trás da camisola.

— E onde, pergunto, ouviu isso?

— Do próprio homem.

O médico dá um sorriso cruel.

— Foi o que pensei. — Ele lança um olhar para Lilly. — Acha que ele está sendo honesto, é?

— O que quer dizer? — Lilly se aproxima. Ela abaixa o rosto para o homem na maca. No estupor lívido do sono, com a boca um pouco aberta e respirando rapidamente, o sujeito de cabelos loiros poderia ser qualquer um. Açougueiro, padeiro, fabricante de velas... *serial killer*, santo... *qualquer um*. — Por que o Governador mentiria sobre isso? Que bem faria?

O médico termina de amarrar as costas da camisola hospitalar e então puxa delicadamente um lençol sobre o paciente.

— Você parece ter esquecido que seu líder destemido é um mentiroso congênito. — Stevens diz isso em tom casual, como se informasse a hora e a temperatura. Ele para e encara Lilly. — Não é novidade, Lilly.

Procure a palavra "sociopata" no dicionário e veja se não encontra a foto dele.

— Olhe... eu sei que ele não é nenhuma Madre Teresa... mas e se ele for exatamente aquilo de que precisamos agora?

O médico olha para ela.

— O que precisamos? Sério? Ele é o que *precisamos*? — Stevens balança a cabeça, afasta-se e vai até o monitor de pulsação e oxigênio sobre a mesa ao lado da maca. A máquina está desligada, a tela vazia. Presa a uma bateria de carro de 12 volts, parece que caiu da traseira de um caminhão. Stevens mexe no aparelho por um momento, reajusta os terminais. — Sabe do que precisamos *de verdade*? Precisamos de um monitor aqui embaixo que realmente funcione.

— Precisamos ficar unidos — insiste Lilly. — Essas pessoas são uma ameaça.

O médico se vira com raiva para ela.

— Quando foi que bebeu a poção do fanatismo, Lilly? Certa vez me disse que o *Governador* é a maior ameaça à nossa segurança. Lembra-se? O que aconteceu com a defensora da liberdade?

Lilly semicerra os olhos para ele. A sala fica silenciosa, Alice e Austin sentem a tensão, o silêncio deles alimenta a inquietude esquisita na atmosfera. Lilly fala.

— Ele poderia ter matado a gente e não matou. Só quero sobreviver. O que é essa coisa que você tem com ele?

— Essa *coisa* que tenho está deitada bem aqui — diz o médico, indicando o homem inconsciente. — Acredito que *ele* foi atacado pelo Governador.

— Do que está falando?

O médico assente.

— Atacado sem provocação, é o que estou dizendo. O Governador mutilou este homem.

— Isso é ridículo.

O médico avalia Lilly. O tom de voz dele muda, fica baixo, frio:

— O que aconteceu com você?

— Como disse, doutor, só estou tentando sobreviver.

— Use a cabeça, Lilly. Por que essas pessoas rastejariam até aqui com más intenções? Elas só estão vagando por aí como o restante de nós.

O médico olha para o homem na maca. Os olhos dele oscilam levemente sob as pálpebras, um sonho febril desesperado se desenvolvendo. A respiração dele fica um pouco agitada por um momento, então se acalma de novo.

O silêncio se prolonga. Por fim, Austin fala do outro lado da sala.

— Doutor, havia dois outros, um cara mais novo e uma mulher com ele. Sabe onde estão? Para onde foram?

Stevens apenas balança a cabeça negativamente e olha para o chão agora. A voz sai em um sussurro quase inaudível:

— Não sei. — Então ele ergue o rosto para Lilly. — Mas lhes digo uma coisa... não queria ser eles agora.

Uma voz abafada pode ser ouvida detrás de uma porta de garagem selada ao fim de um corredor isolado no subporão da arena. Rouca de exaustão, saindo aguda por causa da tensão, a voz é feminina, baixa e indecifrável para os dois homens de pé do lado de fora.

— Ela está nessa desde que a coloquei aí — diz Bruce ao Governador, que está parado olhando para a porta com os braços dobrados judiciosamente sobre o peito. — Falando sozinha assim.

— Interessante — comenta o Governador, com os sentidos aguçados pela violência latente no ar. Ele consegue sentir nos ossos o zumbido de geradores. Consegue detectar os odores de podridão e de gesso mofado.

— Essas pessoas são totalmente malucas — acrescenta Bruce, balançando a cabeça careca e reluzente, com a mão instintivamente apoiada na coronha da .45 embainhada no quadril.

— É, malucas como raposas — murmura o Governador.

O ouvido dele lateja. A pele formiga com antecipação. *Controle.* O refrão emerge da voz que vive no compartimento mais baixo de seu cérebro: *As mulheres devem ser controladas... gerenciadas... subjugadas.*

Por um instante passageiro, parece a Philip Blake que parte dele está do lado de fora do corpo, observando tudo aquilo transpirar, fascinado pela voz interior que é sua segunda natureza agora, uma segunda pele: *Você precisa descobrir o que essas pessoas sabem, de onde vêm — o que têm — e, mais importante, o quanto são perigosas.*

— A moça aí dentro é durona pra cacete — diz Bruce. — Não vai dizer nada.

— Eu sei como dobrá-la — murmura o Governador. — Deixe comigo.

Ele respira profundamente, inspira devagar, prepara-se. O Governador pressente perigo ali. Aquelas pessoas poderiam muito facilmente feri-lo — poderiam destruir sua comunidade —, então ele precisa apelar para a parte de si que sabe como ferir os *outros*, que sabe como subjugar as pessoas, que sabe como controlar as mulheres. Ele nem mesmo pisca.

O Governador simplesmente se vira para Bruce e diz:

— Abra.

A porta da garagem rola para cima sobre roldanas enferrujadas que guincham, chocando-se contra o trilho superior. No fundo do espaço fechado, a mulher na escuridão puxa as cordas que a prendem, sobressaltada, os longos dreadlocks cobrindo-lhe o rosto.

— Desculpe — diz o Governador para ela. — Não deixe que eu interrompa.

Sob o feixe de luz que entra do corredor, o olho esquerdo da mulher brilha entre um espaço em meio às tranças, apenas aquele olho, perversamente avaliando os visitantes parados como gigantes à porta, suas silhuetas formadas pelas lâmpadas nuas dentro de grades ao longo do teto do corredor atrás deles.

O Governador dá um passo adiante. Bruce se aproxima por trás dele.

— Você parecia que estava tendo uma conversa legal e bem-humorada com... desculpe, com quem exatamente estava falando? Na verdade, deixe pra lá, nem me importo. Vamos em frente com isso.

A mulher no chão lembra um animal exótico encoleirado dentro de uma penitenciária — pele escura, graciosa e esguia como uma pantera, até mesmo nas roupas surradas —, e seu pescoço fino está amarrado a uma corda na parede dos fundos. Cada braço está amarrado em um canto oposto da câmara, a pele cor de café *espresso* reluzindo do suor, as tranças de Medusa brilhando e escorrendo por seus ombros e nas costas. A mulher olha com ódio através do cabelo para o homem magricela que se aproxima com uma calma ameaçadora.

— Bruce, me faça um favor. — O Governador fala com o tom distraído e profissional de um trabalhador que se aproxima de um encanamento quebrado ou um buraco a ser preenchido no asfalto. — Tire a calça dela e amarre uma perna àquela parede ali.

Bruce se aproxima e faz como ordenado. A mulher fica tensa quando a calça é puxada para baixo. Bruce faz isso com a certeza determinada de alguém arrancando um Band-Aid de um machucado. O grandalhão se afasta, então puxa um rolo de corda do cinto. E começa a amarrar uma das pernas.

— Amarre a outra perna àquela parede ali — instrui o Governador.

A mulher não tira o olhar do Governador. Ela o fita com ódio através do cabelo, os olhos tão cheios de raiva que poderiam fundir aço.

O Governador se aproxima dela. Ele começa a abrir o cinto.

— Ainda não lute muito, garota. — O Governador solta o cinto e abre a calça camuflada. — Você vai querer guardar energia.

A garota no chão fita o Governador com a intensidade de um buraco negro engolindo toda matéria. Cada partícula na sala, cada molécula, cada átomo, é atraída para o vazio escuro de seus olhos. O Governador se aproxima. Ele alimenta o ódio da mulher como um para-raios.

— Depois de terminar aí, Bruce... nos deixe sozinhos — diz o Governador, com o olhar fixo na mulher. — Precisamos de privacidade. — Ele sorri para ela. — E feche a porta ao sair. — O sorriso do Governador fica mais largo. — Diga uma coisa, garota. Quanto tempo acha que levaria pra que eu destruísse sua vida, acabasse com seu senso de segurança, fodesse com você de verdade?

Nenhuma resposta vem da mulher, apenas aquele antigo olhar curvado de um animal tenso logo antes de uma luta mortal.

— Acho que meia hora provavelmente seria o bastante. — Aquele sorriso. Aquele olhar viperino de pálpebras pesadas. O Governador está a apenas centímetros da mulher. — Mas, na verdade, planejo fazer isso todo dia o tanto quanto puder... — A calça dele está abaixada na altura dos tornozelos agora. Bruce se dirige à porta conforme o Governador tira a calça. Um arrepio percorre a espinha dele.

A porta externa desce quando Bruce sai. A reverberação do estampido faz a mulher estremecer novamente, apenas de leve.

A voz do Governador preenche o vácuo do espaço quando a cueca é retirada.

— Isso vai ser divertido.

Na superfície. No ar noturno. Na quietude da cidade escura. Tarde. Duas figuras caminham lado a lado pelas fachadas das lojas destruídas.

— Não consigo entender essa merda toda — diz Austin Ballard, as mãos nos bolsos conforme caminha pela calçada abandonada.

Ele estremece no frio. Está com o capuz puxado sobre os cachos, o pesar pelo que acaba de ver persiste, estampado em seu rosto em breves flashes conforme a iluminação intermitente irradia no caminho deles.

— A sala de alimentação? — Lilly caminha devagar ao lado de Austin com a jaqueta jeans abotoada até o pescoço. Ela abraça o próprio corpo, envolve o tronco com os braços em algum gesto inconsciente de autopreservação.

— É... isso e o cara com a mão decepada. Que merda está acontecendo, Lilly?

Ela começa a responder quando o estalo distante de um calibre grande ecoa. O ruído sobressalta os dois. Martinez e seus rapazes ainda estão lá fora, fazendo hora extra, limpando os Mordedores desgarrados atraídos para a muralha pela comoção de mais cedo na arena da pista de corrida.

— Negócios, como sempre — diz Lilly, sem acreditar nisso de verdade. — Você se acostuma.

— Às vezes parece que os Mordedores são o menor de nossos problemas. — Austin estremece. — Acha que essas pessoas estão mesmo planejando um saque?

— Quem sabe?

— Quantos mais deles você acha que existem?

Ela dá de ombros. Não consegue afastar a sensação esquisita no estômago de que algo perigoso e inexorável já começou. Como uma geleira negra e agourenta que se move, invisível, sob os pés deles, o curso dos eventos parece deslizar na direção de um horizonte indefinido. E pela primeira vez desde que esbarrou nessa comunidadezinha maltrapilha... Lilly Caul sente um medo profundo que não consegue identificar.

— Não sei — diz ela, por fim —, mas sinto como se pudéssemos dar adeus a qualquer noite de descanso por um tempo.

— Para ser sincero, não durmo bem desde que a "transformação" irrompeu. — Uma pontada de dor dos ferimentos faz com que Austin se encolha, e ele segura a lateral do corpo conforme anda. — Na verdade, não durmo uma noite inteira desde o início.

— Agora que falou, eu também não.

Os dois caminham um pouco mais em silêncio... até que Austin diz:

— Posso perguntar uma coisa?

— Vá em frente.

— Está mesmo a favor do Governador agora?

Lilly anda se perguntando o mesmo. Seria um caso de síndrome de Estocolmo — aquele fenômeno psicológico esquisito em que reféns começam a ter empatia e sensações positivas em relação aos captores? Ou será que Lilly estaria projetando todo o ódio e as emoções reprimidas no homem como se ele fosse algum tipo de cão de ataque programado contra ela? Tudo o que sabia era que estava com medo.

— Eu sei que ele é um psicopata — diz ela, por fim, medindo as palavras. — Acredite em mim... se as circunstâncias fossem diferentes...

eu atravessaria a rua e andaria pelo outro lado se o visse se aproximando em minha direção.

Austin parece insatisfeito, ansioso, com algo na ponta na língua.

— Então está dizendo... é tipo... aquela... coisa, sobre quando a situação aperta, os fortes sobrevivem? Ou algo assim?

Lilly olha para ele.

— O que estou dizendo é: sabendo o que há lá fora, poderíamos estar em grave perigo de novo. Talvez o pior perigo que já enfrentamos desde que a cidade foi fundada. — Lilly pensa a respeito. — Acho que vejo o Governador como... Não sei... como se combatesse fogo com fogo? — Então ela acrescenta, um pouco mais baixo, menos segura: — Enquanto ele estiver do nosso lado.

Outra rajada distante de disparos faz os dois estremeceram.

Eles chegam ao fim da rua principal, onde duas ruas se cruzam na escuridão com um sinal petrificado de travessia ferroviária. Na escuridão da noite, a placa quebrada e as ervas daninhas na altura do ombro parecem o fim do mundo. Lilly se detém, prepara-se para partir até o prédio em que mora, ao norte.

— Tudo bem, é, enfim. . — Austin parece não saber o que fazer com as mãos. — Um brinde a mais uma noite em claro.

Lilly dá um sorriso cansado para Austin.

— Que tal isto. Por que não vem até minha casa e me entedia um pouco mais com suas histórias sobre surfar na costa de Panama City Beach? Quem sabe você não seja chato o suficiente pra me colocar pra dormir.

Por um momento, a expressão de Austin Ballard parece a de um animal que acaba de ter um espinho removido da pata.

Os dois se aconchegam para dormir na sala de estar improvisada de Lilly, em meio às caixas de papelão e aos restos de tapetes e coisas inúteis deixadas para trás por incontáveis antigos residentes. Lilly prepara um pouco de café instantâneo para eles em uma panela com réchaud, então os dois se sentam sob a luz da lanterna e apenas conversam. Falam sobre as infâncias — como compartilham passados suburbanos inócuos e similares, cheios de ruas sem saída, tropas de escoteiros e churrasco de salsicha —, então têm aquela discussão padrão pós-transformação sobre o que fariam se e quando a cura vier e os Problemas se forem. Austin diz que provavelmente tentará se mudar para algum lugar quente e encontrará uma boa mulher, se casará e fará pranchas de surfe ou algo assim. Lilly conta a ele sobre seus sonhos de ser estilista, de ir para Nova York — como se Nova York ainda existisse — e construir um nome para si mesma. Lilly percebe que cada vez mais se afeiçoa àquele jovem despenteado e de bom caráter. Fica maravilhada por ele ser uma pessoa tão decente e carinhosa por baixo da arrogância. Imagina se a encenação de playboy não seria algum tipo de mecanismo de defesa deturpado. Ou, talvez, ele esteja apenas lidando com a mesma coisa com que todos os outros sobreviventes estão lidando no momento — a coisa que ninguém consegue nomear, mas que parece algum tipo de transtorno de estresse virulento. Independentemente das epifanias a respeito de Austin, no entanto, Lilly fica feliz pela companhia naquela noite, e os dois conversam até altas horas.

A certa altura, muito tarde naquela noite, depois de um longo momento de silêncio desconfortável, Lilly olha ao redor do apartamento escuro, pensando, tentando se lembrar de onde colocou o pequeno estoque de bebida.

— Sabe — diz ela, por fim. — Se a memória não falha, acho que tenho meia garrafa de Southern Comfort escondida para emergências.

Austin lhe dá um olhar significativo.

— Tem certeza de que quer se desfazer dela?

Lilly dá de ombros, levanta-se do sofá e caminha pela sala até uma pilha de caixas.

— Não há hora melhor que o presente — murmura ela, revirando cobertores sobressalentes, água engarrafada, munição, Band-Aids e desinfetante. — Olá, querida — diz Lilly, finalmente, ao localizar a garrafa de líquido cor de chá com lindo relevo.

Ela volta para a sala e arranca a tampa com o polegar.

— A uma boa noite de sono — brinda Lilly, então dá um gole generoso e limpa os lábios.

Ela se senta no sofá ao lado de Austin e passa a garrafa para ele. Austin, que se contorce de novo devido à dor na lateral do corpo, toma um gole da garrafa e, então, faz uma careta não só pela queimação do líquido na garganta como pelos pontos no tórax.

— Nossa, sou um maldito fracote.

— Como assim? Você não é fracote. Um jovem da sua idade que sai para reconhecimentos... mandando ver do lado de fora da zona de segurança. — Lilly pega a garrafa e entorna outro gole. — Você vai ficar bem.

Ele olha para ela.

— "Jovem"? Você é o quê, uma cidadã idosa? Tenho quase 23 anos, Lilly. — Austin sorri. — Passe essa coisa. — Ele pega a garrafa e toma mais uma golada, estremecendo pela queimação. Austin tosse e leva a mão à lateral do corpo. — Porra!

Lilly segura uma risada.

— Está bem? Precisa de água? Não? — Ela pega a garrafa dele e toma outro gole. — A verdade é que tenho idade para ser sua... *irmã mais velha*. — Lilly arrota. Então ri, cobrindo a boca. — Meu Deus, me desculpe.

Austin ri. A dor ressurge em seu tórax, e ele se encolhe.

Os dois bebem e conversam por um tempo, até que Austin começa a tossir de novo, com a mão na lateral do corpo.

— Você está bem? — Lilly estende a mão e tira uma mecha dos cabelos cacheados dos olhos dele. — Quer um Tylenol?

— Estou bem! — dispara Austin para ela. Então solta um suspiro de dor. — Desculpe... obrigado pela oferta, mas estou bem. — Ele estende a mão e toca na de Lilly. — Desculpe por ser tão... irritadiço. Eu me sinto um idiota... como uma porra de um inválido. Como pude ser tão desastrado, porra?

Lilly olha para ele.

— Quer calar a boca? Você não é desastrado e não é um inválido.

Austin olha para ela.

— Obrigado. — Ele toca a mão de Lilly. — Agradeço.

Por um momento, Lilly sente a escuridão ao seu redor se transformar e girar. Sente um alívio no abdômen, um calor fluindo para baixo de seu corpo a partir do estômago até os dedos dos pés. Ela quer beijar Austin. Pode admitir de uma vez. Quer muito beijá-lo. Quer provar a Austin que ele não é um fracote... é um homem bom, forte, viril e decente. Mas algo a detém. Lilly não é boa nisso. Não é nenhuma puritana — já esteve com muitos homens —, mas não consegue agir. Em vez disso, apenas olha para Austin, e o olhar dela aparentemente envia um sinal de que algo interessante está acontecendo. O sorriso dele se dissipa. Austin toca o rosto de Lilly. Ela umedece os lábios, avaliando a situação, querendo muito agarrá-lo e enfiar a boca na dele.

Por fim, quebrando a tensão, Austin fala:

— Vai monopolizar essa garrafa pelo resto da noite?

Lilly sorri e entrega a garrafa, e Austin toma uma série de goladas, enxugando grande parte do que sobrou da bebida. Dessa vez, ele não se contorce. Não dobra o corpo. Austin olha para ela e diz:

— Acho que deveria avisá-la sobre uma coisa. — Os enormes olhos castanhos de Austin estão cheios de timidez, arrependimento e talvez até mesmo um pouco de vergonha. — Não tenho camisinha.

Começa como dois bêbados rindo. Lilly ruge com gargalhadas profundas — ela não ri tanto desde o surto da praga — e dobra o corpo com gargalhadas roucas e altas até que as laterais de seu corpo doem e seus olhos começam a brilhar com lágrimas. Austin não consegue deixar de se juntar a Lilly e ri, e ri até que percebe que ela o puxou pela parte da frente do capuz e está dizendo algo sobre não dar a mínima para camisinhas, e, antes que ele sequer saiba o que está acontecendo, Lilly puxa o rosto de Austin para o dela e os lábios dos dois se agarram.

A paixão alimentada pelo álcool irrompe. Os dois se enroscam um no outro e começam a se agarrar tão vigorosamente que derrubam a garrafa e a luminária ao lado do sofá, e a pilha de livros que Lilly queria ler em algum momento. Austin desliza pela beirada do sofá até o chão, e Lilly o derruba, enfiando a língua na boca do rapaz. Ela sente o gosto do licor doce no hálito de Austin e o cheiro almiscarado e picante dele, então se enfia entre as pernas de Austin.

Eles se banham no calor que flui de cada um — o desejo latente reprimido por tantos meses — e os dois se agarram por muitos minutos ali mesmo no chão. Lilly sente Austin acariciar-lhe a curva dos seios por baixo do top, testando a maciez da pele dos quadris e, por fim, tocá-la entre as pernas, ao que Lilly se sente úmida e começa a respirar com dificuldade e rapidamente, corada de excitação. Por fim, ela percebe que Austin está se contorcendo devido à dor na lateral do corpo de novo, e vê as ataduras no lugar em que o moletom dele foi rasgado na direção do peito, então se afasta. Aquela visão parte o coração de Lilly — ela se sente responsável —, e agora quer muito tornar tudo melhor.

— Vem cá — diz ela, pegando Austin pela mão e colocando o rapaz de volta no sofá. — Olhe pra mim — sussurra Lilly para ele, quando Austin afunda no sofá, sem fôlego. — Apenas olhe.

Ela tira as roupas, uma peça por vez, sem tirar os olhos dele. Austin já está com as mãos no cinto, abrindo-o. Lilly tira o top, encarando Austin com olhos brilhantes. Ela vai devagar. Dobra cada peça de roupa conforme a tira — calça jeans, sutiã, calcinha —, hipnotizando Austin, mantendo-o vidrado, até que esteja completamente nua sob o feixe de luar diante dele, os cabelos no rosto agora, a cabeça girando, zonza pelo álcool e pelo desejo. Arrepios percorrem seus braços.

Lilly vai até Austin sem mais uma palavra. Não tira os olhos do rapaz ao se sentar sobre ele. Austin emite um suspiro rouco de luxúria conforme Lilly o guia para dentro dela. A sensação é extraordinária. Ela vê fragmentos de luz e faíscas diante dos olhos conforme oscila para cima e para baixo ritmicamente. Austin arqueia as costas e penetra Lilly. Ele não está mais machucado. Não é mais apenas um garoto tentando ser legal.

Austin goza primeiro, e o orgasmo dele causa tremores nos dois. Lilly estremece a seguir, a sensação de formigamento começa nas pontas dos dedos dos pés, então percorre o corpo dela até convergir em seu plexo solar e explodir. O orgasmo agita Lilly e quase a derruba de cima de Austin, mas ela se segura nos cabelos longos, reluzentes e cacheados dele, aterrissando feito uma pilha de satisfação suada nos braços do rapaz. Os dois desabam um sobre o outro, abraçados, permitindo que a calma retorne como a maré que sobe mais uma vez.

Por um tempo muito longo, os dois ficam deitados ali, nos braços um do outro, ouvindo um silêncio interrompido apenas pela leve sinfonia sincopada de suas respirações. Lilly puxa um cobertor sobre o corpo e volta à realidade duramente. Uma dor lancinante surge em suas têmporas e viaja até o osso do nariz. O que foi que fez? Conforme o efeito da bebida passa, uma vaga sensação de arrependimento começa a se enroscar em seu estômago, e ela olha pela janela. Por fim, começa a dizer:

— Austin, ouça...

— Não. — Ele acaricia o ombro de Lilly, então começa a vestir a calça. — Não precisa dizer.

— Dizer o quê?

Austin dá de ombros.

— Não sei... algo sobre isto ser apenas uma daquelas coisas... e que não deveríamos dar muito valor a ela... e é apenas o álcool ou o que seja.

Lilly dá um sorriso triste.

— Eu não ia dizer isso.

Austin olha para Lilly e sorri.

— Só quero fazer a coisa certa com você, Lilly... Não quero pressioná-la ou nada disso.

Ele a beija na testa.

Então os dois começam a limpar a bagunça que fizeram — limpam o conteúdo derrubado da mesa de canto, colocam luminárias de volta no lugar, empilham livros e vestem as roupas. Nenhum dos dois tem muito mais a dizer, embora ambos estejam morrendo de vontade de falar sobre aquilo.

* * *

Algum tempo depois, perto do amanhecer, Austin fala:

— Sabe... tem algo me incomodando a respeito daquela sala de alimentação lá embaixo, nas garagens sob a pista.

Lilly olha para Austin, afundando de volta no sofá, exausta.

— O que é?

Austin engole seco.

— Não quero ser nojento, mas está me incomodando.

— O quê.

Ele olha para Lilly.

— Está bem... então... o Governador, supostamente, deu o piloto morto e a garota do helicóptero para aqueles errantes. Certo?

Lilly assente, sem querer pensar no assunto.

— É. Acho que sim. Uma pena.

Austin morde o lábio.

— De novo, não quero ser nojento, mas não consigo afastar a sensação de que havia alguma coisa faltando.

— E o que seria isso?

Ele olha para Lilly.

— As cabeças. Não havia cabeças. Onde estavam as porras das cabeças?

Dez

Bruce Allan Cooper está do lado de fora da porta da garagem sob o porão abaixo da arena. No corredor estreito onde se encontra, uma lâmpada de tungstênio solitária em uma grade acima dele fornece a única iluminação tremeluzente. Bruce afasta da mente os ruídos que vêm de trás da porta — como diabo um homem consegue ficar naquilo por tanto tempo? Os gritos de ódio da garota negra agora se deterioraram em sons de soluços distorcidos e engasgados.

Bruce está com os seus grandes braços — grossos como um tubo de chaminé — cruzados contra o peito largo, e sua mente continua vagueando por aqueles dias pré-praga quando ele gerenciava o posto de gasolina com o pai. Bruce perdia a noção do tempo naquela época também — enterrado em um Camaro 427 com teto solar e câmara de combustão hemisférica. Agora, perdeu a noção do tempo de novo. Bruce pensa na antiga namorada, Shauna, e por quanto tempo costumavam fazer — uma lembrança que o deixa feliz de um modo vagamente melancólico. Mas *isso*. Isso é diferente.

Bruce está parado ali há tanto tempo que começa a sentir cãibras nas pernas, e fica mudando o peso do corpo de uma perna para outra. Bruce pesa mais de 110 quilos e tem a musculatura de um estivador, mas aquilo é ridículo. Ele não consegue ficar em pé tanto tempo assim.

Pelos últimos vinte minutos ou mais, Bruce ouviu os murmúrios baixos da voz do Governador provocando a mulher, debochando dela, magoando-a. Deus sabe o que o homem está fazendo com ela agora.

O silêncio se instaura.

Bruce cola o ouvido à porta: Que *merda* é essa que ele está fazendo com ela?

Na cela escura e fechada, o Governador está de pé sobre a figura inerte da mulher, fechando a calça, subindo o zíper. As amarras nos pulsos ensanguentados são a única coisa que mantêm o corpo violentado fora do chão. A respiração difícil da mulher preenche o silêncio, os dreadlocks pendem sobre o rosto espancado. Lágrimas, coriza e sangue se misturam e pingam dos lábios inchados da prisioneira.

Recuperando o fôlego, o Governador se sente bem e exausto e corado com o exercício enquanto olha para ela. Ele está com as mãos doloridas, as articulações dos dedos esfoladas de trabalhar na mulher, de repetidas vezes acertar os punhos nos dentes dela. O Governador ficou muito bom em estrangulá-la, ao ponto de fazê-la apagar, mas sempre trazendo a mulher de volta à consciência no último minuto com um tapa ou um soco no estômago bem cronometrados. Ele ficou longe da boca o máximo que pôde, mas violou os demais orifícios dela com muita atenção. O motor dentro do Governador fez com que ele seguisse forte, mantendo-o determinado e irrefreável.

— Tudo bem... admito — diz o Governador, calmamente, para a mulher. — Eu me empolguei um pouco.

Ela bufa e funga e se segura à consciência por um fio tênue. A mulher não consegue erguer a cabeça, mas é óbvio que quer. Ela quer muito dizer algo a ele. O chão abaixo da mulher está empoçado com fluidos e sangue, as longas tranças dela se arrastando na sujeira. A camisa de elastano que ela veste está estampada com rasgos, aberta na altura dos seios. A metade inferior despida da mulher — ainda aberta pelas amarras de corda — brilha com suor e exibe os inchaços e as abrasões do trabalho do Governador na pele cor de caramelo.

O Governador a encara.

— Mas não me arrependo de *nada*. Gostei de cada *minuto*. E você? — Ele espera para ver se a mulher diz alguma coisa. Ela arqueja e inspira e emite uma combinação confusa de tosse, soluço e gemido. Ele sorri. — Não? Jamais diria.

O Governador caminha até a porta e bate nela. Então alisa o longo cabelo preto.

— Acabamos aqui! — grita ele para Bruce. — Abra pra mim!

A porta emite um guincho nas roldanas antigas e deixa entrar a luz cruel do corredor.

Bruce está parado ali, silencioso e estoico como uma estátua de índio em uma loja de charutos. O Governador nem mesmo faz contato visual com o homem. Virando-se para a mulher no chão, ele ergue a cabeça e a avalia por um momento. Ela é durona, sem dúvida. Bruce estava certo. De modo algum essa vaca vai falar. Mas agora — agora — o Governador repara em algo a respeito dela que lhe dá um estremecimento inesperado de prazer. Ele precisa olhar de perto para ver — com todo aquele cabelo pendurado, escondendo as feições dela —, mas o barulho o torna bem distinto. O Governador repara, e então sorri.

Ela está chorando.

O Governador se delicia com isso.

— Pode chorar tudo, querida. Tire tudo de dentro de você. Você merece. Não tem nada do que se envergonhar. Chore até estourar. — Ele se vira para ir embora.

Então para quando ouve outra coisa. O Governador se volta para ela e ergue a cabeça de novo. Por um brevíssimo instante, ele acha que ouve a mulher dizer algo. Então ouve atentamente, e aquilo sai de dentro dela entre arquejos de agonia.

— Eu... não... choro por *mim* — diz ela para o chão, com a cabeça oscilando pesadamente com dor. A mulher precisa inspirar o ar aos poucos para conseguir proferir as palavras. — Estou... chorando... por você.

O Governador a encara.

Ela ergue a cabeça o bastante para fazer contato visual pela cortina de tranças molhadas. O rosto marrom bronzeado da mulher está coberto de muco e sangue, lágrimas escorrem pelas bochechas inchadas dela, a mulher perfura o Governador com o olhar. E toda a dor e o desespero e a angústia e a perda e a desesperança daquele mundo brutal da praga são exibidos ali por um momento, apenas por um instante — no rosto delineado e violentado dela —, até que tudo isso é cauterizado para longe, no instante de uma respiração, pelo puro ódio inflamado da mulher... e o que sobra é uma máscara de instinto assassino bestial.

— Penso em todas as coisas que farei com você — diz ela, muito controladamente, quase calma —, e isso me faz chorar. Isso me assusta.

O Governador sorri.

— Que bonitinho. Descanse um pouco, o máximo que conseguir, pelo menos. Alguém virá mais tarde para limpá-la, talvez faça alguns curativos. Talvez se divirta um pouco ele mesmo. Mas, principalmente, ele vai deixá-la pronta para quando eu voltar. — O Governador pisca um olho para a mulher. — Só quero lhe dar algo pelo que esperar. — Ele se vira e gesticula com desdém com os ombros. — Até mais.

O Governador sai andando.

A porta de enrolar desce com um estampido metálico.

O sol nasce enquanto o Governador caminha de volta para casa.

O ar tem um cheiro limpo — terra fértil e trevos —, o clima sombrio das catacumbas é varrido pela luz dourada e pela brisa de uma manhã de primavera da Geórgia. O Governador afasta o humor ríspido ao longo do caminho e veste a máscara do líder benevolente da cidade. Ele vê alguns madrugadores e dá a eles acenos amistosos, desejando bom dia com o sorriso jovial de um vigia da cidade.

O Governador caminha quase saltitando agora, o mestre do pequeno feudo, os pensamentos sobre subjugar mulheres e controlar os forasteiros evaporam, são enfiados de volta nos compartimentos mais profundos de seu cérebro. Os ruídos de motores de caminhões e pregos sendo enterrados em madeira nova já preenchem o ar — Martinez e sua equipe fortificam as novas seções da barricada.

Aproximando-se do prédio em que mora, o Governador esbarra em uma mulher e seus dois filhos, os menininhos correm pela rua.

O Governador ri para as crianças, sai do caminho delas.

— Bom dia — diz ele para a mãe, com um aceno de cabeça.

Preocupada com a cria, a mulher — uma matrona de Augusta — grita para os meninos:

— Crianças, por favor! Mandei pararem de correr! — Ela se vira para Philip e dá um sorrisinho comportado a ele. — Bom dia, Governador.

O homem continua caminhando e vê Bob curvado na calçada próximo aos degraus de seu prédio.

— Bob, por favor — diz o Governador ao se aproximar do farrapo de ser humano enroscado sob um toldo ao lado da entrada da casa do Governador. — Coma alguma coisa. Odeio vê-lo desperdiçando a vida assim. Nós acabamos com o sistema de troca, eles simplesmente *darão* algo a você.

Bob gorgoleja e arrota.

— Está bem... tá... se isso for tirar a "Mamãe Ganso" da minha cola.

— Obrigado, Bob — responde o Governador, dirigindo-se ao saguão. — Eu me preocupo com você.

Bob murmura algo que se assemelha a:

— Tanto faz...

O Governador entra no prédio. Uma mosca — uma enorme varejeira — zumbe acima das escadas. Os corredores estão tão silenciosos quanto criptas vazias.

Dentro do apartamento, ele encontra sua garotinha morta agachada no chão da sala de estar, encarando com olhar vazio o carpete manchado, fazendo pequenos ruídos que parecem quase roncos. O fedor paira em torno dela. O Governador vai até a menina, cheio de afeição.

— Eu sei, eu sei — diz o homem para ela com amor. — Desculpe por eu estar tão atrasado... ou adiantado, depende da maneira como você encara.

Ela ruge de súbito — um grunhido agudo que sai da menina como o grito de um gato torturado —, fica de pé e o ataca.

O Governador dá um tapa na menina — com força — com o dorso da mão, fazendo com que ela se choque contra a parede.

— Comporte-se, porra!

A menina cambaleia e ergue o rosto para ele com os olhos leitosos. Uma expressão parecida com medo percorre o rosto azul lívido dela, contrai o sorriso sem lábios que é sua boca, faz a menina parecer estranhamente tímida e dócil. Essa visão faz o Governador arrefecer.

— Sinto muito, querida. — Ele se pergunta se ela não está com fome. — O que a deixou tão agitada ultimamente? — O Governador repara que o balde da menina está virado. — Sem comida, hein?

Ele vai até o balde e o recolhe, enfiando um pé decepado de volta dentro dele.

— Precisa ter mais cuidado. Se virar seu balde, ele vai rolar para fora de seu alcance. Eu a criei melhor do que isso.

O Governador olha dentro do balde. O conteúdo está seriamente decomposto. O pé decepado parece tão inchado e lívido que lembra um balão. Peludo devido ao mofo, irradiando um fedor indescritível que literalmente faz brotarem lágrimas nos olhos, as partes de corpos boiando em uma substância espessa e viscosa com a qual patologistas estão bem familiarizados: a gororoba amarelada feito bile que é essencialmente o sinal de que a decomposição avançada começou — quando todos os vermes e as moscas partiram e deixaram para trás uma massa de proteínas ressecadas.

— Você não quer *isso*, quer? — pergunta o Governador à menina morta, tirando o pé escurecido e inchado, com nojo, do balde. Ele o segura entre o polegar e o indicador, formando algo semelhante a uma pinça, e o atira para a criatura. — Aqui... vá em frente.

Ela segura o pedaço com as mãos e os joelhos, as costas arqueadas com um fervor simiesco. A menina parece enrijecer o corpo de súbito ao provar a carne.

— *PFUH*! — grunhe ela ao cuspir as partes mastigadas.

O Governador apenas balança a cabeça com tristeza ao se virar e se dirigir à sala de jantar, reprimindo-a por cima do ombro.

— *Está vendo*... você virou o balde, e agora sua comida estragou. É isso o que merece. — Ele abaixa a voz, acrescentando aos sussurros: — Mesmo *fresca*, não entendo como come essa porcaria... mesmo.

Ele desaba na poltrona reclinável, que solta um guincho quando é reclinada. Com as pálpebras pesadas, as articulações doloridas, a genitália inflamada devido ao uso excessivo, o Governador se recosta e pensa na vez que provou, de fato, a comida de Penny.

Era tarde uma noite, cerca de três meses antes, e o Governador estava bêbado e tentando fazer com que a criança morta se acalmasse. Aconteceu quase espontaneamente. Ele simplesmente pegou um pedaço de tecido — parte de um dedo humano; nem mesmo se lembra do dono — e o enfiou na boca. Ao contrário de todas as piadas, não tinha, nem *remotamente*, gosto de frango. Tinha um gosto amargo e metálico de carne de caça — acobreado como sangue, mas com uma sensação na boca similar à de carne de ensopado extremamente dura e granulosa —, e o Governador imediatamente o cuspiu.

Existe um axioma entre gourmets de que a comida mais próxima, geneticamente, do consumidor é a mais deliciosa, a mais suculenta, a mais satisfatória. Por isso existem pratos exóticos entre culturas ocidentais como cérebro de chimpanzé e diversos miúdos. Mas Philip Blake sabe que essa crença é uma mentira — seres humanos têm gosto de merda. Talvez se servidos crus com tempero — *tartare* humano, digamos —, o tecido e os órgãos possam ser toleráveis, mas o Governador ainda não teve disposição para provar.

— Eu pegaria mais comida para você, querida — diz ele baixinho para o minúsculo cadáver no outro cômodo, o corpo do Governador relaxa enquanto ele cochila na poltrona reclinável ao som tranquilizante de bolhas estourando nas sombras do outro lado da sala de jantar. Os ruídos baixos dos chiados dos aquários são onipresentes no apartamento, como ruído branco ou estática de uma estação de TV extinta.

— Mas o papai está cansado hoje, precisa fechar os olhos um pouco... então precisa esperar, querida... até que eu acorde.

O Governador cai no sono sob o borbulhar constante dos tanques de água e não tem ideia de por quanto tempo dorme quando o som de batidas invade seu sono e o faz se sentar sobressaltado.

A princípio, o Governador pensa que é Penny fazendo barulho no outro cômodo, mas então ouve de novo, mais forte dessa vez, vindo da porta dos fundos.

— É melhor que seja algo bom — murmura o homem ao se arrastar pelo apartamento.

Ele abre a porta dos fundos.

— O quê?

— Aqui está o que você pediu — diz Gabe, parado do lado de fora da porta externa, segurando um container de metal sujo de sangue. O homem de pescoço atarracado parece sombrio e assustado, hesitante com relação ao humor no ambiente, olhando por cima do ombro. A caixa de munição que segura, resgatada da estação da Guarda Nacional, tem servido bem com um recipiente improvisado de material biológico. Ele olha para o Governador. — Os dois do helicóptero. — O homem pisca. — Ah... e coloquei outra coisa aí. — Mais uma piscadela. — Não sabia se você ia querer guardar. Pode se livrar dela se não quiser.

— Obrigado — murmura o Governador ao pegar o container do homem. O metal está morno e grudento devido ao sangue. — Certifique-se de que eu consiga dormir um pouco, está bem? Não deixe mais ninguém subir.

— Tudo bem, chefe.

Gabe se vira e desce as escadas rapidamente, feliz por se livrar do recipiente.

O Governador fecha a porta, se vira e volta para a sala de jantar.

Penny avança contra ele quando o homem passa, puxando a corrente, fungando para o Governador e esticando os bracinhos magros para as guloseimas. Ela consegue sentir o cheiro da carne morta. Seus olhos viram enormes moedas prateadas, fixos na caixa.

— Não! — O Governador briga com a menina. — Isto não é para você, querida.

Ela rosna e cospe.

O Governador para.

— Bem... tudo bem... espere um pouco. — Repensando, ele abre uma brecha na tampa e enfia a mão no container. Objetos úmidos e carnudos estão fechados dentro de grandes sacos Ziploc. Um dos objetos, uma mão humana decepada, enroscada como um caranguejo branco e carnudo congelado na morte, leva um sorriso aos lábios do Governador. — Acho que pode ficar com *isto.* — Ele tira a mão que antes pertenceu ao intruso chamado Rick e a atira para a garota. — Isso deve mantê-la calada por tempo suficiente para que eu cochile.

A criança morta se esbalda com o membro pingando sangue, fazendo ruídos de sucção luxuriantes; a cartilagem se parte como ossos de galinha nos dentinhos pretos. O Governador sai, carregando o container para dentro da sala de jantar.

No aposento mal iluminado, o Governador tira os outros dois objetos dos sacos.

— Vocês têm convidados — diz ele para alguém nas sombras, ajoelhando-se e tirando uma cabeça de mulher decepada do plástico. O crânio pingando sangue pertence à mulher chamada Christina. A expressão fixa no rosto, que agora parece massa inchada e macia como pão cru, é de horror imutável. — Novos vizinhos, na verdade.

Ele abre a tampa de um aquário vazio, que está encostado na parede mais ao fundo, e coloca a cabeça da produtora de conteúdo no fluido.

— Vocês podem fazer companhia um ao outro — diz o Governador baixinho, quase com carinho, quando coloca o segundo crânio, aquele que pertenceu ao piloto, na água lodosa de um aquário adjacente. O Governador emite um suspiro. A mosca zune em algum lugar próximo, invisível, incessantemente. — Preciso me deitar agora.

Ele volta para a cadeira e afunda nela com um gemido cansado e satisfeito.

Vinte e seis aquários borbulham baixinho no cômodo, cada um contendo pelo menos duas — alguns até três ou quatro — cabeças humanas reanimadas. Os filtros estalam e gorgolejam, as luzes do topo emitem zumbidos baixinhos. Cada aparato está conectado a uma régua de energia principal, cujo cabo da espessura de uma anaconda percorre o rodapé e sobe pela quina da parede até um gerador no telhado do prédio.

Encapsuladas em seus frascos verdes com água, fileiras de rostos lívidos, sem cor, se contorcem como se fios invisíveis de marionetes os estivessem puxando. As pálpebras são finas e vascularizadas como folhas secas antigas e piscam a intervalos aleatórios, as órbitas oculares cobertas por um filme de catarata fixam-se em reflexos que passam e em sombras refratadas pela água. As bocas se escancaram e se fecham intermitentemente, como um jogo perpétuo de martelar a toupeira por toda a extensão dos painéis de vidro. O Governador coletou as cabeças no curso de 12 meses, com o cuidado de um curador de museu. O processo de seleção é instintivo, o efeito de todos aqueles rostos mortos é bastante misterioso.

Ele se recosta na poltrona, as molas guinchando quando o descanso para pés é erguido. O Governador relaxa ali, o peso da exaustão o esmaga enquanto ele encara a totalidade dos rostos. O Governador mal repara no novo semblante — a cabeça da mulher antes conhecida por produzir conteúdo de forma genial na WROM Fox Atlanta —, que agora arqueja e solta bolhas da boca inanimada. O Governador vê apenas o todo, a totalidade de tantas cabeças — a impressão maior de todas aquelas vítimas aleatórias.

Os gritos daquela garota negra magricela no cofre subterrâneo ainda reverberam na mente dele. A parte do Governador que sente repulsa por aquele tipo de comportamento ainda reclama e protesta em uma seção mais profunda do cérebro. *Como pôde fazer aquilo com outro ser humano?* O Governador encara as cabeças. *Como* qualquer um *pode fazer aquilo com outra pessoa?* Ele encara, boquiaberto, os semblantes pálidos e inchados.

O horror nauseante de todos os rostos indefesos — arquejando por uma liberdade que jamais virá — é tão desolador, tão sombrio, tão perfeitamente oportuno que, mais uma vez, de alguma forma, penetra os pensamentos de Philip Blake e o purifica. De algum modo, esse horror sela a psique ferida dele com a natureza cáustica da realidade. Ele inocula o Governador contra a dúvida, a hesitação, a piedade, a empatia. Aquilo, afinal de contas, poderia ser como todos acabam: cabeças flutuando em tanques pela eternidade. Quem sabe? Aquele é o extremo lógico, um lembrete constante do que está esperando se a pessoa for fraca por um milésimo de segundo. As cabeças representam o velho Philip Blake. O fraco, o fracassado... o eterno lamuriante. *Como pôde fazer essa coisa horrível? Como qualquer um pode fazer uma coisa dessas?* Ele encara. As cabeças o envolvem, lhe dão poder, o energizam.

A voz de Philip cai uma oitava e sai quase como um murmúrio:

— Cinquenta e sete canais e nada passando.

Como?

Você?

Pôde?

Ele ignora a voz dentro de si e fica sonolento encarando aquelas bocas que se movem, soltam bolhas, se contorcem e gritam seus gritos silenciosos e molhados. *Como?* O Governador mergulha na escuridão do sono. Encarando. Absorvendo. Ele começa a sonhar — o mundo de pesadelo escorre para o mundo real — e corre por uma floresta escura. O Governador tenta gritar, mas sua voz não faz barulho. Ele abre a boca e emite um grito silencioso. Nenhum ruído sai de dentro dele — apenas bolhas, que sobem na escuridão e desaparecem. O bosque o cerca. Ele fica de pé parado, os punhos fechados, ódio inflamado fluindo de dentro de si, escorrendo por sua boca. Queime tudo. Queime tudo. Queime tudo. Destrua. Destrua tudo. Agora. Agora! *AGORA*!

O Governador acorda sobressaltado algum tempo depois. Ele não consegue dizer a princípio se é dia ou noite. Suas pernas estão dormentes, e seu pescoço dói por ter ficado pendente em um ângulo esquisito no descanso da poltrona.

Ele se levanta e entra no banheiro para se recompor. De pé diante do espelho, o Governador consegue ouvir os grunhidos como roncos de sua garotinha acorrentada à parede no outro cômodo. O despertador de corda no cômodo informa a ele que é quase meio-dia.

O Governador se sente renovado. Forte. Tem um dia cheio pela frente. Ele usa sabonete de pedra-pomes para limpar o sangue da moça negra de debaixo das unhas. Então se lava, coloca roupas limpas e toma um café da manhã rápido — leite em pó para o cereal, café instantâneo aquecido em uma lata de combustível em gel — e dá mais um pedaço fresco do container de aço para Penny.

— Papai precisa ir trabalhar — diz ele, alegremente, para o pequeno cadáver conforme se dirige à porta. O Governador pega a arma e o walkie-talkie que está carregando perto da porta. — Amo você, querida. Não arrume problemas enquanto eu estiver fora.

Ao sair do prédio, o Governador fala com Bruce pelo walkie-talkie.

— Encontre-me na pista — diz ele para o receptor —, no alto da entrada de serviço. — O Governador desliga o walkie-talkie sem esperar reposta.

Dez minutos depois, o Governador está parado no alto de uma escadaria oleosa, a qual leva até o labirinto subterrâneo cavernoso e escuro. O céu acima da pista de corrida parece ameaçador, o dia se torna escuro e ventoso.

— Oi, chefe — diz o homem grande e careca conforme se aproxima vindo do estacionamento.

— Onde diabos você estava?

— Vim direto, desculpe.

O Governador olha por cima do ombro, alguns pedestres passam por seu campo de visão. Ele abaixa a voz.

— Qual é a situação da mulher?

— Ainda está falando sozinha. A vaca é doida de pedra, se quer saber.

— Ela está limpa?

— É, praticamente. Albert a visitou, deu uma olhada, um pouco de comida... na qual ela não tocou. Acho que bebeu um pouco de água, só isso.

— Ainda está acordada?

— Sim. Até onde sei. Fui verificar faz uma hora.

— Como estava a... têmpera dela?

— A o quê?

O Governador suspira.

— A têmpera, Bruce. O temperamento. Que merda ela estava fazendo?

Bruce dá de ombros.

— Não sei, só olhando para o chão, falando com as vozes na cabeça dela. — Ele umedece os lábios. — Posso fazer uma pergunta?

— Qual?

— Ela está contando alguma coisa? Dando alguma informação?

O Governador passa os dedos pelos longos cabelos.

— Não estou perguntando nada a ela... então não há o que me contar, ou há?

Bruce franze a sobrancelha e olha para o Governador.

— Não está perguntando nada?

— Isso mesmo.

— Se importa se eu perguntar por quê?

O Governador olha para a distância, para a fumaça do exaustor que é soprada pela escavadeira que revira a terra contra a barricada, os trabalhadores reforçam as últimas seções, o zunido de motores e de martelos preenchendo o ar.

— Isso ainda virá — responde ele, pensando a respeito. — E por falar nisso... quero que faça algo para mim. Onde está o prisioneiro mais jovem?

— O garoto asiático? Está no nível B, no armazém ao lado da enfermaria.

— Quero que você o leve para o compartimento ao lado do da mulher.

A sobrancelha de Bruce se franze ainda mais, as rugas se espalham por sua cabeça careca.

— Está bem, mas... quer que ele ouça o que acontece naquele quarto?

O Governador dá um sorriso frio para Bruce.

— Você não é tão burro, Brucey. Quero que aquele garoto ouça tudo o que eu fizer com a vaca esta noite. Então um deles vai falar. Confie em mim.

Bruce começa a dizer outra coisa quando o Governador se vira e vai embora sem proferir mais uma palavra.

Na quietude empoeirada do apartamento, Lilly e Austin conseguem algumas horas de sono conturbado naquela manhã, e, quando finalmente acordam por volta das 13 horas, a atmosfera de convivência da noite anterior se transformou em uma série de negociações desconfortáveis.

— Ah... desculpe — diz Austin, quando abre a porta do banheiro e encontra Lilly no vaso sanitário vestindo a camiseta da Georgia Tech com a calcinha na altura das canelas. Austin se vira imediatamente.

— Sem problemas — responde ela. — Pode me dar só uns minutinhos? Então ele é todo seu.

— Com certeza — replica Austin, enfiando as mãos nos bolsos e caminhando de um lado para outro no corredor. Mais cedo naquela manhã, ele cochilava no chão da sala de estar, coberto com uma das mantas usadas para transporte do caminhão, enquanto Lilly dormia no quarto em seu futon quebrado. Do corredor, Austin grita para ela: — Tem tempo de me dar mais uma lição hoje?

— Você está mesmo fominha por uma punição — diz ela de dentro do banheiro, ao dar descarga e se arrumar diante do espelho. Lilly sai e dá um soco brincalhão no braço de Austin. — O que acha de darmos àquele lado do seu corpo uma chance de se curar primeiro?

— O que vai fazer hoje à noite?

— Hoje à noite?

— Eu posso cozinhar o jantar para você — diz Austin, com os olhos brilhando e inocentes.

— Ah... hã... uau.

Lilly quer muito dizer a coisa certa. Não quer perder Austin como amigo. Emoções conflitantes percorrem seu corpo enquanto ela procura pelas palavras certas. Lilly se sente ao mesmo tempo mais próxima e estranhamente distante de Austin. A questão é que não pode ignorar os sentimentos que tem pelo garoto desleixado. Ele tem bom coração, é corajoso, leal e, Lilly pode muito bem admitir para si mesma, um amante incrível. Mas o que sabe realmente sobre Austin? O que *qualquer um* sabe realmente sobre *qualquer outro* naquela nova sociedade fodida? Será que Austin é daqueles homens antiquados que acha que sexo sela um acordo? E, nesse sentido, por que Lilly não pode simplesmente se render aos sentimentos de carinho que tem por ele? Qual é o problema dela? A resposta é elusiva: medo, autopreservação, culpa, autodepreciação; Lilly não consegue determinar. Mas sabe que uma coisa é certa: não está pronta para um relacionamento. Ainda não. E percebe pelo olhar do jovem naquele momento que ele já está a meio caminho disso. Lilly diz, por fim:

— Eu vou... pensar sobre isso.

Austin parece decepcionado.

— Lilly, é só um jantar... não estou pedindo para escolher móveis.

— Eu sei... só... preciso pensar a respeito.

— Fiz alguma coisa errada?

— Não. De maneira alguma. É só que... — Ela para. — É só que...

Austin dá um sorriso para Lilly.

— Por favor, não diga "não é você, sou eu".

Lilly gargalha.

— Está bem, desculpa. Apenas estou dizendo que... só me dê um tempo.

Austin faz uma reverência para ela.

— Você o tem, minha senhora... darei tempo e espaço. — Austin vai para a sala de estar e recolhe a arma, o casaco e a mochila, então Lilly o segue até a porta.

Os dois saem.

— Parece que uma tempestade está se formando — diz Austin, olhando para cima, para a cobertura de nuvens escuras.

— É verdade — replica Lilly, semicerrando os olhos para a luz acinzentada, e a dor de cabeça retorna.

Austin começa a descer os degraus quando Lilly estende a mão e, carinhosamente, dá um puxão no braço dele.

— Austin, espere. — Lilly busca as palavras certas. — Desculpe... Estou sendo ridícula. Só quero ir devagar. O que aconteceu ontem à noite...

Austin a pega nos braços, olha fundo nos olhos dela e diz:

— O que aconteceu ontem à noite foi lindo. E não quero estragar isso. — A expressão dele se suaviza. Austin toca o cabelo de Lilly e dá um beijinho platônico na lateral do rosto dela. Ele faz isso sem intenção, sem premeditar. Simplesmente beija a têmpora de Lilly com muita ternura. — Quer saber a verdade? — Austin a encara. — Você vale totalmente a espera.

E, com isso, ele desce as escadas arrastando os pés e sai pela tempestade que se forma.

A chuva desce em ondas naquela tarde. Martinez precisa suspender o final da construção no canto nordeste da muralha, e ele e a equipe se reposicionam sob as marquises ao longo da estação de trem abandonada, onde permanecem, fumando, observando o tempo, de olho no bosque ao norte.

Errantes têm sido vistos com mais frequência nas últimas semanas lá fora no matagal e nos pântanos, atrás das cercas de pinheiros brancos. Agora, as cortinas de chuva se abrem do céu, varrendo a floresta e lavando os campos. O céu lança rajadas de trovões enquanto veios de raios estalam no horizonte. É uma tempestade raivosa, bíblica em volume e fúria, e isso deixa Martinez nervoso. Ele fuma o cigarro sem filtro de forma vingativa — ele enrola o próprio cigarro — tragando-o até a guimba conforme observa a tempestade. A última coisa de que precisa no momento é drama.

Mas naquele exato momento, o drama vira a esquina na forma de Lilly Caul. Ela corre pelo estacionamento adjacente com a jaqueta jeans erguida sobre a cabeça para afastar a chuva. Lilly se aproxima com uma expressão ansiosa no rosto, protegendo-se sob o abrigo temporário, sem fôlego, sacudindo a umidade da jaqueta.

— Meu Deus do céu, isso desceu rápido — diz ela, ofegante, para Martinez.

— Boa tarde, Lilly — responde ele, jogando o cigarro na calçada.

Ela recupera o fôlego e olha ao redor.

— Como está indo?

— Está indo.

— O que está acontecendo com os forâneos?

— Quem?

— Os estranhos — diz ela, limpando o rosto. — Aqueles... chegaram na outra noite?

— O que têm eles? — Martinez faz um gesto de desdém com os ombros, olhando, nervoso, por cima dos ombros para os homens. — Não tenho nada a ver com isso.

— Não estão sendo interrogados? — Lilly olha para ele. — Qual é o problema?

Martinez lança um olhar esquisito para Lilly.

— Você sequer deveria saber disso.

— Disso o quê?

Martinez segura Lilly e a puxa para longe dos homens, até a beirada da marquise. A chuva se estabeleceu como uma tempestade constante, e agora o zunido feito motor de um jato do temporal esconde a conversa deles.

— Olha — diz Martinez para ela, medindo as palavras —, isso não tem nada a ver conosco, e eu a aconselharia a ficar fora disso.

— Que diabo é o problema? Só fiz uma simples pergunta.

— O Governador quer manter isso abafado, ele não quer que as pessoas se preocupem.

Lilly suspira.

— Não estou preocupada, só estava curiosa para saber se ele descobriu alguma coisa.

— Não sei e não quero saber.

— Qual é o seu problema, caramba?

Raiva incendeia o interior de Martinez, viajando até a espinha dele e secando sua boca. Ele quer estrangular aquela intrometida. O homem segura Lilly pelos ombros.

— Ouça. Já tenho problemas o bastante, preciso lidar com essa merda também?! Fique longe disso. Simplesmente esqueça!

Lilly se afasta.

— Opa, Kemosabe! Segura a onda. — Lilly esfrega o ombro. — Não sei quem mijou no seu cereal hoje de manhã, mas pode descontar em outra pessoa.

Martinez respira fundo diversas vezes, olhando para ela.

— Está bem, olhe. Desculpe. Mas estamos em um estado de "saiba só o necessário" aqui. O Governador sabe o que está fazendo. Se houver alguma coisa que precisemos saber, ele contará.

Lilly gesticula como se o dispensasse, vira-se e sai na chuva, murmurando:

— Tanto faz.

Martinez a observa sumir em meio ao temporal.

— Ele sabe o que está fazendo — diz o homem de novo, baixinho, aos sussurros, como se estivesse tentando se convencer.

Onze

A chuva continua, um dilúvio irrefreável sobre o sul da Geórgia central por quase três dias seguidos. Somente no meio da semana o tempo muda, deixando em seu encalço inundações e cabos de força caídos até o litoral. A terra ao redor de Woodbury fica encharcada e coberta de lamaçais e valas, os campos não cultivados ao sul tão ensopados e inundados que os homens na muralha reparam que aglomerados de errantes são levados para fora do bosque, afundando nas áreas inundadas como sanguessugas gigantes e reluzentes subindo umas nas outras. É como atirar em peixes em um aquário para os atiradores com calibre .50 nos cantos nordeste e sudeste da barricada. Mas apesar dessas pequenas demonstrações barulhentas e repulsivas que o Governador começou a chamar de "gerenciamento do lixo", a cidade de Woodbury permanece quase estranhamente calma naquela semana. Na verdade, somente no *final* da semana Lilly repara que há algo errado.

Até então, ela se mantém discreta, passa a maior parte dos dias reclusa, honrando o comando de Martinez de manter para si mesma qualquer notícia sobre os estranhos hostis na cidade. Ela passa o tempo lendo, observando a chuva, pensando e, quando deitada à noite, acordada e angustiada quanto ao que fazer a respeito de Austin. Na quinta-feira, ele aparece à porta de Lilly com uma garrafa de vinho que furtou da velha despensa do prédio do tribunal, junto com um buquê de sálvias que colheu próximo ao prédio do correio, e Lilly fica tão comovida pelo gesto que deixa Austin entrar, mas insiste que ele evite o assunto do relacionamento dos dois ou qualquer menção à noite em que passaram dos limites. Austin parece feliz em apenas ficar junto dela. Os dois bebem toda a garrafa de vinho enquanto jogam Pictionary — em determinado momento, Austin faz Lilly rir tanto ao revelar que o desenho que fez, igual a um ovo frito, é, na verdade, o cérebro dele sob o efeito de drogas, que ela cospe a bebida —, e Austin não vai embora até que a luz cinzenta do amanhecer atravesse as fendas das janelas cobertas por tábuas. No dia seguinte, Lilly precisa admitir para si mesma que gosta do cara — independentemente das circunstâncias esquisitas — e talvez, apenas talvez, esteja aberta às possibilidades.

Então chega a manhã de domingo. Exatamente uma semana após a noite fatídica, Lilly acorda sobressaltada em algum momento antes do amanhecer. Algo amorfo e indefinido no fundo da mente dela vem incomodando-a, e, por algum motivo — seja algo que sonhou ou algo que se infiltrou em seu subconsciente no curso daquela semana —, isso a atinge com força total naquele momento, *naquela manhã,* como um martelo diretamente entre os olhos.

Lilly salta da cama e corre pelo quarto, então abre um fichário de três argolas que está apoiado sobre uma mesa improvisada — dois blocos de concreto e um painel de madeira compensada. Freneticamente, ela vira as páginas.

— Ah não... não, não, não — murmura Lilly, sussurrando conforme pesquisa no calendário.

Durante quase um ano, controla religiosamente as datas. Por muitos motivos diferentes. Lilly quer saber quando caem os feriados, quer saber quando as estações mudam e, mais do que tudo, simplesmente quer se manter ligada à antiga ordem, à vida civilizada, à normalidade. Ela quer ficar conectada com a passagem do tempo — embora haja muitos nessa era sombria que desistiram, que não sabem distinguir o Dia da Árvore do Yom Kippur.

Lilly verifica a data e fecha o calendário, arfando.

— Ah, merda... porra... merda — murmura ela consigo mesma, afastando-se da mesa e girando como se o chão estivesse prestes a fugir de seus pés. Lilly caminha em um círculo nervoso no quarto escuro por um momento, seus pensamentos nadando e se chocando uns contra os outros. *Não* pode ser dia 23. Não pode ser. Ela está imaginando a coisa toda. Simplesmente paranoica. Mas como pode ter certeza? Como qualquer um pode ter certeza de *qualquer coisa* nesse Mundo de Praga fodido? Deve haver algo que possa fazer para tranquilizar a mente — para provar para si mesma que está apenas sendo paranoica. De súbito, Lilly tem uma ideia.

— Tudo bem!

Ela estala os dedos, então corre até o armário de metal surrado no canto, no qual guarda os casacos, as armas e a munição. Lilly pega o colete jeans, as Ruger .22 gêmeas, os silenciadores e um par de pentes curvos de 25 balas. Ela veste o casaco e então atarraxa os silenciadores e enfia as armas atrás do cinto. Lilly guarda os pentes nos bolsos, respira fundo, levanta o colarinho do casaco e sai pela porta.

A respiração dela se condensa no ar pré-amanhecer conforme Lilly sai do prédio. A cidade ainda está dormindo, e o sol começa a despontar do bosque ao leste — lançando raios angelicais de luz através da bruma pairando baixo — conforme Lilly atravessa a rua e caminha rapidamente pela calçada estreita em direção ao velho prédio abandonado do correio.

Logo após o correio — do outro lado da muralha sul, fora da zona de segurança —, há uma farmácia saqueada. Lilly precisa entrar naquela loja, apenas por um segundo, para poder descobrir se está ou não maluca. Só há um problema.

Fica do lado de fora da muralha, e, com o fim da tempestade, a atividade dos errantes aumentou por ali.

No subporão mal iluminado abaixo da arena da pista de corrida, Bruce ouve as batidas reveladoras do lado de dentro da última porta de garagem à esquerda.

Ele se prepara para o que está prestes a ver, se abaixa, destrava a fechadura, segura a alça e puxa a porta para cima sobre as roldanas congeladas. A porta guincha. A abertura revela uma clausura escura de cimento que costumava armazenar chassis sujos de graxa e partes sobressalentes — agora é um lugar de degradação e dor —, e o Governador está de pé à meia-luz, ofegante devido ao trabalho duro.

— Isso é entretenimento — murmura ele, o rosto brilhando com suor, os pontos escuros de umidade sob as axilas e o sangue nas mãos dele são piores do que após a última sessão, dois dias antes.

O Governador trabalhou na mulher a noite toda, a terceira rodada de tortura naquela semana, e agora a fadiga e o fardo sobre o homem se revelam em um olhar fundo.

Por um breve instante, Bruce olha para a figura em frangalhos no chão, atrás do Governador. O torso dela está a centímetros do chão, as cordas mal a mantêm erguida, as tranças pendem, fluidos pingam de seu rosto inchado. Os ombros estreitos da mulher sobem e descem ritmadamente, os pulmões arquejam por ar, a metade inferior despida está contorcida como a de uma boneca quebrada. A mulher mal está viva — pelo menos à primeira vista —, embora, ao olhar mais de perto, seja possível notar uma chama queimando por trás dos olhos injetados dela, um reator nuclear de fúria que a mantém acordada, que a mantém agarrada a uma esperança tênue de vingança.

— Feche — diz o Governador, ao pegar uma toalha jogada sobre o ombro de Bruce.

Bruce obedece, batendo a porta de rolar contra o chão com um estalo metálico.

O Governador passa a toalha no rosto.

— Ela nunca vai falar. Quantas vezes já fizemos isso, três, quatro, perdi as contas. — Ele atira a toalha. — E o garoto? Já cedeu?

Bruce faz que não com a cabeça.

— Gabe diz que ele está ouvindo tudo pela parede, diz que está balbuciando como um bebê, entra dia, sai dia, e que não parou com isso desde que você começou com ela.

O Governador funga, alonga os músculos fatigados do pescoço, estala as juntas ensanguentadas dos dedos.

— Mas não deixou escapar nada, deixou?

Bruce dá de ombros.

— De acordo com Gabe, ele só grita e grita e só isso. Não fala.

— Isso já é demais. — O Governador respira fundo várias vezes, pensando, revirando as coisas na mente. — Essas pessoas são mais fechadas do que pensei, porra, difíceis de quebrar.

Bruce pondera.

— Posso fazer uma sugestão?

— Qual é?

Bruce dá de ombros de novo.

— No xadrez, eles quebram as pessoas na solitária.

O Governador olha para ele.

— E daí?

— Daí que estou pensando, se as mantivéssemos trancadas, separadas, sabe, como uma porra de confinamento na solitária. Pode ser a maneira mais fácil de conseguir.

— Isto não é uma prisão, Bruce, tenho uma cidade para... — O Governador pisca, inclinando a cabeça diante da revelação súbita. — Espere um pouco.

Bruce olha para ele.

— O que foi, chefe?

— Espere... espere um segundo.

— O quê?

O Governador encara o enorme homem negro.

— Gabe não disse que essas roupas de batalhão de choque que eles estavam vestindo eram o tipo de porcaria que usam na prisão?

Bruce assente em silêncio, olhando ao redor do corredor, pensando a respeito.

O Governador começa a descer as escadas, murmurando conforme o faz.

— Pensando melhor, aquele cara, Rick, estava vestindo um macacão de presidiário por baixo do equipamento.

Bruce corre atrás dele.

— Aonde vai, chefe?

O Governador já está subindo as escadas, gritando por cima do ombro.

— Limpe aquela vaca... depois pegue Gabe... e me encontre na enfermaria. Acho que tenho um jeito melhor de fazer isso!

Lilly para ao lado da muralha, o coração acelerado, o sol já nasceu, os raios do início da manhã atingem a nuca da mulher. A 45 metros, um dos homens de Martinez — cujo físico forte forma uma silhueta contra o céu do amanhecer — caminha por uma passarela improvisada.

Lilly espera até que o vigia passe para trás de um cano de aquecimento e, então, se move.

Ela rapidamente sobe e desce a muralha, caindo com força sobre um estacionamento de cascalho do outro lado. O impacto das botas nas pedras faz um ruído alto de esmagamento, e Lilly se agacha por um momento — com a pulsação acelerada —, esperando para ver se o vigia nota ou não.

Após um momento de silêncio e respiração presa, ela silenciosamente caminha agachada pela rua de cascalho e desliza para trás de um prédio queimado. Lilly verifica a arma, levantando o ferrolho. Ela mantém a Ruger na lateral do corpo conforme segue, abaixando-se em uma rua lateral coberta com destroços e pedaços de errantes decapitados em decomposição. O fedor é extraordinário.

O vento frio sopra o cheiro ao redor de Lilly como uma rede conforme ela ultrapassa o correio — mantendo-se abaixada, esgueirando-se silenciosamente por velhos pôsteres rasgados de carteiros felizes entregando pacotes coloridos para crianças e banners pichados de aposentados sorridentes colecionando selos. Lilly ouve um farfalhar atrás de si — folhas ao vento, talvez — e não se vira.

Ela continua se dirigindo ao sul.

Os restos bombardeados da farmácia e conveniência Gold Star estão no fim da rua, uma minúscula caixa de tijolos vermelhos em ruínas com uma vitrine coberta por balas e tábuas de madeira. A velha placa com o R/X estampado no desenho de um pilão, indicando a venda de remédios sob prescrição, pende por cabos destrinchados, girando à brisa. Lilly corre até a entrada. A porta está trancada, e ela precisa arrombá-la com o ombro.

Lilly irrompe no interior escuro da loja, o vidro da porta quebrada se espalha pelo chão. O coração dela estrondeia no peito conforme Lilly verifica a área de desastre que um dia ofereceu xarope para tosse, cola para dentadura e bolas de algodão para esposas de fazendeiros e residentes resfriados.

Os corredores foram completamente saqueados — as prateleiras completamente limpas, apenas algumas caixas vazias e poças de fluidos não identificados são vistas aqui e ali. Lilly ziguezagueia pelos detritos e segue na direção do balcão da farmácia, nos corredores sombreados dos fundos.

Um ruído chama sua atenção bem à direita — um chiado, uma garrafa virando —, e a arma de Lilly imediatamente sobe. Ela vê um borrão de pelo amarelo. Lilly solta o gatilho quando vê que é um gato selvagem — a criatura maltrapilha desvia de displays caídos de enxaguante bucal e branqueador de dentes com um rato na boca.

Lilly expira rapidamente, aliviada, vira-se na direção do balcão da farmácia... e grita de repente.

O velho farmacêutico se arrasta para fora das sombras ao lado dela com os braços estendidos e as mãos escuras e retorcidas como garras — a boca gigantesca e pútrida do homem trabalhando como um triturador de madeira. O rosto longo e flácido tem a consistência de pudim de pão coberto de mofo e tem cor de ferrugem velha, os olhos leitosos e encaroçados são grandes como ovos cozidos. O homem veste um jaleco branco maculado por sangue e bile.

Lilly desvia para trás, ergue a arma e derruba um display de comida canina.

Ela cai de bunda no chão, latas tilintam no chão ao seu redor, o ar é sugado de seus pulmões, e Lilly começa a atirar. Os estalos dos tiros silenciados criam fagulhas, chamas, e reverberam pelo espaço confinado, metade das cápsulas acerta o alto, estilhaçando tubos fluorescentes. Mas metade das balas entra na cabeça careca do farmacêutico.

Ossos cranianos se estilhaçam e voam, sangue e tecido jorram nas prateleiras vazias. O Mordedor gigante cai como um carvalho velho, pousando diretamente em Lilly. Ela grita e se contorce abaixo do peso morto e fedido do cadáver, o cheiro é insuportável. Por fim, Lilly rola e se liberta.

Por vários minutos frenéticos e silenciosos, ela fica agachada no chão ao lado do Mordedor caído. Lilly engole o nojo, a vontade de fugir daquela loja escura horrorosa, a voz no fundo de sua mente lhe dizendo que ela é louca, insana por arriscar a vida por aquele pedacinho ridículo de esclarecimento pessoal.

Lilly afasta os pensamentos e consegue se recompor.

O balcão da farmácia está na escuridão a 6 metros de distância. Lilly cuidadosamente atravessa o corredor dos fundos, os olhos se ajustando lentamente à penumbra. Ela vê o balcão, empoçado com fluidos grudentos e ressecados, documentos desbotados e mofo tão espesso que parece um casaco de pele sobre a coisa toda.

Lilly se espreme para passar pela brecha e começa a vasculhar o conteúdo parco das prateleiras da farmácia. Nada além de remédios e extratos inúteis permanecem intocados pelos saqueadores — remédios para acne, tratamentos para hemorroidas e remédios de nomes indecifráveis, que ninguém se incomodou em identificar —, todos os valiosos remédios para o sistema nervoso central e os opiáceos e analgésicos já se foram há tempos. Mas Lilly não se importa.

Não quer ficar doidona ou apagar ou bloquear a dor.

Depois de uma busca aparentemente interminável e angustiante, ela finalmente encontra o que procura no chão sob o computador, em uma pilha de caixas e frascos plásticos de pílulas ignorados. Sobrou apenas uma caixa, e parece que alguém pisou nela em algum momento. Achatada, com a tampa quebrada, a caixa mantém seu conteúdo em uma embalagem a vácuo selada e intacta.

Lilly a enfia no bolso, fica de pé e sai dali correndo.

Quinze minutos depois, ela está de volta ao apartamento com o kit.

Cinco minutos depois disso, Lilly espera para ver se sua vida está prestes a mudar.

— *Ele era um homem bom* — diz uma voz abafada do outro lado da porta fechada da enfermaria, inconfundível com o tom irônico, o leve sotaque, o sarcasmo cansado; obviamente a voz do estimado Dr. Stevens. — Ênfase em era.

O Governador está do lado de fora da porta da enfermaria com Gabe e Bruce. Os três param antes de entrar, ouvindo os murmúrios baixos do outro lado da porta com muito interesse.

— *Encontramos esta cidade bem cedo* — continua a voz do médico. — *A estação da Guarda Nacional, os becos estreitos, decidimos que poderíamos defender este lugar. Então marcamos nosso território.* — Uma leve pausa silenciosa, o som baixo de água corrente. — *No início ele era valentão* — continua a voz —, *mas fazia o trabalho.*

O Governador fecha as mãos em punhos enquanto ouve, o ódio enrijece sua espinha, mistura-se com a pura adrenalina da descoberta.

— *Philip emergiu como líder de nosso grupo muito rapidamente* — diz a voz. — *Ele fez o que precisava ser feito, o que precisava ser feito para manter as pessoas em segurança. Mas depois de um tempo...*

O ódio faz o Governador esticar a coluna, seus dedos formigam, a boca se enche de bile amarga e ríspida. Ele se inclina na direção da porta para ouvir com mais atenção.

— *... ficou claro para alguns de nós que ele estava fazendo isso mais por diversão do que para nos proteger. Estava claro que ele era pouco mais do que um desgraçado cruel. Sequer consigo falar da filha dele.*

O Governador ouviu o bastante. Ele estende a mão para a maçaneta, mas algo o impede.

Do outro lado da porta, uma voz mais grave e rouca com um sotaque mais carregado, ao estilo classe operária de Kentucky, fala:

— *Por que permitem que continue? As lutas? Alimentar os zumbis?*

A voz do médico:

— O que acha que ele faria com qualquer um que se opusesse? Odeio o filho da puta, mas não posso fazer nada. O que quer que faça... ele mantém esta gente em segurança. Isso basta para a maioria das pessoas.

O Governador engole o impulso de arrombar a porta com um aríete e matar todos.

O médico:

— Contanto que haja uma muralha entre elas e os Mordedores, não estão muito preocupadas com quem está com elas do lado de dentro da barricada.

Philip Blake chuta a porta, a fechadura se parte e sai voando pela sala, quicando pelo piso de azulejos como uma cápsula de bala usada. A porta se choca contra a parede adjacente, fazendo todos na sala saltarem.

— Bem colocado, doutor — diz o Governador conforme adentra calmamente a enfermaria, seguido de perto pelos comparsas. — Bem colocado.

Se é possível que um cômodo inteiro fique eriçado com eletricidade estática, é exatamente o que acontece naquele instante seguinte no qual os olhos de todos — de Stevens, do estranho sentado na cama, de Alice, próxima à pia — disparam na direção do homem magro que caminha para dentro da enfermaria com as mãos nos quadris como se fosse dono do lugar. A expressão fria de assombro no rosto do Governador é desmentida pelas expressões sombrias e ameaçadoras nos rostos de Bruce e Gabe, que entram como cães de ataque no encalço do dono.

— O que *você* quer? — diz o médico, finalmente, em tom provocador.

— Você disse para voltar hoje, doutor — responde o Governador, com a simpatia casual de mais um paciente que chega para um *checkup*. — Disse que queria trocar minhas ataduras? — Ele aponta prestativamente para a orelha ferida. — Lembra? — O Governador então lança um olhar para o intruso, agora congelado na posição sentada, na cama, do outro lado do cômodo. — Bruce, aponte uma arma para o cotozinho ali.

O enorme homem negro calmamente saca a .45 prateada e mira no homem chamado Rick.

— Sente-se, Philip — diz o médico. — Serei rápido. — A voz dele mergulha em um tom mais baixo, pingando desprezo. — Tenho certeza de que tem coisas mais importantes para fazer.

O Governador afunda em uma maca de exames iluminada por lâmpadas de halogênio.

O homem chamado Rick não consegue tirar os olhos do Governador, e o Governador devolve o olhar — dois predadores naturais na selva, as costas arqueadas, avaliando um ao outro — e o Governador sorri.

— Você parece bem, forasteiro. Está se curando direitinho? — Ele espera que o estranho responda, mas o homem não diz uma palavra.

— Bem — murmura o Governador consigo mesmo, enquanto Stevens se aproxima e se abaixa para olhar melhor a orelha enfaixada —, tão bem quanto pode.

Por fim, o homem de cabelos loiros como areia do outro lado do cômodo consegue replicar:

— Então... quando vai começar a me torturar?

— Você? Nunca. — Os olhos do Governador definitivamente brilham com escárnio. — Entendi você desde o início, não vai dizer merda nenhuma. Tem família de onde quer que tenha vindo. Não vai denunciá-los.

Stevens cuidadosamente dobra as ataduras e ilumina a orelha decepada com uma lanterna tipo caneta.

— Não, eu ia torturar os outros na sua frente — explica o Governador. — Não achei que o quebraria, mas estava quase certo de que um deles sim. — Agora o homem pisca um olho. — Mas os planos mudaram.

O homem na cama encara o buraco da Magnum de cano longo de Bruce, então diz:

— Para quê?

— Você vai entrar na arena — diz o Governador animado. — Quero, ao menos, conseguir alguma diversão com você. — Ele vira o rosto com um leve sorriso. — Atualmente planejo estuprar aquela vaca que arrancou minha orelha feito louco, até que ela encontre um modo de se matar.

O cômodo — quase como um único organismo — absorve essa informação em silêncio estarrecido. A estranha cena se prolonga, o único ruído é o de Stevens rasgando um pedaço de rolo de esparadrapo e o farfalhar da gaze.

— E o garoto asiático com as glândulas lacrimais hiperativas? — acrescenta o Governador, seu sorriso se espalhando praticamente de orelha a orelha ferida. — Eu o soltei.

Um momento de silêncio chocado. O homem chamado Rick, espantado, encara o Governador.

— Você o *soltou*? Por quê?

A essa altura, Stevens terminou de examinar e de substituir a velha atadura na orelha do Governador.

O médico se afasta quando o Governador emite um suspiro satisfeito, dá um tapa nas coxas de modo jovial e se levanta da mesa.

— Por quê? — Ele sorri para o estranho. — Por que ele cantou como um periquito. Me contou exatamente o que eu precisava ouvir.

O Governador assente para seus homens, então se dirige à porta com um sorriso.

— Eu sei tudo o que preciso saber sobre sua prisão — murmura ele ao sair. — E se ele for burro o bastante para ir até lá, nos levará diretamente para ela.

Os três homens saem da sala, batendo a porta quebrada.

Na esteira de turbulência que deixam, a enfermaria se deteriora em um silêncio horrível.

À primeira luz do dia seguinte, o atirador de calibre .50 no canto nordeste da barricada começa a atirar em um aglomerado de errantes que se concentra no limite do bosque, lançando jorros de matéria cerebral e tecido morto no ar frio da manhã.

O ruído acorda a cidade. O rugido dos estalos do calibre alto chega a um beco estreito atrás dos condomínios de apartamentos no final da rua principal, ecoando pela passagem, penetrando a sonolência ébria de uma figura imunda e maltrapilha encolhida sob uma plataforma de escada de incêndio.

Bob se vira e tenta entender onde está, que ano é e qual é a porra do nome dele. Água da chuva ainda escorre das calhas e dos canos de drenagem ao seu redor. Ele está com a calça molhada. Flutuando no estupor induzido pelo álcool, ensopado até os ossos devido à chuva, Bob esfrega o rosto enrugado e repara que tem lágrimas nas bochechas macilentas e bastante marcadas.

Estava sonhando com Megan de novo? Estava tendo outro pesadelo no qual não consegue chegar até ela enquanto a jovem está pendurada pelo pescoço em seu poleiro suicida? Ele nem mesmo consegue se lembrar. Bob sente vontade de rastejar até a caçamba de lixo ao lado e morrer, mas, em vez disso, fica de pé com dificuldade e cambaleia até o beco em direção à luz do dia.

Ele decide tomar café da manhã — os últimos dedos de uísque barato da garrafa de meio litro no bolso do casaco — na calçada, recostado contra a fachada de tijolos do prédio do Governador, o lugar de sorte de Bob, seu lar longe do lar. Bob afunda contra a parede, enfiando a mão no bolso com os dedos oleosos e sujos, e pega seu "remédio".

Ele toma uma golada generosa, terminando com o que restou na garrafa, e então desliza contra a parede. Não consegue mais chorar. O luto e o desespero de Bob queimaram suas glândulas lacrimais. Em vez disso, ele apenas emite um suspiro congestionado pelo catarro com um hálito desagradável e se deita e cochila por tempo indeterminado antes de ouvir a voz.

— Bob!

Bob pisca e pisca, e com os olhos remelentos vê a figura embaçada de uma jovem se aproximando do outro lado da rua. A princípio, ele nem mesmo consegue se lembrar do nome dela, mas o olhar no rosto da mulher conforme se aproxima — de frustração, ansiedade, até mesmo um traço de ódio — alcança alguma câmara profunda da alma e das memórias carinhosas de Bob.

— E aí, Lilly — diz ele, levando a garrafa vazia aos lábios. Até a última gota. Bob limpa a boca e tenta se concentrar na mulher. — Excelente manhã para você.

A mulher se aproxima, se ajoelha e carinhosamente tira a garrafa dele.

— Bob, o que está fazendo? Tentando se matar em câmera lenta?

Bob inspira e então exala um suspiro tão pútrido e inflamável que poderia acender uma churrasqueira.

— Eu venho... ponderando as opções.

— Não diga isso. — Lilly olha Bob nos olhos. — Não é engraçado.

— Não estou tentando ser engraçado.

— Está bem... tanto faz. — Ela limpa a boca e olha por cima do ombro, ansiosamente verificando a rua. — Não viu Austin, viu?

— Quem?

Lilly encara Bob.

— Austin Ballard? Você sabe. Cara jovem, meio desarrumado.

— O garoto com o cabelo?

— É ele.

Bob emite mais um coro de tossidas roucas e chiadas. Ele dobra o corpo por um momento, tentando tossir até ficar limpo. Então pisca de volta para Lilly.

— Não, senhora. Não vejo o danado há dias. — Por fim, Bob controla a tosse e então fixa os olhos amarelos em Lilly. — Você tem uma quedinha por ele, não?

Lilly olha para os limites da cidade, roendo uma unha.

— Hã?

Bob consegue dar um sorriso torto.

— Vocês dois são um casal?

Lilly apenas faz que não com a cabeça, soltando uma risadinha cansada.

— Um casal? Não diria isso. Não exatamente.

Bob continua olhando para ela.

— Vi vocês dois indo para sua casa juntos na semana passada. — Mais um sorriso torto. — Eu posso ser um pé de cana, mas não sou cego. O modo como vocês andavam, conversavam.

Lilly esfrega os olhos.

— Bob, é complicado... mas, neste momento, preciso encontrá-lo. — Ela olha para Bob. — Pense bem. Quando o viu pela última vez?

— Lilly, não sou muito bom com detalhes. Minha memória não é exatamente...

Ela o agarra e o sacode.

— Bob, acorde! É importante! Preciso encontrar Austin... é *super*-importante! Entende? — Lilly dá um tapa leve em Bob. — Agora, concentre-se, tente colocar essas células afogadas em álcool para funcionar e *PENSE*!

Bob estremece nas mãos de Lilly, os olhos caídos estão arregalados e úmidos. Os lábios de cor lívida do homem tremem, e ele tenta formar as palavras, mas as lágrimas descem.

— E-eu não... faz... não tenho muita certeza de...

— Bob, desculpe. — Toda a raiva e a frustração deixam o rosto de Lilly, e ela solta Bob, ao que sua expressão se suaviza. — Desculpe. — Lilly o envolve com o braço. — Estou um pouco... não estou... estou lidando com um pouco de...

— Está tudo bem, querida — diz ele, e deixa a cabeça tombar. — Não tenho sido mais eu mesmo e não me sinto exatamente no topo do mundo agora.

Lilly olha para Bob.

— Ainda está sofrendo, não está? Sofrendo muito.

Bob suspira de novo. Ele se sente quase normal quando está perto daquela mulher.

Por um momento, Bob considera contar a Lilly sobre os sonhos com Megan. Considera contar a ela sobre o gigantesco buraco negro em seu coração que suga cada gota da vida dele. Bob considera explicar a Lilly como nunca foi muito bom em lidar com o luto. Perdeu dezenas de amigos próximos no Oriente Médio. Como médico do exército, ele viu tanta morte e tanta dor que achou que isso iria rasgar suas entranhas. Mas nada daquilo sequer se compara com a perda de Megan do modo como foi. Ele considera tudo isso durante um instante angustiante, então ergue o rosto para Lilly e simplesmente murmura:

— Sim, querida, ainda estou sofrendo.

Os dois ficam sentados ali, à meia-luz da manhã, por um longo tempo, encarando o nada, ambos afogados nos próprios pensamentos, ambos ruminando sobre futuros obscuros e incertos, quando, por fim, Lilly olha para Bob.

— Bob, tem alguma coisa que eu possa trazer para você?

Ele ergue a garrafa vazia e tamborila os dedos nela.

— Tenho outra desta escondida na escada de incêndio. É tudo de que preciso.

Lilly suspira.

Mais um longo momento de silêncio se passa. Bob sente que vai cochilar de novo, suas pálpebras ficam mais pesadas. Ele ergue o rosto para Lilly.

— Você parece meio perdida, querida — diz Bob. — Tem alguma coisa que eu possa trazer para *você*?

Sim, pensa Lilly consigo mesma, o peso do mundo sobre suas costas. *Que tal uma arma e duas balas para que Austin e eu possamos acabar com nossas vidas?*

Doze

Martinez caminha de um lado para outro na passarela sobre um caminhão de carga leve estacionado no canto norte da muralha quando ouve alguém gritar seu nome.

— Ei, Martinez! — A voz atravessa o vento e o trovão distante que arranha o céu a leste.

Martinez olha para baixo e vê Rudy, o antigo pedreiro de Savannah, aproximando-se pelo canteiro de obras. Rudy tem o físico de uma sequoia e usa o cabelo preto fixo para trás com gel, com bico de viúva ao estilo Drácula.

— O que quer? — grita Martinez para baixo. Vestido com a camisa sem mangas, a bandana e as luvas sem dedos que são sua marca registrada, Martinez, de queixo fino, segura uma Kalashnikov com um pente de munição curvo e o cano encurtado. Do teto de aço enferrujado do caminhão Kenworth, ele consegue enxergar a mais de 1,5 quilômetro em qualquer direção e pode facilmente acertar meia dúzia de mortos-vivos em uma rajada controlada se necessário. Ninguém fode com Martinez, seja homem ou Mordedor, e aquele visitante inesperado já o está irritando. — Meu turno não termina por mais duas horas.

Semicerrando os olhos para o sol, Rudy dá de ombros num gesto estoico.

— Bem, estou aqui para rendê-lo, então acho que vai poder parar mais cedo. O chefe quer ver você.

— Merda — murmura Martinez, sussurrando, sem ânimo para ir à sala do diretor naquela manhã. Ele começa a descer pela lateral da cabine, resmungando baixinho: — Que diabos ele quer?

Martinez salta do estribo do caminhão.

Rudy olha para ele.

— Como se ele fosse contar para *mim*.

— Fique atento lá em cima — ordena Martinez, olhando pela brecha estreita diante do caminhão, verificando os campos alagados ao norte. O pasto está deserto, mas Martinez tem uma sensação ruim a respeito do que está lá, além das colunas escuras e distantes de pinheiros. — Até agora tem estado quieto... mas isso jamais costuma durar.

Rudy assente para ele e começa a subir pela lateral da cabine.

Martinez sai caminhando enquanto a voz de Rudy o segue:

— Vai assistir à luta hoje?

— Vamos descobrir primeiro por que o Governador quer me ver — murmura Martinez, ao sair do campo de audição de Rudy. — Uma porra de cada vez.

Martinez leva exatamente 11 minutos para atravessar a cidade a pé, parando algumas vezes para brigar com os trabalhadores vadiando nos cantos e nas reentrâncias da rua dos mercadores, alguns já compartilhando garrafas às 14 horas. Quando Martinez chega ao prédio do Governador, o sol irrompeu pelas nuvens e deixou o dia úmido como uma sauna.

Suor brota no corpo do grande latino-americano quando ele passa para os fundos e sobe no deque de madeira da porta dos fundos do Governador. Martinez bate forte no portal.

— Mova essa bunda até aqui — cumprimenta o Governador, abrindo a porta externa.

Martinez sente o músculo da nuca enrijecer ao entrar na atmosfera acre da cozinha. O lugar tem cheiro de gordura e mofo preto, e algo pútrido por baixo. Um desodorizante de carro com cheiro de pinho pende sobre a pia.

— O que há, chefe? — diz Martinez, apoiando o rifle de assalto e encostando a arma contra um armário mais baixo.

— Tenho um trabalho pra você — responde o Governador, servindo água em um copo. Aquele apartamento é um dos poucos restantes em Woodbury com encanamento funcional, embora a torneira costume jorrar água marrom enferrujada do poço. O Governador bebe a água. Ele veste uma camiseta justa surrada sobre o tronco magro e musculoso, a calça camuflada está enfiada dentro dos coturnos. As ataduras na orelha do Governador ficaram laranja devido ao sangue e à iodopovidona. — Quer um copo d'água?

— Claro. — Martinez encosta na pia e cruza os braços musculosos para esconder as batidas do coração. Já não gosta do rumo que aquilo está tomando. No passado, as pessoas enviadas para as "missões especiais" do Governador acabaram em pedaços. — Obrigado.

O Governador enche outro copo e o entrega.

— Quero que visite o tal Rick e quero que deixe escapar como está incomodado com o modo como as coisas andam por aqui.

— Como?

O Governador encara o homem.

— Você está de saco cheio, entende?

— Na verdade, não.

O Governador revira os olhos.

— Tente acompanhar, Martinez. Quero que conheça esse desgraçado. Ganhe a confiança dele. Diga como você está insatisfeito com o modo como a cidade é gerenciada. Quero que tire vantagem do que está acontecendo naquela porra de enfermaria.

— O que está acontecendo na enfermaria?

— O babaca está conquistando Stevens e a cachorrinha da enfermeira dele. Esses estranhos parecem pessoas decentes para eles, parecem legais, mas não acredite nisso, porra. Eles arrancaram minha orelha a mordidas!

— Certo.

— Eles me atacaram, Martinez. Querem nossa cidade, querem nossos recursos... e farão de tudo para conseguir, porra. Confie em mim. Eles farão de tudo. E eu farei de tudo para evitar que isso aconteça.

Martinez bebe a água, assentindo, pensando a respeito.

— Entendo, chefe.

O Governador vai até a janela dos fundos e olha para a tarde úmida. O céu está da cor de leite estragado. Nenhum pássaro evidente em lugar algum. Nenhum pássaro, nenhum avião, nada além do interminável céu cinza.

— Quero que vá fundo — diz o Governador, com a voz baixa e sombria. Ele se vira e olha para Martinez. — Quero que tente fazer com que levem você até a prisão em que vivem.

— Eles vivem em uma prisão? — Isso é novidade para Martinez. — Algum deles falou?

O Governador olha para fora. Muito baixo, com a voz grave, ele conta a Martinez sobre o macacão de presidiário dos homens, sob o equipamento de batalhão de choque, e da lógica disso — a lógica perfeita.

— Temos alguns ex-presidiários na cidade — diz ele, por fim. — Perguntei por aí. Há três ou quatro prisões estaduais a um dia de distância de carro, uma em Rutledge, outra em Albany e uma em Leesburg. Seria muito melhor se pudéssemos determinar o local sem um monte de viagens. — O Governador se vira e olha para Martinez. — Entende?

Martinez assente.

— Farei o que puder, chefe.

O Governador vira o rosto. Um momento de silêncio se passa, e o Governador diz:

— O tempo está passando, Martinez. Ao trabalho.

— Uma pergunta?

— O que é?

Martinez mede as palavras.

— Digamos que a gente encontre esse lugar...

— Sim?

Martinez dá de ombros.

— E aí?

O Governador não responde. Apenas continua encarando o céu vazio, a expressão cruel e desolada como a paisagem assolada pela praga.

As peças de dominó começam a cair naquela tarde, a sequência de eventos aparentemente aleatória desdobrando-se com implicações sombrias de uma colisão de núcleos atômicos.

Às 14h53, fuso horário padrão do leste, um dos melhores lutadores do Governador, um antigo caminhoneiro magricela de Augusta chamado Harold Abernathy, faz uma visita inesperada à enfermaria. Ele pede que o médico o prepare para a luta do dia. O homem quer que suas ataduras sejam removidas para que pareça valentão para a plateia. Com o estranho chamado Rick olhando, Stevens relutantemente começa a trabalhar em Abernathy, desenrolando gaze e removendo as variadas ataduras oriundas de atritos anteriores, quando, de súbito, um quarto homem adentra o cômodo, a voz de barítono esbravejando:

— Onde está aquele filho da puta?! ONDE ele ESTÁ?!

Eugene Cooney, um homem desdentado com o físico de um tanque e a cabeça raspada, vai direto para Harold, grunhindo e disparando algo sobre Harold não controlar os socos lá fora e agora Eugene ter perdido os últimos dentes da frente viáveis e como é tudo culpa de Harold. Harold tenta se desculpar por "se empolgar um pouquinho" com a multidão e tudo o mais, mas, de acordo com o careca descontrolado, "desculpas não vão resolver o problema", e, antes que qualquer um possa interferir, Eugene puxa uma faca de caça de aparência nojenta e avança para a garganta de Harold. No caos, a lâmina corta o pescoço de Harold Abernathy e rompe a carótida, jorrando sangue pelas paredes de azulejos em uma exibição nauseante. Antes que Stevens sequer tenha a chance de reagir ou mesmo de estancar o sangramento, Eugene Cooney já havia se virado e saído com a satisfação casual de um funcionário de abatedouro dessangrando um porco.

— Babaca — comenta ele por cima do ombro, antes de sair mancando do cômodo.

A notícia sobre o ataque — e sobre a subsequente morte de Harold por perda maciça de sangue — viaja pela cidade no curso da hora seguinte. As palavras passam de homem para homem na muralha até que chegam ao Governador exatamente às 15h55, fuso horário do leste. O Governador ouve a notícia no deque dos fundos da casa, olhando para fora pela porta de tela e ouvindo Bruce recontar o acidente calmamente. O Governador absorve o relatório de maneira estoica, pensando a respeito, e, por fim, diz a Bruce para não criar caso. Ele não deve alarmar a população. Em vez disso, deve espalhar que Harold Abernathy sucumbiu graças a ferimentos internos obtidos durante as lutas porque o sujeito era um soldado que deu tudo o que podia e foi quase um tipo de herói, e também porque as lutas são verdadeiras e as pessoas deveriam se lembrar disso. Bruce pergunta quem substituirá Harold na partida daquele dia, a qual está marcada para começar em pouco mais de uma hora. O Governador diz que tem uma ideia.

Às 16h11 naquela tarde, o Governador sai de seu apartamento com Bruce ao lado e se dirige para a pista de corrida, a qual já começa a encher com os madrugadores ansiosos para que as festividades do dia comecem. Às 16h23, os dois homens desceram dois lances de escada e passaram por milhares de metros de corredores estreitos de concreto até chegarem à última sala, do lado esquerdo do nível subterrâneo mais baixo. Pelo caminho, o Governador explica sua ideia e diz a Bruce do que precisa. Por fim, eles chegam à fossa improvisada. Bruce destranca a porta de rolar, e o Governador dá um aceno. O guincho das roldanas velhas penetra o silêncio conforme Bruce puxa a porta para cima.

Dentro da câmara escura e imunda de cimento oleoso e mofo, a figura esguia de pele marrom amarrada à parede dos fundos ergue a cabeça usando cada última gota de força, os dreadlocks pendem sobre o rosto violentado. Ódio incandescente como fogo brilha de novo no fundo dos olhos cor de avelã, o olhar quente como laser atravessa as mechas de cabelo quando o Governador dá um passo na direção da mulher. A porta bate atrás dele. Nenhum dos dois se move. O silêncio os sufoca.

O Governador dá mais um passo para perto e fica a 30 centímetros da mulher e começa a dizer algo quando ela o ataca. Apesar da condição enfraquecida, a mulher quase o morde — por tão pouco que o Governador recua assustado —, o leve estalar dos dentes dela e a tensão das cordas que a seguram firme preenchem o silêncio.

— Certo, você vai me morder, *e daí*? — diz o Governador para a mulher.

Nada além de um leve ciciar sai da boca da mulher, os lábios se afastam dos dentes em uma careta de ódio puro e imaculado.

— Como acha que poderia sair daqui? — diz ele, inclinando-se na direção da mulher de modo que os rostos deles fiquem a centímetros de distância. O Governador se banqueteia no ódio dela. Ele consegue sentir o cheiro dela, um odor almiscarado de suor e cravo e sangue, e o saboreia. — Você realmente deveria parar de lutar. As coisas seriam tão mais fáceis para você. Além disso, da última vez quase quebrou os punhos. Não queremos *isso*, queremos?

A mulher fixa o olhar viperino nele, a sede de sangue nos olhos dela é quase feral.

— Então, pelo seu bem — diz o Governador, relaxando um pouco, recuando e avaliando a mulher. — Eu agradeceria se você simplesmente deixasse isso em paz... mas chega *disso*. — Ele faz uma pausa dramática no momento. — Temos um probleminha. Bem, *você* tem um *problemão*, e, dependendo de sua definição, eu tenho muitos "problemas"... mas o que quero dizer é que tenho um *novo* problema e preciso de sua ajuda.

O rosto da mulher fica imóvel como o de uma cobra, um laser concentrado nos olhos escuros do Governador.

— Tenho uma luta marcada para hoje na arena, uma das grandes. — Ele assume o tom de voz de um controlador chamando um táxi. — Muitas pessoas devem vir... e acabo de perder um lutador. Preciso de um substituto... e quero que seja você.

Algo reluz por trás da expressão obscura da mulher, algo novo nos olhos brilhantes dela. A mulher não diz nada, mas inclina a cabeça para o homem, quase involuntariamente, conforme absorve cada palavra dele.

— Antes que você comece a tagarelar o "eu jamais faria qualquer coisa por você" e "quem diabo você pensa que é para me pedir qualquer coisa"... quero que pense nisso. — Ele lança um olhar severo para a mulher. — Estou em posição de facilitar sua vida. — Por um breve instante, um sorriso cruza as feições dele. — Que diabos, uma bala está em posição de facilitar *sua* vida... mas mesmo assim, posso ajudá-la.

Ela o encara. Espera. Os olhos escuros inflamados.

O Governador sorri para a mulher.

— Só não quero que perca isso de vista. — Ele olha para a porta por cima dos ombros. — Bruce!

A porta de rolar sobe, e a mão enluvada de alguém surge por debaixo da fenda.

Bruce puxa a porta para cima, deixando entrar a luz fria e desnuda do corredor.

O enorme homem segura um objeto que reflete a luz, a ponta de aço reluzindo num brilho quase líquido.

A mulher no chão fixa o olhar no objeto na mão do homem negro.

A bainha está faltando, mas a espada gloriosa — exposta à meia-luz — chama a mulher como um farol de boas-vindas. O modelo originalmente criado para os samurais no século XV, forjado à mão atualmente por apenas alguns poucos mestres ferreiros, a *katana* é pura poesia de aço. Com a longa lâmina graciosamente curvada como o pescoço de um cisne, o punho enfaixado com pele de cobra costurada à mão, a arma é uma obra de arte e um instrumento preciso da morte.

A visão da coisa, simultaneamente, enrijece a espinha da mulher e causa-lhe arrepios nos braços e nas pernas. E, de uma só vez, todo o seu ódio, toda a angústia dolorida entre suas pernas, todo o ruído branco em sua mente se dissipam... substituídos pela necessidade inata de colocar as mãos naquele punho perfeitamente equilibrado. A presença da coisa então transporta e hipnotiza a mulher de tal forma que ela mal ouve a voz do monstro que ainda tagarela.

— Eu gostaria de dar *isto* a você — diz ele. — Tenho certeza de que gostaria de tê-la. — A voz do homem some conforme a arma fica mais e mais radiante para a mulher, o arco reluzente do aço feito uma lua nova prateada eclipsando tudo mais na cela, no mundo, no universo. — Você vai lutar contra um homem — explica o monstro, a voz sumindo até virar nada. — E para a multidão, bem, você vai precisar parecer estar com a *vantagem*. As pessoas não gostam de assistir homens encherem mulheres de porrada. — Uma pausa aqui. — Eu sei... também não entendo. Acho que se você o atacar com uma espada, não terá problema se ele acertar você em cheio com um taco de beisebol.

No cérebro traumatizado da mulher, a espada quase parece murmurar baixinho agora, vibrar, reluzir tão forte no confinamento sombrio que é como se estivesse em chamas.

— Em troca, você ganha uma semana inteira de descanso — diz o monstro. — E comida e, talvez, até mesmo uma cadeira ou uma cama, terei de verificar. — A sombra do monstro paira sobre a mulher agora. — Para ser sincero, nosso pequeno relacionamento anda muito exaustivo. Preciso de um tempo. — Ele olha para ela com um sorriso obsceno no rosto. — Não tem problema, porque, bem, ainda estou muito puto com a orelha. Mas sinto como se já tivesse ao menos conseguido uma pequena vingança. — Pausa. — E, bem, o cara com quem você vai lutar esta noite poderia matá-la.

Na imaginação da mulher, raios de luz celestial parecem disparar da ponta cinzelada da espada.

— E eu não quero que você mate esse cara — continua o monstro. — Esse é o segredinho que não contamos de verdade às pessoas. Nossas pequenas lutas na arena são mais do que encenadas. O perigo com os Mordedores está lá, claro, mas você não deve de fato ferir *demais* o oponente.

O brilho de luz que se reflete na arma parece alcançar a mulher no chão agora, a voz na sua cabeça fazendo promessas, sussurrando para ela... seja paciente, apenas espere, paciência.

— Não precisa decidir agora — diz o Governador por fim, e acena com a cabeça para Bruce. Eles se dirigem à porta, o Governador murmura: — Você tem vinte minutos.

Lilly procura por Austin em cada canto da cidade naquele dia. Fica preocupada em certo momento — depois de conversar com os Stern — com a possibilidade de ele ter saído sozinho para encontrar uma fazenda mitológica de maconha não muito longe de Woodbury.

Austin fala sobre o lugar esporadicamente, em geral com o tom desejoso de alguém descrevendo Xanadu, alegando que ouviu rumores de que algum programa médico do governo estava cultivando maconha para o laboratório Pfizer visando às leis de legalização que estavam para sair. Lilly preparava-se para ir atrás dele — a fazenda infame aparentemente ficava a leste de Barnesville, uma curta viagem de carro de Woodbury ou uma caminhada longa de um dia a pé — quando, no fim daquela tarde, ela começou a reparar em sinais de que Austin poderia muito bem estar sob seu nariz.

Em dado momento, Gus menciona a Lilly que o jovem foi visto por volta do meio-dia caminhando de cabeça baixa entre os arbustos selvagens ao lado do pátio da ferrovia, procurando por alguma coisa, o que não fazia qualquer sentido para Lilly. Mas desde quando as ações de Austin Ballard faziam sentido?

Mais tarde naquele dia, depois do triste encontro com Bob, Lilly estava a caminho de casa quando esbarrou em Lydia Blackman, uma herdeira viúva de Savannah que aceitara com satisfação o papel de fofoqueira da cidade. De acordo com Lydia, Austin fora visto mais ou menos uma hora antes, vasculhando a pilha de lixo atrás do armazém na rua principal, revirando baldes e tonéis de óleo. Alguns pedestres fizeram comentários maldosos a respeito de o rapaz ter "virado mendigo" e "em seguida vai empurrar um carrinho de compras pela estrada de Woodbury em busca de latinhas".

Confusa com tudo isso, quase no limite da paciência, com a pele arrepiada pela tensão, Lilly decide que o melhor modo de encontrar alguém é ficar parada. Então ela se dirige ao apartamento de Austin do lado leste da cidade, próximo às fileiras de caminhões de carga leve, e fica plantada na varanda. E é exatamente nesta varanda que Lilly está sentada agora, com as pernas cruzadas, os cotovelos apoiados nas pernas, a cabeça sobre as mãos.

A oeste, o sol mergulhou sob a imensa arena em formato de molheira, a brisa esfriou, e agora Lilly observa as últimas pessoas da cidade passarem em fila pela casa de Austin a caminho do grande espetáculo. As lutas estão programadas para começar em meia hora, e Lilly não quer estar nem perto dali àquela altura, mas *está* determinada a encontrar o jovem de cabelos longos e largar a bomba.

Menos de cinco minutos depois, Lilly está prestes a desistir quando vê uma silhueta familiar emergir como um avatar de cabeleira cacheada, de capuz e jeans rasgado, vindo do halo de raios solares que ilumina em feixes a entrada do beco adjacente. Ele carrega a mochila sobre o ombro, o conteúdo não identificado chacoalhando dentro dela. Austin parece sério, talvez até um pouco solitário, até que vira a esquina, se encaminha para o prédio e vê Lilly na entrada.

— Meu Deus — diz ele, aproximando-se de Lilly com os olhos repentinamente brilhantes, como um garotinho que descobre uma cesta de ovos de Páscoa debaixo da cama. — Procurei você por todo canto.

Lilly fica de pé, coloca as mãos nos bolsos e faz um gesto breve com os ombros.

— Mesmo...? Engraçado. Eu estava procurando *você*.

— Bonitinho — diz Austin, e beija a bochecha de Lilly, cuidadosamente apoiando a mochila nos degraus da entrada. — Trouxe uma coisa para você.

— É? Eu também tenho algo para você — diz Lilly, inexpressiva.

Austin vasculha a mochila.

— Eu estava esperando na sua casa, mas você não apareceu. — Ele pega um lindo buquê de ásteres roxos cercados por cravos-de-amor brancos como marfim, reunidos em uma grande lata enferrujada com a logomarca do fermento em pó Clabber Girl desbotada na lateral. Tudo isso explica o comportamento esquisito de Austin naquele dia, revirando as plantas e as pilhas de lixo. — Barbara disse que essa coisa branca se chama Olho de Boneca... não é assustador e legal?!

— Obrigada — diz Lilly, recebendo o presente sem emoção e o apoiando no degrau. — É muita gentileza sua.

— Qual é o problema?

Ela olha para Austin.

— Então, quais são seus planos?

— Hã?

— Você ouviu. — Lilly apoia as mãos nos quadris como se estivesse prestes a demiti-lo de um emprego. — Para o *futuro,* quero dizer.

Austin inclina a cabeça e franze a testa, confuso.

— Não sei... acho que vou continuar praticando com a Glock, ficar melhor em detonar os Mordedores... talvez tentar conseguir mais um gerador para colocar alguns aparelhos em casa?

— Não é disso que estou falando, e você sabe. — Lilly morde o lábio por um momento. — Estou falando de quando e se nós sairmos desta confusão. Quais são seus planos? Para o resto da vida?

A cabeça de Austin se inclina ainda mais, uma confusão mais profunda percorre as feições dele.

— Quer dizer, tipo... emprego e essas porcarias?

— Quero dizer tipo uma carreira. Quero dizer tipo crescer. Quais são seus planos? Vai ser um vagabundo de praia profissional? Estrela do rock? Traficante... *o quê*?

Ele a encara.

— O que está acontecendo?

— Responda a pergunta.

Austin coloca as mãos nos bolsos.

— Tudo bem, primeiro de tudo, não sei se um dia *haverá* um futuro para o qual planejar. Segundo, não tenho, tipo, nenhuma ideia do que vou fazer. — Ele observa a expressão fechada de Lilly. Austin percebe que não é brincadeira. — Tenho um diploma e tudo mais.

— De onde?

Ele suspira, sua voz perde um pouco do entusiasmo.

— ATC.

— ATC... o que é isso?

A voz de Austin fica ainda mais baixa.

— Atlanta Technical College.

— Sério? — Lilly o encara. — O que é isso, Austin? Alguma porra de site da internet em que você paga 19,95 por um diploma de papel e eles mandam cupons para uma troca de óleo e um serviço de currículo?

Austin engole seco.

— É uma faculdade de verdade. — Ele abaixa o rosto. — O campus fica próximo ao aeroporto. — A voz de Austin cai uma oitava. — Eu estava estudando para ser auxiliar de advocacia.

— Isso é perfeito.

Austin olha para ela.

— Que merda é essa, Lilly? Aonde você está indo com isso?

Ela se vira e olha pela rua vazia. O barulho da multidão se animando para as lutas a um quarteirão e meio de distância ecoa pelo céu. Lilly balança a cabeça devagar.

— Descansos para caminhões e clubes de strip-tease — murmura ela consigo mesma.

Austin encara a nuca de Lilly, ouvindo atentamente, ficando cada vez mais preocupado.

— O que foi isso?

Lilly se vira e olha para ele.

— O mundo é dos homens, bonitinho. — O rosto dela é uma máscara de dor. Os olhos de Lilly já se encheram d'água. — Vocês homens acham que tudo é só uma rapidinha e então "sayonara". Bem, não é. Não é, Austin. Ações têm consequências. As escolhas mais simples podem fazer com que você seja morto.

— Lilly...

— Isso é mais verdade do que nunca agora. — Ela se abraça como se estivesse congelando. Lilly olha para longe de novo. — Este mundo de merda em que estamos não é muito piedoso. Você se mete em confusão e morre... ou pior.

Austin estende a mão e carinhosamente toca o ombro dela.

— Lilly, o que quer que seja... podemos lidar com isso. Juntos. Não foi o que me disse? Vamos ficar juntos? Me diga o que está acontecendo. O que aconteceu?

Lilly se afasta dele e começa a descer os degraus.

— Não sei em que estava pensando — diz ela, a voz falhando com desdém.

— Espera! — grita Austin para Lilly. — Lilly, posso consertar... o que quer que seja.

Ela para na base das escadas. Então se vira e olha para ele.

— É mesmo? Pode consertar? — Lilly enfia a mão no bolso e tira de dentro um pequeno instrumento de plástico. Parece um termômetro digital. — Conserte isto! — Ela o atira para Austin.

O rapaz pega o objeto e abaixa o rosto para ele.

— Que diabo é isto? — Olhando com atenção, ele vê o pequeno mostrador no teste digital e as palavras estampadas ao lado:

não grávida: |
grávida: ||

O mostrador indica dois traços verticais, um resultado de teste positivo.

PARTE 2

Hora do Show

Pois haverá então grande tribulação, como jamais se viu desde o início do mundo até este tempo nem jamais se verá.

— Mateus 24:21

Treze

O enorme holofote de tungstênio na ponta norte da pista se acende com o ruído de um tiro de pistola, brilhando como a ponta de um fósforo gigante em ignição, o raio prateado alcançando o campo da arena antes conhecida como Pista de Corrida dos Veteranos de Woodbury. O advento da luz artificial agita a multidão de mais de cinquenta espectadores espalhados pela arquibancada do lado oeste do campo. Vivas, gritos e assobios de todas as idades e humores se erguem no céu amarelo do crepúsculo e se misturam com o cheiro de fumaça de madeira e gasolina no ar frio. As sombras vão se alongando.

— Quanta gente, hein? — O Governador olha para a multidão escassa, porém barulhenta, conforme sobe com Gabe e Bruce a escada da imprensa até o observatório, onde repórteres locais e olheiros da NASCAR costumavam compartilhar garrafas de Jack e mascar Red Man enquanto assistiam o caos controlado lá embaixo, na poeira.

Gabe e Bruce seguem o Governador na direção dos assentos da cabine de vidro, dando a ele um "sim, senhor" e um "tem toda razão"... E quando estão prestes a se fechar dentro do pequeno clubinho, uma voz soa abaixo.

— Ei, chefe! — É um ex-fazendeiro de amendoim com um boné com a sigla CAT, sentado na fileira dos fundos, olhando por cima do ombro quando o Governador passa. — Melhor ser boa a de hoje!

O Governador dá a ele o tipo de olhar que se dá a uma criança que está prestes a andar de montanha-russa pela primeira vez.

— Não se preocupe, amigo. Será. Prometo.

Sob a arena, minutos antes de as festividades da noite começarem, a porta da enfermaria se abre inesperadamente, e um homem alto e bonito com uma bandana amarrada no topo da cabeça entra com um olhar esperançoso no rosto.

— Doutor? Dr. Stevens?

Do outro lado da sala, Rick Grimes, o forasteiro azarado, caminha arrastando os pés pela extensão da parede dos fundos, a qual contém material médico de segunda mão. Quase sem reparar no visitante, ele se move de modo robótico, a mente a milhões de quilômetros de distância. O homem segura o braço mutilado como se fosse um bebê morto, a mão ausente agora aparente em uma atadura bojuda e manchada com o formato de um pino gigante.

— Ei, cara! — Martinez para do lado de dentro da porta, com as mãos nos quadris. — Você viu...? — Ele se interrompe. — Ah, oi... você é o... Qual era seu nome?

O homem ferido se vira devagar, o coto ensanguentado é iluminado. A voz dele sai como uma confusão pesada, rouca e esganiçada.

— Rick.

— Ai, meu Deus. — Martinez encara, chocado pela visão nauseante do punho decepado. — O que aconteceu com...? Cruzes, o que aconteceu com você?

Rick abaixa o rosto.

— Um acidente.

— O quê?! *Como*?! — Martinez se aproxima dele e apoia uma das mãos no ombro de Rick, que se afasta. Martinez consegue expressar o máximo de indignação e simpatia possível. É uma atuação bastante decente. — Alguém *fez* isso com você?

O homem chamado Rick o ataca, agarrando a camisa de Martinez com a mão boa.

— Cale a boca! Cale a porra da boca! — Os olhos azuis do homem se incendeiam de ódio tão quente quanto brasa. — Você me entregou àquele *psicopata*! Você fez isso, porra!

— Uoa... ei! — Martinez recua, horrorizado, fazendo-se de tolo.

— PAREM!

A voz do Dr. Stevens é como um balde de água fria nos dois homens. O médico se intromete na discussão, mantendo cada homem afastado com as palmas das mãos abertas.

— Parem, parem com essa porra *agora* mesmo! — Ele alterna o olhar entre cada um dos dois. Então passa o braço ao redor de Martinez. — Venha, Martinez, você precisa sair.

Rick se tranquiliza, olhando para o chão e segurando o coto conforme Martinez vai embora.

— Qual é o *problema* daquele cara? — pergunta Martinez ao médico, sussurrando, quando passa para o outro canto da sala e sai do campo de audição, satisfeito com o estratagema. As sementes foram plantadas. — Ele está bem?

O médico para diante da porta, falando baixinho, em confidência.

— Não se preocupe com ele. O que você queria? Estava me procurando?

Martinez esfrega os olhos.

— Nosso bom Governador pediu que conversasse com você... disse que você não parecia muito feliz aqui. Ele sabe que somos amigos. Só queria que eu... — Martinez para nesse ponto, genuinamente perdido. Ele sente uma afeição pelo cínico e debochado Stevens. Secretamente, bem no fundo, Martinez admira o homem... um homem educado, um homem de conteúdo.

Por um brevíssimo instante, Martinez olha por cima do ombro para o homem do outro lado do cômodo. O estranho chamado Rick se recosta contra a parede, segurando o punho enfaixado com um olhar distante no rosto. Ele parece encarar o vazio, olhar para um abismo, lutar para compreender a realidade fria de sua situação. Mas ao mesmo tempo, pelo menos aos olhos de Martinez, o homem, de alguma forma, parece forte como uma rocha, pronto para matar se necessário.

A protuberância do queixo com barba curta, os pés de galinha que enrugam as bordas dos olhos devido a anos de gargalhadas, diversão ou suspeitas, ou talvez todos os três — tudo isso parece fazer parte de um homem de um *tipo* de substância diferente. Talvez não com diplomas de pós-graduação e consultórios particulares, mas definitivamente um homem que deve ser considerado.

— Não sei — murmura Martinez por fim, voltando-se para o médico. — Acho que ele queria que eu apenas... me certificasse de que você não causaria problemas ou algo assim. — Mais uma pausa. — Ele só quer se certificar de que você está feliz.

Agora é a vez do médico de olhar pelo cômodo e considerar as coisas.

Por fim, Stevens lança um de seus sorrisos debochados para Martinez e diz:

— *Quer* mesmo?

A arena ganha vida com a fanfarra de música estrondosa e barulhenta de heavy metal e uma saraivada de berros de hienas nas arquibancadas — e, à deixa, o semianalfabeto parrudo, imoral e de pele enrugada conhecido como Eugene Cooney emerge das sombras do vestíbulo norte feito um Espártaco de brechó. Ele veste ombreiras de futebol americano de segunda mão nos ombros parecidos com vigas de ferro e carrega um bastão manchado de sangue enrolado com um rolo de fita.

A multidão o incita conforme ele passa pelo corredor polonês de mortos-vivos acorrentados aos postes dos portões no limite do campo. As criaturas tentam agarrá-lo — bocas pútridas trabalhando, dentes pretos mastigando, filetes delicados de bile preta rodopiando através de partículas de luz do crepúsculo. Eugene os saúda com o dedo médio. A multidão ama o homem e ruge com aprovação quando Eugene toma seu lugar no centro do campo, brandindo o bastão com um tipo de majestade pomposa que envergonharia a guarda de honra da marinha. O fedor de órgãos podres e de entranhas fermentando se mistura à brisa.

Eugene gira o bastão e espera. Os espectadores esperam. A arena inteira parece ficar silenciosa em um quadro esquisito enquanto todos aguardam o desafiante.

No alto do camarote de imprensa, atrás do Governador, olhando para baixo, Gabe pondera em voz alta, erguendo-a o suficiente para ser ouvido:

— Tem certeza disso, chefe?

O Governador nem mesmo olha para o homem.

— A chance de ver essa vaca tomar uma surra sem que eu sue uma gota? É... acho que é uma boa jogada.

Um ruído abaixo, na arena, leva a atenção deles para a poça de luz ao redor do portal sul.

O Governador sorri.

— Isso vai ser bom.

Ela entra no local do espetáculo a partir da escuridão do vestíbulo com um ritmo brusco, quase ríspido, na caminhada. De cabeça baixa, os ombros erguidos sob a capa monástica, os dreadlocks esvoaçantes ao vento, ela se mexe com rapidez e determinação apesar dos ferimentos e da exaustão, como se estivesse prestes a simplesmente pegar um coelho fujão pela nuca. O sabre longo e curvo, preso com firmeza à mão direita, aponta para baixo a um ângulo de 45 graus.

Acontece tão rapidamente, tão casualmente, de modo tão autoritário, que a natureza exótica dessa pessoa — a esquisitice do caráter oficial em seu comportamento — parece momentaneamente cativar a atenção do público, como se todos ali reunidos tivessem inspirado e prendido a respiração na mesma hora. Os cadáveres ambulantes estendem os braços para essa mulher conforme ela passa — aquele espécime esquisito com a espada chique — quase como pedintes, cercando-a, convergindo sobre a mulher conforme ela se aproxima de Eugene sem expressão, sem prazer, sem emoção.

Eugene inclina o bastão e grunhe alguma ameaça idiota para a mulher, então dispara.

Os movimentos do homem podem muito bem estar em câmera lenta conforme a mulher, de modo simples e ágil, acerta um chute perfeitamente direcionado na genitália do brutamonte. O golpe atinge o ponto macio entre as pernas e incita um gritinho quase efeminado do gigante, fazendo-o inclinar o corpo como se estivesse subitamente intoxicado de agonia. Os espectadores urram.

A parte seguinte se desenvolve com a destreza e a precisão de uma faca de chef.

A mulher de capa simplesmente faz um giro rápido, uma espécie de pirueta baixa, a arma presa nas duas mãos agora — um movimento tão natural, tão treinado, tão preciso, tão inevitável que parece quase inato —, então desce a espada no pescoço do grandalhão. A lâmina forjada à mão, moldada por artesãos na tradição de ancestrais durante milênios, decepa a cabeça de Eugene Cooney com pouco mais que um sussurro.

A princípio, nas arquibancadas, a visão do aço reluzindo, um reflexo de tungstênio na lâmina — e o crânio inteiro daquele homem gigante é arrancado com a facilidade de uma motosserra cortando queijo Brie —, é tão surreal que a multidão reage de modo esquisito: um ruído de tosse entre muitos, um coro de gargalhadas nervosas... e, então, um tsunami de silêncio.

A quietude repentina que toma o estádio empoeirado é tão inapropriada e tão deslocada que faz com que o gêiser de sangue jorrando do pescoço precisamente desmembrado de Eugene Cooney quando o corpo decapitado cai como um boneco — primeiro de joelhos, depois de barriga, terminando em um monte tão sem vida quanto uma pilha de pele descascada — incite, de súbito, berros de indignação.

No alto, no observatório, atrás de painéis de vidro encardido, uma figura magricela fica de pé. O Governador arqueja na direção da arena, os dentes trincados, ciciando:

— Que. *Porra*. É. Essa?

Durante um longo momento onírico, parece que uma paralisia estranha toma conta de cada pessoa dentro do confinamento da cabine de imprensa e nas arquibancadas. Gabe e Bruce se dirigem ao vidro, abrindo e fechando o punho. O Governador chuta a cadeira dobrável atrás de si, o objeto metálico ecoa contra a parede dos fundos.

— Desçam! — O Governador aponta para a cena no campo: a amazona negra com a espada erguida, o círculo de cadáveres estendendo os braços para ela; então grita para Gabe e Bruce: — Guiem aqueles Mordedores para dentro e depois TIREM ESSA MULHER *DA PORRA DA MINHA FRENTE*! — Ódio líquido corre nas veias dele. — Juro que vou matar aquela vaca!

Gabe e Bruce seguem para a porta cambaleando, tropeçando um no outro para sair.

No campo, a mulher de capa — ninguém ainda se incomodou em sequer saber o nome dela — libera a fúria controlada no círculo de mortos-vivos que a cercam. Começa quase como uma dança.

Agachando-se, ela salta, gira e simultaneamente acerta a espada no primeiro errante. A ponta afiada sussurra através de tendões do pescoço em flagelos e viscosidade, facilmente arrancando a primeira cabeça.

Sangue e tecido florescem à luz artificial quando a cabeça cai e rola na poeira, e o corpo desaba. A mulher gira. Outra cabeça sai voando. Fluidos jorram no ar como uma fonte. A mulher gira de novo, zunindo mais um pescoço pútrido, mais um crânio voando para longe de sua âncora maltrapilha e ensanguentada. Outro giro, mais uma decapitação... outra, e outra, e outra... até que a poeira começa a ficar preta com os fluidos cérebro-espinhais, e a mulher fica sem fôlego.

A essa altura — sem o conhecimento da multidão ou da mulher no centro do campo — Gabe e Bruce já chegaram à base das escadas e passam correndo pelo portão, na direção da pista.

A multidão começa a relinchar — uns ruídos esquisitos, rugidos, como de um burro, misturados com vaias —, e, para um ouvido não treinado, seria difícil dizer se está irritada, com medo ou animada. O clamor parece alimentar a mulher no campo. Ela detona os três últimos cadáveres reanimados com uma combinação graciosa de *plié*, *jeté* e *pas de piruette* mortal, a espada destacando os crânios silenciosamente, a dança um banho de sangue de batismo, a terra inundando-se com fluidos de um preto-escarlate profundo.

Nesse momento, Gabe já atravessou a pista exterior, seguido de perto por Bruce, e os dois homens disparam na direção da mulher, que está de costas. Gabe chega a ela primeiro e literalmente mergulha até a mulher, como se só tivesse uma chance de derrubar um *running back* desgarrado antes que o jogador marcasse ponto.

A mulher cai com força, a espada sai voando de suas mãos. Ela come poeira quando os dois homens sobem nela. Um arquejo abre caminho para fora dos pulmões da mulher — ela disse talvez dez palavras desde que chegou a Woodbury —, que se contorce no chão sob o peso dos dois, emitindo lufadas de respiração angustiada enquanto os homens pressionam o rosto dela contra a poeira. Pequenas nuvens de poeira sobem do chão, erguidas por sua respiração nervosa. Os olhos da mulher se voltam para cima com ódio e dor.

O público está bestificado com tudo aquilo — absorvendo tudo em um nível mais profundo agora —, e os espectadores reagem de novo, em silêncio petrificado. A quietude retorna à arena e se estabelece no local até que o único som sejam as lufadas e os arquejos da mulher no chão, e um clique baixo surge do observatório acima da arquibancada.

O Governador emerge, bêbado de ódio, os punhos fechados com tanta força que as unhas começam a tirar sangue.

— EI!

Uma voz feminina grossa — curtida pelo tabaco e aprimorada pela rispidez — grita para o Governador vinda de baixo. Ele para no parapeito.

— Seu filho da puta! — A dona da voz é uma mulher com um vestidão em frangalhos, sentada em uma fileira no meio entre dois meninos em roupas surradas que parecem sem-teto. Ela olha para cima com raiva, para o Governador. — Que diabo foi *essa* merda?! Não trago meus meninos aqui para isso! Trago eles para as lutas por uma diversão boa e limpa, aquilo foi uma porra de massacre! Não quero meus meninos assistindo *assassinato*, porra!

A multidão reage enquanto Gabe e Bruce lutam contra a amazona, arrastando-a para fora do campo. Os espectadores vociferam sua reprovação. Murmúrios aumentam e se misturam a gritos de raiva. A maioria das pessoas concorda com a mulher, mas algo mais profundo guia aquelas pessoas agora. Quase um ano e meio de inferno e fome e tédio e terror intermitente descem jorrando de alguns deles em uma rajada de gritos e urros.

— Você os traumatizou! — grita a mulher, entre os ruídos esganiçados. — Vim para ver uns ossos quebrados, uns dentes faltando, não *isto*! Isto foi demais! VOCÊ ESTÁ ME OUVINDO?!

No parapeito, o Governador para e olha para baixo, para a multidão, o ódio flui por dentro dele como um incêndio florestal consumindo cada última célula, fazendo os olhos dele se encherem de água e sua espinha ficar gelada. Bem fundo na mente do Governador, parte dele se desfaz... *controle... controle a situação... queime o câncer... queime agora.*

Das arquibancadas, a mulher o vê indo embora.

— Ei, porra! Estou falando com você! Não saia andando enquanto falo! Volte aqui!

O Governador desce as escadas, alheio aos assobios e às vaias, partindo com fogo e vingança na mente.

Correndo... disparando em frente... perdidas na escuridão, cegueira noturna... elas mergulham para a vegetação, buscando freneticamente a segurança do acampamento. Três mulheres... uma na faixa dos 50 anos, outra perto dos 60 e a terceira nos 20... elas vagam pela vegetação rasteira e pelos galhos retorcidos, desesperadamente tentando voltar para o círculo de barracas e trailers na escuridão, a menos de 1,5 quilômetro ao norte. Tudo o que essas pobres mulheres queriam fazer era colher algumas amoras e agora estão cercadas. Imobilizadas. Presas. O que deu errado? Foram tão silenciosas, tão furtivas, tão habilidosas, carregando as amoras nas bainhas das saias, com o cuidado de não falar umas com as outras, comunicando-se somente por gestos e agora os errantes as estão cercando de todas as direções, o fedor sobe ao redor delas, o coro de ruídos aquosos dos grasnidos é como uma separadora de grãos atrás das árvores.

Uma das mulheres grita quando o braço de um morto irrompe de um arbusto, agarrando-a, arrancando a saia dela. Como isso aconteceu tão rapidamente? Os errantes saíram do nada. Como os monstros as detectaram? De uma só vez, os cadáveres móveis bloqueiam o caminho delas, interrompendo a fuga, cercando-as, as mulheres em pânico, os gritos esganiçados se erguem conforme elas lutam contra o massacre... o sangue delas se misturando ao suco roxo-escuro das amoras... até que seja tarde demais... e o bosque fica vermelho com o sangue delas... e os gritos são afogados pela separadora de grãos irrefreável.

— Elas ficaram conhecidas como as Mulheres de Valdosta — diz Lilly, estremecendo, sentada na escada de incêndio de Austin com um cobertor enroscado nela enquanto conta sua história sobre cautela.

É tarde e os dois estão sentados ali há quase uma hora, permanecendo na plataforma muito depois de as luzes da arena terem começado a, sequencialmente, se apagar, e os insatisfeitos moradores da cidade terem começado a longa caminhada de volta para as tocas. Agora Austin está sentado ao lado dela, fumando um cigarro enrolado por ele e ouvindo atentamente a estranha história. O estômago dele se contorce com emoções fortes que Austin não consegue determinar muito bem, não consegue entender, mas precisa processar tudo antes que se decida, então não diz nada, apenas ouve.

— Quando eu estava com Josh e os outros — continua Lilly em uma voz sem emoção, esganiçada devido à exaustão —, eles costumavam dizer: "Cuidado... e use um absorvente o tempo todo durante seu ciclo e mergulhe o absorvente em vinagre para disfarçar o cheiro... ou acabará como as Mulheres de Valdosta."

Austin emite um suspiro frágil e espantado.

— Uma delas estava menstruada, presumo.

— Isso mesmo — diz Lilly, erguendo o colarinho e puxando mais o cobertor sobre os ombros. — Ao que parece, os errantes conseguem sentir cheiro de sangue menstrual como se fossem tubarões... é como a porra de um farol.

— Cruzes.

— Sorte minha que sou regular como um relógio. — Lilly balança a cabeça e estremece. — O vigésimo oitavo dia depois da minha última menstruação passa, e eu me certifico de ficar dentro de casa ou pelo menos em algum lugar seguro. Desde que começou a "transformação", tento acompanhar meticulosamente. É um dos motivos pelo qual sabia. Estava atrasada e simplesmente sabia. Estava ficando dolorida e inchada... e estava atrasada.

Austin assente.

— Lilly, só quero que você...

— Não sei... não sei — murmura ela, como se nem o estivesse ouvindo. — Seria algo grande em qualquer outra época, mas agora, nesta merda doida em que estamos...

Austin deixa que Lilly não complete a frase, então diz, bem baixinho, com muito, muito carinho:

— Lilly, só quero que saiba uma coisa. — Austin olha para ela com olhos cheios d'água. — Quero ter esse bebê com você.

Lilly olha para ele. Um momento longo de silêncio paira no ar frio. Ela olha para baixo. A pausa está matando Austin. Ele quer dizer muito mais, quer provar a Lilly que está sendo sincero, quer que ela confie nele, mas as palavras escapam. Austin não é bom com palavras.

Por fim, Lilly ergue o rosto para ele, os olhos se enchendo de água.

— Eu também. — Ela pronuncia isso quase como um sussurro. Então gargalha. É uma gargalhada purificadora, um pouco zonza e histérica, mas purificadora mesmo assim. — Que Deus me ajude... eu também... quero tê-lo.

Os dois se abraçam apertado, por um bom tempo naquele precipício frio e ventoso do lado de fora da janela dos fundos de Austin. As lágrimas de ambos descem livremente.

Depois de um tempo, Austin leva a mão ao rosto de Lilly, tira o cabelo dela dos olhos, limpa as lágrimas das bochechas dela e sorri.

— Nós faremos dar certo — murmura ele. — Precisamos. É um grande foda-se para o fim do mundo.

Lilly assente, acariciando a bochecha de Austin.

— Você está certo, bonitinho. Quando você está certo, está certo.

— Além disso — diz Austin —, o Governador tem este lugar sob controle agora. Ele tornou este lugar seguro para nós... um lar para nosso bebê. — Austin beija carinhosamente a testa de Lilly, sentindo uma certeza que nunca sentiu na vida. — Você estava certa sobre ele o tempo todo — fala Austin baixinho, segurando Lilly. — O homem sabe o que está fazendo.

Catorze

Passos ecoam pelo corredor mais baixo sob os níveis subterrâneos. Eles se aproximam com força e rapidamente, descendo as escadas dois degraus por vez, movendo-se em um ritmo irritado, chamando a atenção de Gabe e de Bruce na escuridão. Os dois homens estão do lado de fora do último compartimento, nas sombras projetadas por lâmpadas sem suporte, tentando conjuntamente recuperar o fôlego da luta que foi para colocarem a garota negra de volta na solitária.

Para uma coisinha tão magricela, ela briga bastante. Inchaços surgem nos braços grossos de Gabe como coxas de porco, no lugar onde a moça o arranhou, e Bruce toca uma área dolorida logo abaixo do olho direito, onde a vaca o acertou com o cotovelo. Mas nada disso se compara ao furacão que se aproxima pelo corredor estreito na direção deles.

A figura projeta uma longa sombra conforme se aproxima, iluminada pelas costas por lâmpadas dentro de grades, e para com os punhos fechados com força.

— Então? — diz o homem magro, de pé, a 10 metros, a voz ecoando, o rosto fino oculto pelas sombras. — Ela está aí dentro? — A voz dele parece fora do normal, distorcida e engasgada com emoção. — Colocaram ela de volta aí dentro? Ela está amarrada? ENTÃO?!

Gabe engole seco.

— Nós a colocamos de volta aí dentro, cara... mas não foi fácil.

Bruce ainda respira com dificuldade pelo esforço, segurando a espada delicada na enorme mão como uma criança que segura um brinquedo quebrado.

— A vaca é maluca — murmura ele.

O Governador para diante dos dois, com os olhos inflamados vocifera com desprezo:

— Não importa... só... eu só... *ME DÊ ESSA PORRA!*

Ele arranca a espada da mão de Bruce, que instintivamente desvia sobressaltado.

— Senhor? — diz ele, com a voz baixa e hesitante.

O Governador bufa e trinca os dentes, caminhando de um lado para outro, a espada apertada nas mãos com as juntas brancas.

— Como essa vaca ousa?! Eu disse a ela, disse que pegaria leve com ela, só precisava que me fizesse uma porra de um favor, só essa porra de favor! UM FAVOR! — A voz retumbante do Governador praticamente cola os dois homens à parede. — Ela concordou em me ajudar! ELA CONCORDOU!! — Com as têmporas pulsando, a mandíbula contraída, os tendões do pescoço proeminentes, os lábios dobrando-se para longe dos dentes, Philip Blake parece um animal enjaulado. — Porra! Porra! PORRA! — Ele se volta para os dois homens. Então grunhe, borrifando saliva. — Nós. Tínhamos. Um acordo!

Gabe fala:

— Chefe, talvez se nós...

— Cale a boca! CALE A PORRA DA BOCA!

O corredor ecoa. O silêncio que se segue poderia congelar um lago.

O Governador recupera o fôlego. Ele se acalma, inspirando e expirando, erguendo a espada em uma demonstração estranha que faz parecer, a princípio, apenas por um momento, que está prestes a atacar seus homens. Então murmura para eles:

— Tentem me persuadir a não entrar aí agora mesmo e abrir essa mulher da boceta até o pescoço com esta coisa.

Os dois outros homens não têm resposta para o Governador. Estão sem ideias.

O silêncio é glacial.

Naquele momento, outro par de passos — pesados, urgentes e furtivos — cruza a ala de baias de serviço subterrâneas e corredores decrépitos abaixo da pista de corrida. Na quietude bolorenta da enfermaria, esses passos — que se aproximam da ponta sul da arena — ainda estão longe o suficiente para não serem ouvidos.

Na verdade, bem naquele momento, na clínica improvisada, nos minutos antes de a reviravolta conturbada de eventos se tornar conhecida, as lâmpadas fluorescentes no teto pulsam e piscam com a corrente oscilante dos geradores no nível superior. Esse crescente e minguante das luzes, assim como os ruídos incessantes de zunidos, está começando a deixar o homem chamado Rick nervoso.

Ele se senta em uma maca no canto, observando o Dr. Stevens se limpar na pia. O médico exaurido inspira fundo e alonga os músculos cansados das costas.

— Tudo bem — diz o médico, retirando os óculos e esfregando os olhos. — Vou para casa tirar uma soneca, ou pelo menos tentar. Não durmo direito há dias.

Do outro lado do cômodo, Alice sai de uma despensa com uma agulha hipodérmica em uma das mãos e um frasco de Netromicina — um antibiótico forte — na outra. Ela prepara a agulha e olha para o médico.

— Você está bem?

— É, bem... bem mal... nada que uma dose de vodca Stolichnaya não resolva. Alice, pode ir me buscar se algo importante surgir? — Ele pensa melhor. — Se precisar de mim, quero dizer.

— Sem problemas — responde ela, puxando a manga da blusa de Rick para cima e esfregando álcool na lateral. Ela injeta mais 50 ml nele, ainda conversando distraidamente com o médico. — Vá descansar um pouco.

— Obrigado — responde o médico, saindo e fechando a porta atrás de si.

— Então... — Rick olha para Alice enquanto ela pressiona gaze contra seu braço, selando o local da injeção. — O que há com vocês dois? Estão...?

— Juntos? — Alice dá um sorriso alegre, como se divertida com a piada interna. — Não. Acho que ele desejaria que estivéssemos, e, sinceramente, é um bom homem. Muito bom, na verdade. E gosto dele. — Ela dá de ombros, jogando o frasco usado em um recipiente para lixo e abaixando a manga da camisa de Rick. — Mas não ligo se esse é o fim do mundo... ele é velho demais para mim.

O rosto do homem se suaviza.

— Então você é...?

— Solteira? — Alice para e olha para ele. — Sim, mas não estou procurando ninguém e você tem uma aliança no dedo, então... — Ela se interrompe. — Sua mulher ainda está viva? Sinto muito por ter...

— Ela está. — Rick suspira. — Não tem problema. E não se preocupe, só estou puxando conversa. Desculpe se pareci que estava... — Outro suspiro. — Então você também é médica? Enfermeira? Paramédica? Algo assim?

Alice se dirige até uma mesa bagunçada encostada na parede. Ela escreve algo em uma ficha.

— Na verdade, eu estava na faculdade, estudando para ser designer de interiores, quando os Mordedores, errantes, enfim, mudaram meus planos. Não sabia nada dessas coisas alguns meses antes.

— Mas agora? Como aprendeu essas coisas? — O homem ferido parece genuinamente interessado, mesmo que somente de um modo "papo distraído ao lado da máquina de café". — O Dr. Stevens ensinou você?

— A maior parte, sim — diz Alice, assentindo, ainda fazendo anotações sobre estoques, remédios usados, nível de suprimentos. Em Woodbury, todos os bens são limitados, principalmente remédios, então Stevens instituiu um sistema meticuloso de registros, o qual Alice atualiza religiosamente.

Na pausa que se segue, os passos que se aproximavam chegaram ao corredor do lado de fora da enfermaria. Ainda distantes o suficiente para serem audíveis para Rick e Alice, eles se aproximam rapidamente, com determinação e urgência.

— Sempre aprendi rápido — diz Alice. — Desde que era menininha. Para ser sincera, só preciso mesmo observá-lo fazer algo uma vez, talvez duas, e praticamente consigo repetir.

Rick sorri.

— Bem, estou impressionado.

— Não fique. — Alice lança um olhar inexpressivo para ele. — Não considero *prestar atenção* algo especial somente porque a maioria das pessoas *não* presta. — Ela para e emite um suspiro. — Isso pareceu cruel? Me fez parecer uma megera? Faço muito isso. Desculpe.

— Não se preocupe — diz Rick, ainda sorrindo. — Não entendi dessa forma. E você está certa, aliás. — Ele abaixa o rosto para o coto enfaixado. — A maioria das pessoas não presta atenção... a nada. — Rick olha para Alice. — Simplesmente passam pela vida preocupando-se tanto com as próprias merdas que sequer notam as coisas que acontecem ao redor. — Ele volta a olhar para o ferimento e emite um som baixinho.

Alice olha para Rick.

— O que foi?

— Sinto saudade da minha mulher — responde ele, baixinho, olhando para o chão. — Eu... não consigo parar de pensar nela. — Uma longa pausa... então: — Ela está grávida.

Alice o encara.

— Sério?

Rick assente.

— É. Deve dar à luz em dois meses. Da última vez que a vi... ela estava... estava bem. — Ele engole seco. — Mas há alguma coisa com o bebê... não sei se...

Do outro lado do cômodo, a porta se escancara, interrompendo as palavras de Rick.

— Rick... levante-se! AGORA!

* * *

O homem que invade a enfermaria usa uma bandana desbotada, carrega um rifle de alta potência e tem braços musculosos projetados para fora da camisa sem mangas que está manchada sob os braços com suor de ansiedade.

— Venha... precisamos ir! — suplica o homem conforme corre até Rick e o agarra pelo braço. — AGORA MESMO!

— O que...? Que porra você está fazendo? — Rick recua, afastando-se daquela pessoa louca. Alice também se afasta, de olhos arregalados.

Martinez perfura os olhos de Rick com o olhar.

— Estou salvando sua vida.

Rick pisca.

— Como assim? Como está salvando minha vida?

— Vou tirar você daqui! Ajudar você a escapar! Venha!

— Me solte, porra! — Rick puxa o braço de volta, o coração acelerado.

Martinez ergue a mão em um gesto de penitência.

— Está bem. Olhe, sinto muito. Ok. Só que precisamos correr. Não vai ser fácil tirar você daqui sem que ninguém note. Ouça o que estou dizendo. Vou tirar você daqui, mas não posso roubar um veículo, só temos uns dois com gasolina e são muito difíceis de pegar sem sermos detectados.

Rick e Alice trocam olhares de pânico, então Rick olha de volta para Martinez.

— Por que você...?

— Se eles notarem que você sumiu antes de estarmos longe o suficiente, poderão nos alcançar. Precisamos sair daqui sem que ninguém repare por um bom tempo. — Martinez olha para Alice, então de volta para Rick. — Agora venha... vamos embora!

Rick respira fundo — uma barreira de emoções contraditórias se choca contra ele — antes de dar ao homem um aceno curto e relutante com a cabeça. Ele olha para Alice, então de volta para Martinez, que se vira e se dirige à porta.

— Espere! — Rick segura Martinez a caminho da saída do cômodo. — Eles me disseram que há guardas a postos à porta! Como vamos passar por *eles*?

Martinez quase sorri apesar da adrenalina.

— Já cuidamos deles.

— Cuid*amos*?! — Rick segue Martinez porta afora com passadas rápidas, mergulhando para o corredor.

Deixada sozinha dentro da sala, Alice encara a porta boquiaberta.

Descendo o corredor central pé ante pé, cuidadosamente, evitando as poças de luz das lâmpadas penduradas, descendo escadas até o próximo nível subterrâneo e fazendo dois desvios rápidos, Martinez reza silenciosamente para que ninguém os veja. Somente ele e o Governador sabem sobre aquela armação, e pessoas como Gabe e Bruce são adeptas de atirar primeiro, perguntar... bem... *nunca*. Martinez silenciosamente ergue a mão em um gesto de aviso conforme se aproximam de uma das cabines. Os dois homens param diante de uma porta de segurança.

— Acho que já conheceu meu colega — sussurra Martinez para Rick, abrindo rapidamente a porta de metal.

Dentro do confinamento mal iluminado, dois corpos estão estatelados e inconscientes no piso de cimento. São dois dos homens do Governador — Denny e Lou —, ambos feridos e espancados, mas ainda respirando em arquejos curtos. Uma terceira figura, com vestimentas de batalhão de choque, está de pé sobre eles, os punhos fechados, respiração pesada, um cassetete em uma das mãos.

— GLENN!

Rick irrompe de súbito no cômodo e se dirige ao homem mais jovem.

— Rick, nossa, você *está* vivo! — O jovem asiático com o equipamento de proteção preto ao estilo da SWAT abraça o homem.

Com o rosto redondo e jovial, olhos castanhos como avelã e corte de cabelo bem rente, o mais novo poderia se passar por um soldado do Exército recém-saído do treinamento básico. *Ou talvez um escoteiro*, pensa Martinez consigo mesmo à porta enquanto os dois homens fazem sua reuniãozinha sentimental.

— Achei que você estivesse morto, cara — diz o mais jovem para o mais velho. — Martinez me disse que viu você, mas não sei... acho que não estava acreditando até agora. — O garoto olha para o coto de Rick. — Cruzes, Rick, tinha tanto sangue...

— Estou bem — diz Rick, olhando para baixo, segurando as ataduras manchadas de sangue contra o tronco. — Acho que tenho sorte por esta ser a única coisa que aquele maluco tirou de mim. E você? — Ele bate na ombreira de Kevlar do garoto. — Eles me disseram que soltaram você, que você tinha contado tudo sobre a prisão e que iriam te seguir até lá.

O jovem explode em uma gargalhada nervosa, o que parece mais um cachorro hiperventilando para Martinez.

— Cara, eles nunca sequer *perguntaram* nada. — Algo muda no rosto do rapaz. Os olhos se semicerram, ele trinca o maxilar com força, então olha para baixo. — Rick, passei um dia trancado em uma garagem ao lado de outra garagem com Michonne dentro. — Mais uma pausa, os olhos do garoto se enchem de lágrimas de repulsa. — Rick...

O jovem para de novo, parece que mal consegue tomar fôlego, quanto mais explicar o que está acontecendo. Do outro lado do cômodo, Martinez absorve aquilo tudo. É a primeira vez que ouve o nome da mulher negra, e, por algum motivo, o modo como soa — *Mii Shon? Mishone?* — o deixa nervoso. Não consegue entender por que exatamente.

Rick dá tapinhas no ombro do rapaz.

— Está tudo bem, Glenn, vamos tirar Michonne e nós dois daqui.

— Rick, amo Maggie — diz o rapaz, por fim, erguendo o rosto para o homem mais velho com os olhos cheios de lágrimas. — Não quero colocar ninguém em perigo, mas as coisas que ouvi... as coisas que devem ter feito com Michonne. — Ele para de novo. Então olha para Rick e diz, com a voz falhando: — Acho que eu teria dito qualquer coisa que os fizesse parar. — Glenn funga para afastar a vergonha. — Mas nem sequer *perguntaram*. — Pausa, ódio aumentando. — É como se tivessem feito tudo aquilo para *foder* comigo.

É a vez de Martinez se intrometer e dar início àquela porra de espetáculo.

— Isso parece verdade — diz ele, com a voz mais baixa e mais grave. Então lança aos dois homens um olhar sombrio ao continuar: — Philip ou o Governador, como quiserem chamá-lo, anda passando dos limites aos poucos já faz um tempo. Ouvi coisas sobre as merdas que ele anda fazendo, sussurros, rumores... não queria acreditar que fosse verdade. — Martinez respira fundo. — Você meio que escolhe ignorar essas coisas, te impede de precisar fazer alguma coisa. Depois de ver você — ele acena para Rick com a cabeça —, suspeitei que o "acidente" que arrancou sua mão estivesse relacionado com ele.

Do outro lado do cômodo, Rick e Glenn se entreolham. Algo não dito se passa entre os dois, e Martinez repara, mas não reage.

— Ele me pediu que substituísse os guardas — continua Martinez, com a voz baixa —, vigiasse a garagem na qual estava mantendo Glenn. Não sabia que estava mantendo prisioneiros aqui. Em geral, trabalho na segurança... todo meu tempo era passado nas cercas. — Mais uma respiração. Ele olha para os dois homens do outro lado do cômodo. — Não podia deixar isso continuar... precisava ajudar a parar com essa porra de insanidade. — Martinez olha para o chão. — Ainda somos humanos, porra!

Rick está pensando a respeito, umedecendo os lábios pensativamente, as linhas de expressão em seu rosto ficando mais acentuadas. Ele olha para Glenn.

— A porra das minhas roupas. — Rick olha para Martinez. — Minhas roupas! — Ele balança a cabeça. — Estávamos usando equipamento de batalhão de choque enquanto o médico cuidava de mim... alguém *deve* ter visto o que eu estava vestindo por baixo. — Ele balança a cabeça mais devagar, olhando para as paredes de argamassa em ruínas, as artérias de ferrugem ou de sangue descendo como veios pelos cantos. — *Cristo* — murmura ele.

O rapaz olha para Rick.

— Como assim?

— O macacão, o macacão laranja — murmura Rick. — Foi *assim* que ele soube da prisão. Como pude ser tão idiota, porra?

— Vamos! — Martinez já ouviu o bastante; o tempo está passando. — Precisamos sair daqui.

Rick assente para Glenn, e o rapaz desce o visor.

Então o trio sai do cômodo e se dirige para o corredor, na direção da rampa.

Durante quase dez minutos agonizantes, no nível mais baixo do subporão, Bruce e Gabe não se moveram dos lugares onde estavam posicionados, contra a parede de concreto adjacente à cela.

O Governador caminha de um lado para outro diante deles, empunhando a *katana*, entrando e saindo de poças de luz manchadas de lâmpadas de emergência de 100 Watts, murmurando consigo mesmo, os olhos vítreos com ódio e loucura. A cada poucos momentos, a voz abafada da mulher — quase inaudível atrás da porta de rolar da área de serviço — murmura algo misteriosamente. Com quem diabo ela está falando? Que tipo de defeito está apodrecendo o cérebro daquela moça?

Bruce e Gabe esperam as ordens, mas decisões não estão exatamente a caminho: o Governador parece lutar contra as próprias vozes demoníacas, tentando despedaçar o ar e os problemas com o sabre, grunhindo, de vez em quando, confuso e irritadiço:

— Porra... porra... como pôde... porra... como isso pôde, porra...?!

Em um momento, Gabe arrisca uma sugestão:

— Ei, chefe, por que não nos concentramos nas prisões perto de Albany? Tem um monte delas perto de...

— Cale a porra da boca! — O Governador caminha. — Preciso conseguir novos Mordedores para as lutas agora! Preciso encontrar novos lutadores! MERDA!

Bruce se intromete:

— Chefe, e se nós...?

— MERDA! — O Governador agita a espada no ar. — Aquela porra de vaca! — Ele se vira para a porta da garagem e bate o mais forte que consegue com a bota contra os painéis de metal enferrujados. A coisa ribomba e deixa uma mossa do tamanho da barriga de um porco.

Gabe e Bruce se sobressaltam com o barulho. — MERDA! MERDA! MERDA! MERDA! — O Governador se vira para eles. — ABRAM!

Bruce e Gabe trocam um olhar rápido e acalorado, então Bruce vai até a porta, ajoelha-se e segura a alça mais baixa com as duas mãos.

— Quero ver a porra das entranhas dela espalhadas pelo chão, droga — ruge o Governador. A porta se abre com um guincho, e o Governador estremece como se corrente elétrica percorresse seu corpo. — PARE!

Bruce congela com a porta entreaberta, as enormes mãos presas à borda. Tanto ele quanto Gabe se viram e olham para o chefe.

— Feche — diz o Governador, com a voz de volta ao normal, como se um interruptor tivesse sido ligado.

Bruce olha para ele.

— Claro, chefe... mas por quê?

O Governador esfrega o osso do nariz, os olhos.

— Vou...

Os homens esperam. Mais uma breve troca de olhares. Bruce finalmente umedece os lábios.

— Você está bem, chefe?

— Vou dormir antes de decidir sobre isso — diz ele baixinho. — Não quero fazer nada de que me arrependa mais tarde. — O Governador suspira longamente, alongando os músculos do pescoço. Então se vira e começa a ir embora. — Preciso repassar todos os ângulos — murmura ele, quando parte, sequer olhando para os dois homens. — Voltarei em algumas horas.

Ele some ao dobrar no fim do corredor, saindo da iluminação sombria como se fosse um fantasma.

— ESPEREM!

A voz surge das sombras atrás dos fugitivos, das profundezas do corredor, e a princípio Martinez tem certeza de que foram surpreendidos e seu plano foi para o inferno antes mesmo de terem a chance de dar um único passo do lado de fora.

— Por favor, parem!

Os três homens se viram e param perto de dois túneis que se cruzam, a nuca de Martinez está arrepiada. Eles se voltam um a um — Martinez, depois Rick, depois Glenn —, cada homem respirando com dificuldade, os corações acelerados, as mãos trêmulas alcançando os punhos das armas de fogo e bastões. Eles semicerram os olhos para ver quem é, uma figura sombreada se aproxima rapidamente, passa por baixo de um cone amarelo de luz.

— Esperem — diz a mulher mais jovem, a luz iluminando a coroa da cabeça dela, os cabelos loiros reluzentes presos em uma trança embutida, mechas finas pendendo sobre um rosto de menina. O jaleco brilha sob a luz fraca do corredor. Ela se aproxima, sem fôlego.

Rick ergue a voz.

— O que foi, Alice? O que quer?

— Estava pensando — diz ela, com a voz trêmula, tomando fôlego no túnel escuro e sem ar. Em algum lugar não muito longe dali, um nível acima, do lado de fora dos vestíbulos, o vento sussurra pelas gruas e arquibancadas vazias. — Se vocês vão — diz ela —, quero que nos levem com vocês. O Dr. Stevens e eu.

Os homens compartilham olhares tensos, mas ninguém oferece uma resposta.

Alice olha para Rick.

— Onde quer que morem, deve ser melhor do que isto... e com sua mulher grávida, tenho certeza de que poderíamos ser úteis.

Rick considera isso por um momento. Então dá um leve sorriso para ela.

— Não vou argumentar contra isso. Adoraríamos ter vocês. Na verdade..

— Está bem, rapazes... senhorita — interrompe Martinez, a voz estirada como a corda de um piano. — Precisamos ir agora.

Eles correm por um túnel ramificado e então descem uma longa rampa, o tempo passa. Acabam na escuridão fétida do subporão. Glenn tem uma vaga memória de onde Michonne está sendo mantida — está um pouco confuso por todas as portas de garagem que se parecem, pelas marcas enlouquecedoramente semelhantes de graxa e arranhões velhos —, mas se lembra de ter sido arrastado por aquele subnível. Por fim, o grupo encontra a última ala estreita de baias de serviço e para.

— Tenho quase certeza de que é logo depois desta próxima curva — sussurra Glenn quando o grupo se amontoa sob as sombras de dois túneis que se cruzam.

— Que bom — murmura Rick, baixinho. — Nós a pegamos, pegamos o doutor, então partimos. — Ele olha para Martinez. — Qual é a distância até a casa do médico e de lá até a cerca? Há uma saída fácil?

— Espere! — Martinez ergue a mão enluvada no ar, a voz como um sussurro alto. — Esperem... *quietos*. Para trás. — Ele olha com cuidado pela curva, então volta o olhar para o grupo. — Eu ficaria chocado para cacete se o Governador não tivesse colocado um vigia onde sua amiga está presa.

Rick começa a falar:

— Por que nós não...

— Correr até lá não é a melhor das ideias — avisa Martinez. — A não ser que queira levar um tiro. Todos aqui me conhecem. Vou na frente... então chamo vocês quando terminar.

Ninguém discute.

Martinez respira fundo, se prepara, então desaparece, deixando os três exilados agrupados, nervosos, na escuridão do túnel.

Glenn olha para Alice.

— Oi, eu sou Glenn.

— Sou Alice — diz ela, com um sorriso vacilante. — Um prazer.

Rick mal ouve a conversa. Seu coração bate em uníssono com a bomba-relógio em sua mente. Eles têm uma chance.

Quinze

— Ei... e aí, Gabe? — Martinez se aproxima da última porta de garagem com uma tranquilidade ensaiada, caminhando até o vigia robusto com um sorriso amigável e um aceno. — Ele colocou você aqui embaixo para proteger a reserva de ouro ou algo assim?

O homem corpulento com a gola rulê — de pé, com as costas apoiadas na porta de rolar — dá a Martinez um sorriso e balança a cabeça negativamente.

— Não exatamente. Aquela vaca que fodeu com a luta está aí dentro.

Martinez se aproxima e fica parado ao lado do homem parrudo.

— Ã-*hã*.

— É irritante essa daí — diz Gabe, com um sorrisinho. — O chefe não quer arriscar.

Martinez devolve o sorrisinho ele mesmo com um riso lascivo.

— Acha que posso dar uma olhada? Só uma olhadinha. Não consegui ver direito na luta. Parecia *gostosa*.

O sorriso de Gabe fica maior.

— Ah, sim... ela *era* gostosa. Mas depois da surra que o Governador deu nela...

O golpe vem do nada — um soco ágil com as articulações dos dedos no pomo de adão do homem corpulento — e fecha a via aérea de Gabe junto com a voz dele. O homem atarracado se inclina para a frente, puxando fôlego, confuso pelo choque.

Martinez termina o trabalho com a coronha do rifle Garand de calibre .762. A ponta cega da coronha acerta Gabe bem na base do crânio, emitindo um ruído de madeira quebrando.

Gabe desaba com a cara no chão, um filete de sangue escorrendo da nuca para o cimento. Martinez grita por cima do ombro:

— BARRA LIMPA!

Das sombras no fim do túnel, todos saem às pressas com os olhos arregalados e a adrenalina pulsando. Rick olha para Gabe, então se volta para Martinez e começa a dizer algo, mas Martinez já está agachado na base da porta de garagem.

— Ajudem a abrir esta porta, está toda amassada, não abre — diz ele, resmungando, ao mexer na beirada inferior da porta com as mãos enluvadas. Rick e Glenn se aproximam e se agacham ao lado dele, e são necessários os três homens para forçar a coisa para cima. As treliças guincham e reclamam conforme eles sobem a porta até a metade.

Os três se abaixam sob a porta entreaberta, e Rick dá alguns passos na câmara de argamassa escura e com um fedor pútrido... de repente, congela no lugar, paralisado pela visão da amiga... instantaneamente ciente em algum nível celular no cérebro, como uma sinapse disparando, que uma guerra já começou.

A mulher no chão da cela escura, com os braços amarrados à parede, não reconhece os amigos a princípio. Longas tranças pendem, o peito infla e esvazia com respirações curtas, filetes de sangue escorrem pelo concreto a partir do lugar em que ela está, a mulher tenta erguer a cabeça e olhar pelos olhos catatônicos.

— Ai, meu Deus... — Rick se aproxima dela com cuidado, mal consegue proferir as palavras. — Você está...?

A mulher ergue a cabeça e cospe nele. Rick recua, cobrindo o rosto instintivamente. A desidratação, o choque e a exaustão secaram a saliva dela até parecer serragem. A mulher tenta cuspir de novo.

— Ei, Michonne! *Calma* — diz Rick, agachando-se diante dela. — Sou eu. — A voz dele fica mais baixa. — Michonne, é Rick.

— R-rick? — A voz da mulher sai como um sussurro retraído, baixo e rouco. Os olhos dela têm dificuldade para focalizar Rick. — Rick?

— Gente! — Rick fica de pé e se vira para os outros. — Ajudem a desamarrá-la!

Os outros três correm até as cordas. Alice solta cuidadosamente um tornozelo, enquanto Glenn se ajoelha ao lado do outro e briga com o nó corrediço, murmurando para a mulher:

— Meu Deus... você está bem?

Outro chiado apertado sai da mulher.

— N-não... Não estou... nem perto disso.

Rick e Martinez pegam um punho cada e começam a afrouxar os nós.

Emoções contraditórias percorrem Martinez conforme ele trabalha a corda, sentindo o cheiro da pobre mulher, sentindo a febre irradiando do corpo violentado dela. O ar fede a desespero — uma mistura de cecê, ferimentos pútridos e rastro de sexo violento. A calça da mulher está amarrada ao redor da cintura com fita adesiva, o tecido está rasgado e manchado com pontos úmidos de toda variedade — sangue, lágrimas, sêmen, suor, urina, cuspe — de dias de tortura. A pele parece açoitada, como se alguém tivesse usado uma lixa nos braços e nas pernas dela.

Martinez luta contra o impulso de confessar tudo àquelas pessoas, de entregar a armação. A visão dele fica embaçada. Martinez se sente zonzo, enjoado. Tudo isso vale um pouco de segurança para aquela merda de cidade? Uma vantagem tática mínima? O que em nome de Deus essa mulher fez para merecer aquilo? Por um momento, Martinez imagina o Governador fazendo aquilo com *ele*. Martinez nunca esteve tão confuso.

As cordas finalmente se soltam, e a mulher desaba no chão com um arquejo.

Os outros se afastam quando Michonne se contorce por um momento no chão, de bruços, com a testa junto ao cimento. Rick se agacha ao lado dela enquanto a mulher luta para tomar fôlego, para se levantar, se recompor. Ele diz a ela:

— Você precisa...?

A mulher no chão subitamente se levanta, fica de joelhos. Ela funga e afasta toda a agonia com um ruído teimoso e alto de escárnio.

Rick e os outros olham para Michonne. Hipnotizados pela reserva repentina de energia dela, ficam parados, em silêncio, ao redor da mulher, sem saber o que dizer ou fazer. Como vão tirá-la dali? Michonne parece uma pessoa paraplégica lutando para sair da cadeira de rodas.

De uma só vez, ela fica de pé, alimentada por puro ódio agora, fechando as mãos finas em punhos. Michonne engole toda a dor e olha ao redor do cômodo. Então olha para Rick, e sua voz adquire o tom de gramofone tocando um disco arranhado:

— Vamos sair daqui, porra.

O grupo não chega muito longe. Mal saem do subporão e sobem um único lance de escadas, aproximando-se do fim do corredor principal — Michonne na liderança agora — quando a mulher negra subitamente ergue a mão com um gesto de cautela.

— Parem! Alguém está vindo.

Os outros congelam, aglomerados atrás dela. Martinez abre caminho entre os outros e vai para o lado de Michonne, sussurrando no ouvido dela:

— Deixe comigo. As pessoas ainda não sabem o que estou fazendo... vou impedir que vejam vocês.

De uma esquina, uma sombra cresce, passadas se aproximam.

Martinez sai para a fonte de luz que ilumina a esquina.

— Martinez? — O Dr. Stevens recua sobressaltado quando vê o homem de bandana. — O que está fazendo aqui embaixo?

— Hã, doutor... nós íamos buscar você.

— Algum problema?

Martinez lança um olhar severo ao médico.

— Nós estamos saindo daqui... desta cidade. Queremos que venha junto.

— O quê? — Stevens pisca e inclina a cabeça para tentar absorver o que ouve. — Quem somos *nós*?

Martinez olha por cima do ombro, então gesticula para que os outros se aproximem. O médico encara. Rick, Michonne, Glenn e, por fim, Alice saem timidamente das sombras e ficam parados sob a luz forte da lâmpada. Todos encaram o médico, que os encara de volta, processando aquilo tudo com uma expressão sombria no rosto.

— Ei, doutor — diz Rick, por fim. — O que acha? Está com a gente ou não?

A expressão no rosto do médico passa por uma transformação súbita. Os olhos dele se semicerram atrás dos óculos de aro de metal, e seus lábios se contraem pensativamente por um momento. Ele parece, apenas por um instante, que está diagnosticando um conjunto de sintomas particularmente complexo.

Então responde:

— Só preciso pegar alguns suprimentos da enfermaria, então podemos ir. — O médico dá ao grupo o sorriso irônico que é sua marca registrada. — Não vai levar nem um minuto.

Do lado de fora dos portões em ruínas da arena, o grupo corre pelo estacionamento, evitando os olhares dos cidadãos errantes que vagueiam pelas ruas secundárias.

O céu da noite se abre acima deles — uma multidão de estrelas ocultada pelos fiapos de nuvens e nenhuma lua à vista. O grupo se move em fila única, rápido, mas não tanto a ponto de fazer barulho ou atrair atenção indesejada, ou de dar a entender que estão fugindo. Alguns dos pedestres vão até eles. Ninguém reconhece os estranhos — Rick e Glenn —, mas alguns dão meia-volta quando veem a mulher de dreadlocks. Martinez os mantém em movimento.

Um após o outro, eles pulam o corrimão do lado oeste da arena e atravessam um estacionamento vazio, dirigindo-se para a rua principal. O médico está na retaguarda, agarrado à bolsa de suprimentos médicos.

— Qual é o caminho mais rápido para fora daqui? — pergunta Rick, já ofegante e respirando com dificuldade conforme ele e Martinez param para tomar fôlego às sombras do prédio comercial. Os outros seguem atrás.

— Por aqui. — Martinez indica a calçada deserta do outro lado da rua. — Apenas continuem seguindo, vou tirar a gente daqui.

O grupo dispara pela rua e então mergulha nas sombras da calçada desocupada. O passeio se estende por pelo menos quatro quarteirões a oeste, passando por baixo de toldos e marquises, envolto em escuridão. Eles correm em fila única pelas sombras.

— Quanto menos ficarmos expostos assim, melhor — comenta Martinez aos sussurros para Rick. — Só precisamos chegar a um beco, então passar por cima de uma dessas cercas. Não são tão vigiadas quanto o portão da frente. Não deve ser difícil.

Cruzam mais metade de um quarteirão quando o som de uma voz dispara:

— DOUTOR!

Isso faz com que todos percam o ritmo e erice os pelos da nuca de Martinez. Todos cambaleiam e param. Martinez se vira e vê uma figura não identificada dobrando a esquina de um prédio atrás deles.

Rápida e instintivamente, sem mesmo olhar, Martinez leva a ponta do dedo para o gatilho — pronto para qualquer coisa.

Um nanossegundo depois, Martinez exala um suspiro momentâneo de alívio, soltando a pressão sobre o gatilho ao ver uma das matronas da cidade se aproximar.

— Dr. Stevens! — grita a mulher, com a voz fraca pela subnutrição.

Stevens se vira.

— Ah, olá, Sra. Williams. — Ele acena breve e nervosamente para a dona de casa de meia-idade que se aproxima. Os outros deslizam para dentro das sombras, para fora da linha de visão da mulher. O médico bloqueia o caminho dela. — Em que posso ajudar?

— Desculpe incomodar você assim — diz ela, apressando-se até o médico. Com um vestido simples, sem corte e surrado, os cabelos curtinhos, a mulher ergue o rosto para ele com os olhos enormes e oprimidos. A espessura do tronco e a pele flácida em seu rosto traem a beleza jovial que ela teve um dia. — Meu filho, Matthew, está levemente febril.

— Ah... um...

— Tenho certeza de que não é nada, mas não quero arriscar.

— Entendo.

— Você tem tempo mais tarde?

— É claro. Eu... eu só... um. — O médico gagueja, e isso deixa Martinez ensandecido. Por que simplesmente não se livra da mulher, porra? Stevens pigarreia. — Só... hã... leve o menino ao consultório mais tarde hoje... se puder... eu o verei então. Eu... me certificarei de encaixá-lo.

— Claro, eu... Você está bem, Dr. Stevens? — Ela olha para os outros espreitando nas sombras atrás de Stevens, então dá um olhar confuso para o médico com aqueles olhos enormes e tristes. — Parece chateado.

— Estou bem, de verdade. — Ele se agarra mais forte à bolsa na altura do peito. — Eu só... estou no meio de uma coisa agora.

O médico começa a se afastar da mulher, o que lança uma onda de alívio para o estômago de Martinez.

— Não quero ser grosseiro — diz Stevens para a mulher —, mas preciso ir. Desculpe. — O médico se vira e se junta aos demais.

Martinez lidera o grupo por uma esquina e para na beira da calçada por um momento, a adrenalina irrompendo. Por um breve instante, considera deixar Stevens e Alice. Os dois sabem demais e têm laços muito fortes com a comunidade — poderiam ser um enorme risco. Pior do que isso, podem conhecer Martinez ligeiramente bem demais. Poderiam com facilidade enxergar além daquela farsa. Talvez já o tenham feito. Talvez só estejam encenando.

— Doutor? — Alice vai até Stevens e apoia a mão no ombro dele. Esfregando o rosto, o médico parece deprimido. Alice fala baixinho: — O filho daquela mulher...?

— Não posso pensar nisso agora — murmura o médico. — É muito... não posso. Precisamos sair daqui, talvez não tenhamos outra chance. — Ele toma fôlego e se recompõe, olhando para baixo, sacudindo a cabeça. — Essas pessoas... simplesmente terão de se virar sem nós.

Alice olha para ele.

— Você está certo. Eu sei. Vai ficar tudo bem.

— Ei! — cicia Martinez com urgência para os dois. — Parem, não temos tempo para isso agora!

Ele coloca o grupo em movimento de novo — por um calçadão, atravessando mais uma rua e então até uma rua lateral, indo na direção da entrada de um beco, 180 metros ao sul.

O silêncio que recaiu sobre a cidade incomoda Martinez. Ele consegue ouvir o zunido dos geradores, o farfalhar dos galhos contra a parede. Os passos do grupo parecem tiros de pistola aos ouvidos dele, a batida do coração de Martinez é alta o bastante para guiar uma banda marcial.

Ele apressa o passo. Os pedestres sumiram. Estão sozinhos agora. Martinez acelera o passo de um trote para uma corrida, os outros têm dificuldades em acompanhar. Um momento mais tarde, ouve aquela que se chama Michonne fazer um comentário esquisito para alguém atrás de si.

— Pare de me olhar assim — diz ela, entre respirações pesadas conforme corre. — Não se preocupe comigo.

A voz de Glenn é quase inaudível por cima do barulho dos passos agitados de todos e das respirações ofegantes.

— Está bem... desculpe.

— Falem baixo!

Martinez chia baixinho para eles por cima do ombro à medida que se aproximam da entrada do beco. Ao erguer a mão enluvada, ele para o grupo e então os leva para além da esquina de um prédio adjacente, para dentro da escuridão coberta de lixo.

O beco está envolto em sombras densas, grudento com o fedor de latas de lixo alinhadas na parede, uma lâmpada solitária de emergência está piscando ao fundo, fornecendo a única iluminação. As batidas do coração de Martinez aumentam. Ele rapidamente vasculha a área. Martinez vê a sentinela na ponta do beco.

— Certo... esperem aqui um minuto — diz ele aos demais. — Volto logo.

Agora Martinez encara outra grande encenação — um papel dentro de um papel dentro de um papel — quando funga para acalmar os nervos e segue na direção dos fundos do beco. Martinez vê o jovem marginal na plataforma levadiça a uns 30 metros de distância, de costas, uma AK nos braços enquanto olha por cima de uma barricada temporária de painéis de aço unidos por rebites.

Do outro lado da barricada estão os limites escuros da cidade e a liberdade.

— Ei... ei, garoto! — Martinez se aproxima da sentinela com um aceno amigável. Ele mantém a voz casual, mas autoritária, como se ordenasse a um gato de estimação que saísse da mesa de jantar. — Vou substituir você!

O garoto se encolhe sobressaltado, então se vira e olha para baixo. Mal saído da adolescência, com o corpo desengonçado coberto por acessórios de hip-hop, um arco de cabelo sobre os cachos estilo Jheri, ele quase parece que está brincando de polícia e ladrão na plataforma. Também parece um pouco chapado e mais do que um pouco paranoico.

Martinez se aproxima.

— Me entregue esse rifle e vá embora. Vou cobrir o restante do seu turno.

O garoto dá de ombros e começa a descer.

— Claro, cara... tanto faz. — Ele salta para a calçada. — Mas, hã... por que está fazendo isso? Precisa de mim em algum outro lugar ou algo assim?

Martinez pega a AK nos braços do garoto, mais uma vez com aquele tom de voz amoroso, mas rígido de dono de animal.

— Não me faça perguntas. Estou fazendo um favor a você aqui. Entregue a arma, agradeça... e aproveite a folga.

O garoto o encara e entrega a arma de fogo.

— Hã... claro.

O garoto vai embora, dirigindo-se para a entrada do beco, murmurando consigo mesmo.

— Tanto faz... tanto faz, cara... é seu espetáculo... só trabalho aqui.

* * *

Os outros se agrupam atrás do edifício adjacente até que a sentinela tenha saído do beco e adentrado a noite, murmurando uma versão desafinada de alguma música de rap desconhecida. Eles esperam até que o garoto desapareça ao dobrar a esquina. Rick, então, acena com a cabeça para Glenn, e o grupo sai para o beco — um a um — atravessando rapidamente a extensão da calçada escura, fedorenta e suja de lixo.

Martinez os espera na plataforma levadiça, olhando para baixo com um fervor profissional.

— Vamos! — Ele gesticula para que se aproximem. — Atravessamos estas paredes e estamos fora de perigo.

O grupo se reúne na base da barricada.

Martinez olha para eles.

— Isso funcionou melhor do que pensei... mas ainda precisamos correr. Um dos panacas do Governador ainda pode passar a qualquer minuto.

Segurando o coto, Rick ergue o rosto para ele.

— Certo, certo... e você acha que não temos pressa de sair daqui?

Martinez consegue dar um sorriso tenso.

— É, acho que entendo o que quer dizer.

Atrás de Rick, uma voz murmura algo que Martinez não entende a princípio.

Rick para, se vira e olha para Michonne. Glenn faz o mesmo. Na verdade, todos se viram e olham para a mulher negra, que está parada nas sombras, parecendo sinistra e indiferente enquanto encara a noite.

— Não vou embora ainda — murmura ela, em uma voz tão fria e determinada que poderia ser uma declaração de nome, patente e número de série.

— O quê?! — Glenn a encara boquiaberto. — O que está dizendo?

Michonne encara o jovem com olhos escuros e sem fundo. A voz dela é tão contida quanto a de um clérigo proferindo as escrituras sagradas.

— Vou visitar o Governador.

Dezesseis

O silêncio que se segue à declaração de Michonne parece manter o grupo inteiro atento por momentos intermináveis, as implicações do pronunciamento se espalhando de pessoa a pessoa, de olhar desconfortável a olhar desconfortável, como uma doença transmitida por contato visual. Não precisa ser dito o que ela tem em mente para Philip Blake — embora ninguém ouse ponderar a respeito das especificidades —, e essa é a parte que atinge as pessoas primeiro. Mas conforme o silêncio se prolonga e se torna desconfortável naquele beco fedido e escuro, fica claro para Martinez, olhando para essa transação do alto da plataforma levadiça, que a trajetória irrefreável de Michonne indica algo mais sombrio do que pura vingança. Nessa nova época brutal, o ato de vingança — apesar de um instinto mais baixo e mais básico ao longo do curso normal dos eventos humanos — parece assumir uma inevitabilidade apocalíptica, tão natural quanto atirar na cabeça de um cadáver ambulante ou assistir a um ente querido se transformar em monstro. Apêndices infeccionados são rapidamente amputados e cauterizados nessa nova sociedade terrível. Pessoas más não são mais uma coisa das lendas e dos programas de investigação forense. Nesse novo mundo, são como gado doente que simplesmente precisa ser separado do rebanho. São partes defeituosas que precisam ser substituídas. Ninguém de pé à muralha naquela noite poderia culpar ou mesmo se surpreender com a decisão repentina e inexorável de Michonne de dar meia-volta e encontrar a célula cancerosa que apodrece naquela cidade — o homem que a violou —, mas isso não torna a coisa mais fácil de testemunhar.

— Michonne, não acho que... — Rick começa a se opor.

— Eu alcanço vocês — diz ela, interrompendo-o. — Ou não.

— Michonne...

— Não posso partir sem fazer isso. — Ela perfura os olhos de Rick com o olhar. — Vão em frente. — Então Michonne se vira e olha para Alice. — Onde ele mora?

Naquele momento, do outro lado da cidade, ninguém repara em duas figuras deslizando para as entranhas escuras de um beco logo além da curva em S da rua Durand — o mais longe possível da comoção da pista de corrida e do distrito comercial central, ainda dentro da zona de segurança. Nenhum vigia vagueia tão longe ao sul da rua principal, e as cercas mais externas de arame de concertina mantêm os Mordedores errantes afastados.

Vestidos em jeans, com rolos de cobertores debaixo dos braços, os dois se movem lado a lado, mantendo-se abaixados. Um deles carrega uma grande sacola de lona com alça sobre o ombro, o conteúdo da bolsa tilintando baixinho a cada tranco. No fim do beco, eles se espremem para passar por uma fenda estreita entre a cabine de um caminhão de carga leve e um vagão de trem.

— Onde diabo está me levando? — pergunta Lilly Caul, seguindo Austin por um estacionamento vazio oculto na escuridão.

Austin dá uma risada maliciosa para ela.

— Você vai ver... confie em mim.

Lilly pula cuidadosamente uma trilha de plantas espinhentas e sente o odor de putrefação que emana da floresta adjacente, cerca de 50 metros além do perímetro externo. Os pelos da nuca de Lilly ficam eriçados. Austin pega o braço dela e a ajuda a pular sobre a lenha caída até uma clareira.

— Cuidado onde pisa — diz ele, tratando Lilly com as luvas de pelica de um futuro pai das antigas, o que, para Lilly, é ao mesmo tempo irritante e meio adorável.

— Estou grávida, Austin, não inválida. — Ela o segue até o centro da clareira. É um lugar reservado, abrigado por folhagens e galhos caídos. Há uma cratera oca no chão, chamuscada e petrificada, onde algum visitante anterior cavou um buraco para uma fogueira. — Onde aprendeu sobre cuidados pré-natais? Em desenhos?

— Muito engraçado, espertinha... sente-se.

Dois troncos cortados de árvores antigas fornecem perfeitos — ainda que não exatamente confortáveis — assentos para que um casal se sente e converse. Os grilos fazem alarde ao redor enquanto Austin apoia a bolsa no chão, então se senta ao lado de Lilly.

O céu acima deles brilha e pulsa com o tipo de paraíso estrelado que só se vê em áreas rurais. As nuvens se dispersaram, e o ar — finalmente — está livre do fedor dos errantes. Cheira a pinho e terra preta e noite clara.

Lilly se sente pela primeira vez desde — bem, nem consegue se lembrar —, como uma pessoa. Ela sente como se pudessem, de fato, ter uma chance de fazer aquilo dar certo. Austin não é o pai dos sonhos e nem o marido perfeito, até onde a imaginação alcança, mas tem uma faísca dentro de si que comove o coração de Lilly. É uma boa alma, e isso basta por enquanto. Os dois têm muitos desafios pela frente, muito para decidir, muitos territórios perigosos por onde navegar. Mas Lilly acredita agora que eles sobreviverão... *juntos*.

— Então, que ritual misterioso é esse para o qual você me arrastou até aqui? — diz ela, por fim, erguendo o colarinho e alongando o pescoço contraído. Os seios de Lilly estão doloridos, e o estômago andou reclamando o dia todo. Mas, de um modo estranho, ela nunca se sentiu tão bem.

— Meus irmãos e eu costumávamos fazer isso todo Halloween — diz Austin, indicando a bolsa de lona. — Tivemos essa ideia quando estávamos doidões, acho... mas faz sentido agora por algum motivo. — Ele olha para Lilly. — Trouxe as coisas que pedi para trazer?

Ela assente para Austin.

— Sim. — Lilly dá um tapinha no bolso do casaco. — Estão bem aqui.

— Está bem... que bom. — Ele fica de pé, vai até a bolsa e abre o zíper. — Costumávamos fazer uma fogueira para atirar as coisas... mas acho que esta noite devemos evitar chamar atenção. — Ele pega uma pá, vai até a cratera e começa a cavar. — Em vez disso, vamos simplesmente enterrá-las.

Lilly pega algumas fotos que encontrou na carteira, uma bala de uma das pistolas Ruger e um pequeno objeto enrolado em lenço de papel. Então apoia o conjunto no colo.

— Está bem, pronta quando você estiver, bonitinho.

Austin apoia a pá no chão, volta para a bolsa e pega uma garrafa plástica de um litro e dois copos de papel. Ele serve um líquido escuro em cada copo.

— Achei suco de uva... não queremos beber vinho na sua condição.

Lilly sorri.

— Você vai me enlouquecer com esse comportamento de mãe judia.

Austin ignora o comentário.

— Está bem aquecida? Precisa de outro cobertor?

Lilly suspira.

— Estou bem, Austin... Pelo amor de Deus, pare de se preocupar comigo.

Austin entrega a ela um copo de suco e pega um saquinho de plástico de dentro do bolso.

— Está bem, eu começo — diz ele. Dentro do Ziploc há 15 gramas de maconha, um pequeno cachimbo de metal e alguns papéis de seda. Ele olha desejoso para a parafernália e diz: — Está na hora de abandonar as coisas infantis. — Austin ergue o copo. — Um brinde ao romance de uma vida inteira com a maconha. — Ele olha para o saco. — Você me ajudou a superar muitas merdas difíceis, mas está na hora de ir.

Austin atira a maconha no buraco.

Lilly ergue o copo.

— Um brinde à sobriedade... é uma merda, mas é para melhor.

Eles bebem.

— Não acredito que ela nos deixou assim — diz o jovem chamado Glenn, depois de escalar a parede. Seu colete de proteção estala enquanto ele está parado ao vento, na beira da plataforma levadiça, ajudando Alice a escalar a muralha. A enfermeira tem dificuldade — não tem tanta força na parte superior do corpo — e se impulsiona arduamente para a plataforma. Glenn resmunga com esforço quando a puxa sobre o precipício. — Deveríamos ajudar? Também não morro de amor por aquele cara.

Rick está na plataforma atrás de Glenn, observando Martinez estender o braço para Stevens e puxar o médico pela lateral da barricada.

— Confie em mim, Glenn — diz Rick, baixinho —, nós provavelmente a atrasaríamos. Nossa aposta mais segura é sair agora enquanto podemos.

O médico luta para subir a muralha e se joga na plataforma para se juntar aos demais.

Martinez se certifica de que todos estão bem. Todos respiram fundo, virando-se e olhando para a paisagem vasta do outro lado da muralha. Conseguem ver o bosque vizinho por uma abertura estreita entre dois prédios abandonados. O vento noturno faz voar lixo por ruas vazias de terra, as ruínas aos pedaços das elevações da ferrovia a distância parecem gigantes caídos. A lua subiu, cheia e alta — a lua de um lunático —, e a luz leitosa coloca um ponto de exclamação em todas as reentrâncias escuras, nas alcovas sombreadas e nas ravinas serpenteantes que poderiam abrigar Mordedores.

Rick respira mais uma vez e dá um tapinha nas costas de Glenn para confortá-lo.

— Michonne sabe se cuidar — diz ele, com a voz baixa. — Além disso, tenho a impressão de que isso é algo que ela gostaria de fazer sozinha.

— Primeiro as damas — diz Martinez para Alice, indicando a borda da plataforma.

Alice dá um passo hesitante em direção à beirada, enchendo os pulmões de ar.

Martinez a ajuda a encontrar um apoio para os pés, então a desce até o exterior da muralha.

— Pronto — diz ele, as mãos nas axilas de Alice. Martinez acidentalmente roça na lateral dos seios dela. — Você está bem. Quase lá.

— Só tenha cuidado com essas mãos — diz Alice, raspando e resmungando contra a lateral da muralha, até que finalmente salta para a estrada de terra, erguendo uma pequena nuvem de poeira. Alice se agacha instintivamente, olhando ao redor da zona de perigo, os olhos arregalados e os pelos eriçados.

Martinez abaixa Glenn a seguir, depois o médico. Os dois homens descem ao lado de Alice, na terra, levantando mais poeira. O silêncio é quebrado pelas respirações pesadas e tensas — e pelo retumbar dos corações deles nos ouvidos — conforme cada fugitivo se vira e verifica a estrada escura à frente, que leva para fora da cidade e para dentro do esquecimento escuro da noite.

O grupo ouve o farfalhar de Martinez descendo a muralha. O homem alto cai com um estampido, as armas jogadas em suas costas chacoalham, e, então, ele olha de volta para o parapeito.

— Está bem, Rick... vamos lá.

No alto da plataforma, Rick pressiona o coto enfaixado contra o esterno.

— Isso não vai ser fácil — murmura ele. — Vocês me seguram?

— Nós seguramos você, irmão. — Martinez estende o braço para Rick. — Apenas desça devagar.

Rick começa a abaixar o corpo desengonçadamente pelo exterior da muralha com uma das mãos.

— Meu Deus — exclama Alice, observando. — Não o deixe cair. Tome cuidado!

Martinez pega o homem de 80 quilos com um resmungo, abaixando-o devagar até o chão. Rick expira dolorosamente e olha ao redor.

Do outro lado da clareira de terra, o Dr. Stevens está de pé às sombras de uma fachada de loja abandonada, uma placa erodida pende por um fio, com as palavras MCCALLUM RAÇÕES E SEMENTES. Ele emite um suspiro de alívio e verifica se a bolsa está danificada. Os frascos de vidro de antibióticos e analgésicos permanecem intactos, os instrumentos em ordem.

— Ainda não acredito que saímos de lá tão facilmente — murmura ele, verificando o restante do conteúdo da bolsa. — Quero dizer, a muralha não serve exatamente para manter as pessoas dentro... mas...

Atrás do médico, uma sombra se move nas profundezas da entrada aos pedaços da McCallum. Ninguém repara. Ninguém ouve os passos desengonçados e arrastados que estalam, baixinho, detritos e tiras de embalagem, movendo-se na direção das vozes deles.

— Estou tão aliviado — diz Stevens ao fechar a bolsa.

A figura emerge da porta — apenas um borrão de dentes, roupas em frangalhos e pele manchada como a barriga de um peixe na escuridão — e crava os dentes na carne humana mais próxima em seu caminho.

Às vezes a vítima sequer vê o que está vindo até que seja tarde demais, o que é, talvez, em algum nível fundamental, o modo mais misericordioso de as coisas ocorrerem.

A criatura que afunda os dentes na curva do pescoço exposto do Dr. Stevens é enorme — provavelmente um antigo trabalhador do campo ou atendente da loja. Um homem acostumado a carregar fardos de 30 quilos de fertilizante ou ração de gado em caçambas de caminhão o dia inteiro, todos os dias — e desce na jugular do médico com tanta firmeza que um pé de cabra não soltaria seu maxilar. Vestido com macacão jeans mofado, os cabelos parcos reduzidos a fiapos como teias no crânio branco com veias delineadas, o cadáver tem olhos amarelos como chamas de um bico piloto e emite um ruído aquoso e incompreensível, como uma tosse, ao fincar os incisivos podres no tecido vivo.

O Dr. Stevens enrijece o corpo imediatamente, os braços se erguem, os óculos são arrancados de seu rosto, a bolsa sai voando, um grito horrível irrompe de dentro dele em um choque completamente involuntário. O médico não consegue ver ou detectar o agente de seu sofrimento — apenas o tom vermelho de agonia incandescente que desce sobre seu olhar.

A brusquidão do ataque pega todos de surpresa, o grupo se agita em uníssono, pegando armas, recuando.

Alice solta um berro:

— DR. STEVENS!

E então vê o peso do Mordedor gigantesco, combinado com as contorções e o cambaleio involuntário do médico, puxar Stevens para trás, tirar seu equilíbrio e jogá-lo no chão.

Stevens cai em cima do agressor com um resmungo aquoso, o sangue jorra e batiza o Mordedor gigante abaixo dele em uma torrente de fluido preto e oleoso como melaço no escuro. Com a voz estrangulada, indiscernível, o médico gagueja:

— *O quê?... O que é? É...? É um deles? É...? É um Mordedor?*

Os outros disparam na direção dele, mas Alice já pegou a AK da sentinela, que pende da alça sobre o ombro de Martinez. Ela vocifera:

— ME DÊ ISSO!

— Ei! — Martinez não sabe o que está acontecendo, o puxão em seu ombro vindo acompanhado por vozes gritando ao redor, e os outros homens o empurrando para seguir adiante.

Alice já ergueu e mirou a AK, então puxa o gatilho — ainda bem que o garoto na muralha mantém a arma engatilhada e municiada, o pino de segurança removido o tempo todo —, e a arma ruge.

Um buquê de fogo faísca e brilha do cano curto quando as cápsulas saem voando, e as rajadas acertam uma cadeia de buracos na têmpora do Mordedor, na bochecha, na mandíbula, no ombro e na metade do tronco. A coisa se contorce e remexe nos espasmos de morte abaixo do médico ferido, e Alice continua atirando e atirando e atirando, até que o cartucho emita um clique avisando que está vazio, e o ferrolho se abre — e ela continua atirando.

— Está tudo bem... tudo bem, Alice.

O ruído baixo de uma voz masculina é a primeira coisa que penetra os ouvidos zunindo e o cérebro traumatizado dela. A moça abaixa a arma e percebe que o Dr. Stevens está se dirigindo a ela da pilha ensopada de sangue de uma carroça fúnebre na qual ele está.

— Ah, meu Deus, doutor... DR. STEVENS! — Alice atira o rifle de assalto no chão com um baque e vai até o médico.

Então fica de joelhos e toca o pescoço dele, molhando as pontas dos dedos com o sangue arterial de Stevens enquanto procura a pulsação, tentando se lembrar das aulas de primeiros-socorros que o médico lhe deu, dos protocolos da unidade de traumas, quando percebe que Stevens puxa o jaleco de Alice com os dedos sujos de sangue.

— Não estou... morrendo... Alice... pense nisso... *cientificamente* — murmura ele pela boca cheia de sangue. Na escuridão, o rosto do médico parece quase sereno. Os outros se juntam atrás de Alice e ouvem atentamente. — Só estou... evoluindo... para outra... *pior*... forma de vida.

O horror se espalha de pessoa a pessoa pairando sobre ele enquanto Alice luta contra as lágrimas e acaricia a bochecha de Stevens.

— Doutor...

— Ainda existirei, Alice... de alguma forma — murmura ele, em algo que mal é um sussurro. — Leve os suprimentos, Alice... vai precisar deles... para cuidar dessas pessoas. Use o que ensinei a você. Agora vá... vá... vá embora.

Alice olha fixamente enquanto a vida do médico é drenada de dentro dele, os olhos inteligentes de Stevens vão ficando vítreos, então vazios, encarando o nada. Ela deixa a cabeça pender para a frente, mas nenhuma lágrima sai. A desolação dentro de Alice não permite que lágrimas venham naquele momento.

Martinez está parado ao lado dela, observando tudo isso com intensidade nervosa. Um punhado de emoções contraditórias revira seu estômago. Ele gosta dessas pessoas — do médico e de Alice — independentemente do ódio delas pelo Governador, das traições mesquinhas, dos planos e das fofocas e do sarcasmo e do desrespeito. Que Deus ajude Martinez, mas *ele gosta delas*. Martinez sente uma proximidade estranha com elas e, agora, está tateando no escuro.

Alice fica de pé, pega a bolsa de suprimentos médicos.

Martinez toca o ombro dela e diz baixinho:

— Precisamos ir.

Alice assente, não diz nada, encara os corpos.

— As pessoas na cidade acharão que os tiros foram apenas o vigia matando Mordedores que se aproximaram demais da cerca — continua Martinez, com a voz apressada e inexpressiva devido à tensão. Ele olha por cima do ombro para os outros dois homens, que aguardam, parecendo abalados. Martinez se volta para Alice. — Mas o som vai atrair mais Mordedores e precisamos ter partido antes que cheguem aqui.

Ele olha para o rosto sem vida do médico, manchado com sangue, congelado na morte.

— Eu... Ele era um bom amigo — acrescenta Martinez, por fim. — Também sentirei saudade.

Alice dá um último aceno de cabeça, então se vira. Ela assente para Martinez.

Sem mais uma palavra, Martinez pega a AK e gesticula com a mão para os outros, então lidera os três sobreviventes até uma estrada lateral — e na direção dos limites da cidade —, suas silhuetas são engolidas em instantes pela escuridão absoluta, impiedosa, implacável.

— Droga, querida... *coma*! — O Governador se abaixa e se apoia sobre as mãos e os joelhos no carpete de odor fétido da sala de estar, segurando um pé humano decepado pelo dedão diante da menininha morta. A espada japonesa está no chão, próxima, um tesouro, um talismã, um butim de guerra que o Governador não tirou de vista desde o fiasco na pista de corrida, cujas implicações agora são a coisa mais afastada de sua mente. — Não está completamente fresco — diz ele, indicando o apêndice acinzentado —, mas juro que esta coisa estava andando a menos de duas horas.

O minúsculo cadáver dá um puxão na corrente a 45 centímetros da mão do Governador. Ela emite mais um pequeno grunhido — uma bonequinha falante quebrada — e afasta os olhos como vidro congelado da guloseima.

— Vamos lá, Penny, não é tão ruim. — O Governador se aproxima e agita o pé decepado e pingando diante dela. É bem grande, difícil dizer se é de homem ou de mulher, os dedos são pequenos, mas naturais, não há resquício de esmalte, e já começou a se tornar azul-esverdeado e enrijecer com *rigor mortis*. — E só vai piorar se você não comer. Vamos, querida, faça isso por...

Um enorme estampido faz o Governador recuar sobressaltado no chão.

— Que porra! — Ele se volta para a porta da frente, do outro lado do cômodo.

Mais um estampido descomunal ecoa. O Governador fica de pé.

Um terceiro impacto na porta resulta em poeira de argamassa escorrendo do portal e um leve ruído de rachadura na borda do ferrolho.

— Que diabo você quer?! — grita ele. — E não bata tão forte na porcaria da minha porta!

O quarto impacto arranca o ferrolho e a corrente, a porta se escancara tão forte que bate na parede adjacente em uma explosão de estilhaços e poeira, a maçaneta se enterra na madeira como uma bucha.

A inércia leva o intruso para dentro do cômodo como um redemoinho.

O Governador fica tenso no meio da sala — os punhos fechados e erguidos, os dentes trincados em uma encenação do instinto de lutar ou correr. Ele parece ver um fantasma se materializar ao lado do sofá de segunda mão.

Michonne entra aos tropeços no apartamento, quase caindo de cara devido a todo o impulso para a frente.

Ela desliza e para a menos de 1 metro do alvo de sua missão.

Recuperando o equilíbrio, Michonne estica os ombros, com os punhos também fechados, os pés plantados firmemente agora, a cabeça inclinada para a frente em uma postura ofensiva.

Por brevíssimos instantes, eles ficam parados se encarando. Michonne se recompôs a caminho dali — o macacão esticado, a blusa para dentro, a faixa de cabelo amarrada ao redor das tranças fartas —, a ponto de parecer pronta para começar um dia de trabalho ou, possivelmente, ir a um funeral. Depois de uma pausa insuportável — os dois combatentes encarando-se com uma intensidade quase patológica —, o primeiro som emitido vem do Governador.

— Ora, ora. — A voz dele é baixa, inexpressiva, fria, nenhuma perturbação ou emoção. — Isso vai ser interessante.

Dezessete

— Minha vez — diz Lilly, a voz quase inaudível acima do canto dos grilos e da brisa que chacoalha os galhos ao redor da clareira escura. Ela encontra uma foto tirada com uma câmera descartável, Megan e ela em um bar em Myrtle Beach, as duas completamente chapadas, os olhos turvos e vermelhos como brasa. Lilly fica de pé e vai até o buraco no chão. — Um brinde à minha melhor amiga, minha garota, minha velha amiga Megan, que descanse em paz.

A fotografia flutua e cai como uma folha morta no buraco.

— À Megan — diz Austin, e toma mais um gole do suco açucarado. — Tudo bem... a seguir... meus *irmãos*. — Ele pega uma gaita pequena e enferrujada do bolso. — Eu gostaria de brindar a meus irmãos, John e Tommy Ballard, que foram mortos por errantes em Atlanta no ano passado.

Austin atira a gaita no buraco. O pequeno instrumento de metal tilinta e quica no chão duro. Austin abaixa o olhar para ele, os olhos distantes e brilhantes.

— Ótimos músicos, caras legais... espero que estejam em um lugar melhor agora.

Austin limpa os olhos quando Lilly ergue o copo e fala, baixinho:

— A John e Tommy.

Cada um toma outro gole.

— O meu próximo é um pouco estranho — diz Lilly, ao encontrar a pequena cápsula de calibre .22 e a erguer entre o dedão e o indicador. O latão brilha ao luar. — Estamos cercados por morte, todo dia; a morte está em toda parte — diz ela. — E eu gostaria de enterrá-la, porra... sei que não muda nada, mas só quero fazer isso. Pelo bebê. Por Woodbury.

Lilly atira a bala no buraco.

Austin encara a pequena cápsula de metal por um momento, então murmura:

— Por nosso bebê.

Lilly ergue o copo.

— Por nosso bebê... e pelo futuro. — Ela pensa por um momento. — E pela espécie humana.

Os dois encaram a bala.

— Em nome do Espírito Santo — diz Lilly, bem baixinho, encarando o buraco no chão.

Uma luta — do tipo espontâneo, mano a mano — acontece de muitos jeitos. No oriente, o negócio das lutas é zen, é estudado, controlado, acadêmico; os oponentes costumam se atacar com anos de treinamento nos currículos, um tipo de precisão matemática. Na Ásia, o oponente mais fraco aprende a usar as forças do adversário contra ele, a agressão é resolvida rapidamente. Do outro lado do espectro, em ringues competitivos ao redor do mundo, batalhas de estilo livre podem durar horas, com muitos rounds, o resultado final depende da resistência física de cada pugilista.

Um terceiro tipo de luta ocorre nos becos escuros das cidades norte-americanas, durante o qual os oponentes entram em um tipo totalmente diferente de batalha. Rápida e brutal e imprevisível — às vezes esquisita —, a luta de rua comum costuma terminar em segundos. Lutadores de rua têm uma tendência a atirar golpes uns contra os outros, caoticamente, impulsionados pelo ódio, e a balbúrdia toda costuma terminar em empate... ou pior, com alguém finalmente sacando uma faca ou uma arma de fogo para dar às coisas uma conclusão rápida e mortal.

A batalha que ocorre na sala de estar fétida e mal iluminada do Governador naquela noite abarca todos os três estilos e dura um total de 87 segundos — dos quais os cinco primeiros envolvem muito pouca luta de fato. Começa com os dois oponentes plantados onde estão, encarando um ao outro.

Muita informação não verbal é trocada durante esses primeiros cinco segundos. Michonne mantém o olhar colado no do Governador, e o Governador a encara de volta — nenhum dos adversários sequer pisca para o outro — e o cômodo parece se cristalizar em um diorama preso no gelo.

Então, por volta do segundo de número três, o Governador desvia o olhar por uma fração de segundo para o chão do seu lado direito.

Ele repara na criança e na espada, cada uma a seu alcance. Penny parece alheia ao drama humano que se desdobra ao seu redor, o rosto lívido e esbranquiçado enterrado no balde de entranhas. A espada reluz sob a iluminação fraca de uma lâmpada incandescente.

O Governador tenta ao máximo, no curso daquela fração de segundo, *não* exibir nenhum pânico ou qualquer preocupação exterior pela segurança de sua garotinha morta, nem a ideia que se forma em sua mente — o cérebro humano pode formular noções complexas no mínimo espaço de tempo, menos tempo do que leva para que uma sinapse seja disparada —, de que talvez consiga agarrar a espada e concluir a questão rapidamente.

No espaço daquele único segundo — o terceiro em uma série de 87 — Michonne também desvia o próprio olhar na direção da garota e da *katana*.

No segundo número quatro o Governador volta o olhar para o olhar incandescente de Michonne. Nesse tempo, ela também já voltou os olhos para o Governador.

Na duração do próximo segundo e meio — o número quatro e uma porção do número cinco —, os dois inimigos interpretam o olhar um do outro.

O Governador agora sabe que ela sabe o que ele está pensando, e Michonne sabe que ele sabe, e no meio segundo seguinte — o restante do número cinco — é o fim de uma contagem regressiva. As máquinas entram em ação, e a coisa explode.

Leva seis segundos para que a fase seguinte do encontro se desdobre.

O Governador mergulha na direção da espada, e Michonne emite um grito retumbante de "NÃO!", e, quando o ombro do Governador atinge o carpete a menos de 1 metro da lâmina, a mão estendida dele se aproximando da adjacência daquele magnífico punho com a gravação escamosa de serpente, Michonne também já se aproximou com a instantaneidade de um trovão.

Ela instintivamente desfere o primeiro golpe do conflito no segundo número 11. A perna de Michonne sobe e chuta o Governador. A ponta dura da bota da mulher acerta a lateral do rosto dele abaixo da têmpora, no momento em que o Governador segura o cabo da espada.

O estalo nauseante de couro duro fraturando uma mandíbula humana preenche o cômodo — um som pouco diferente de um talo de aipo se partindo —, e o Governador se encolhe para trás em agonia, um filete de sangue escorrendo da boca. Ele cai de costas, a espada intocada.

Os oito segundos seguintes são uma confusão de movimentos explosivos e quietude repentina. Michonne se aproveita do estupor inebriado pelo golpe no Governador — ele conseguiu se virar e ficar sobre os cotovelos e os joelhos agora, o rosto escorrendo sangue por todo o lugar, os pulmões pesando — e dispara rapidamente na direção da espada caída. Ela a pega e gira de volta em menos de três segundos, então passa os quatro segundos seguintes recuperando o fôlego e se preparando para desferir o golpe fatal.

A essa altura, exatamente 19 segundos se passaram, e parece que Michonne tem a vantagem. Penny ergueu o rosto da refeição e grunhidos baixos são disparados para os dois adversários. O Governador consegue ficar sobre os joelhos bambos.

O rosto dele, sem que o Governador tenha noção, exibe uma expressão de pura e inalterada sede de sangue, sua mente é uma tela de TV ao final de um dia de programação — uma parede vazia murmurando ruído branco —, bloqueando todo pensamento externo a não ser matar aquela porra de vaca naquele mesmo instante. O Governado instintivamente abaixa o centro de gravidade, como uma cobra se encolhe antes de atacar.

Ele consegue ver a espada na mão da mulher como um bastão mágico que absorve toda a energia do cômodo. Sangue e baba pingam da boca do Governador. Michonne está de pé a apenas 1,5 metro dele agora, com a espada erguida. Já se passaram 27 segundos. Um golpe bem desferido com aquela ponta chanfrada da lâmina e tudo estará terminado, mas isso sequer perturba o Governador agora.

Aos trinta segundos ele ataca.

A manobra seguinte de Michonne dura um total de três segundos. Um, ela permite que ele fique a centímetros de distância, dois, ela desfere um de seus chutes na virilha que são marca registrada, três, o golpe imobiliza o Governador. A essa proximidade, o bico reforçado com aço da bota de cano alto de Michonne acerta com resultados tão intensos que o Governador literalmente se dobra ao meio, todo o fôlego é forçado para fora dele, a mistura de sangue, coriza e saliva na boca do homem é atirada para fora em um borrifo pelo chão. O Governador emite um murmúrio confuso e cai de joelhos diante de Michonne, arquejando por fôlego, a dor é como se um aríete o esmagasse no estômago. O homem agita os braços por um momento, como se tentasse se agarrar a alguma coisa, então cai sobre as mãos e os joelhos.

Vômito de sangue jorra para fora dele, encharcando o carpete aos pés de Michonne.

Aos quarenta segundos, as coisas se acalmam. O Governador pragueja e tosse e tenta se recompor no chão. Ele consegue sentir Michonne de pé sobre si, olhando para baixo com aquela calma esquisita no rosto. Ele consegue sentir quando ela ergue a lâmina. O Governador engole o gosto amargo de bile na garganta e fecha os olhos, então espera pelo sussurro da lâmina forjada à mão beijar sua nuca e acabar com aquilo tudo. É isso. Ele espera para morrer naquele chão como um cachorro açoitado. Então abre os olhos.

Michonne hesita. Ele ouve a voz dela, suave e tranquila e fria como a de um gato ronronando:

— Não queria que fosse tão rápido.

Cinquenta segundos.

— Não quero que tenha terminado — diz ela, parada acima do Governador, a lâmina oscilando.

Cinquenta e cinco segundos.

Bem no fundo da mente do Governador, uma fagulha se acende. Ele tem uma chance. Uma última oportunidade contra ela. Ele finge tossir de novo e não olha para cima, tosse de novo, mas, tão sutilmente, o Governador pisca e olha para os pés de Michonne — para aquelas botas com biqueira de aço afastadas à distância de um ombro diante dele — a apenas centímetros de suas mãos.

Uma última chance.

No sexagésimo segundo, o Governador agarra a parte inferior do corpo de Michonne. Surpreendida, a mulher cambaleia para trás.

O Governador cai sobre ela como um amante, a espada dispara pelo chão. O impacto deixa Michonne sem ar. O Governador consegue sentir o cheiro almiscarado dela — suor e cravos e o toque acobreado de sangue seco — conforme Michonne se contorce abaixo dele, a espada está a apenas 45 centímetros dela no carpete. O brilho da lâmina chama a atenção do Governador.

No segundo número 65, ele tenta pegar a espada, estende a mão para o cabo. Mas antes que tenha a chance de tocá-la, os dentes de Michonne se enterram na carne do ombro do Governador, na base do pescoço, e ela morde com tanta força que seus dentes perfuram a pele e camadas de tecido subcutâneo e, por fim, chegam ao músculo.

A dor lancinante é tão repentina e enorme e afiada que o homem grita como uma menininha. Ele rola para longe de Michonne — movendo-se por instinto agora — segurando o pescoço e sentindo a umidade escorrer entre os dedos. Michonne recua e cospe um punhado de tecido, o sangue escorre pela frente do corpo dela em córregos espessos.

— Por... PORRA! VACA!

O Governador consegue se sentar, estancando o fluxo de sangue com a mão. Não lhe ocorre que a mulher pode muito bem ter perfurado sua jugular e ele já seja um homem morto. Não ocorre a ele que

Michonne dispara para a espada. Sequer lhe ocorre que a mulher se ergue sobre ele de novo.

Tudo em que o Governador consegue pensar naquele momento — aos 73 segundos da luta — é parar o sangue que escorre de seu pescoço.

Setenta e cinco segundos.

O Governador engole o gosto metálico na boca e tenta enxergar através dos olhos cheios d'água conforme o sangue encharca o carpete velho.

Aos 76 segundos, ele ouve ruídos de inalação quando a oponente respira fundo e se levanta sobre ele de novo, murmurando algo que parece um pouco com "Tenho uma ideia *melhor*".

O primeiro golpe do cabo cego da espada acerta o crânio dele acima do osso do nariz. Faz um ruído alto de estalo no ouvido do Governador — a violência de um taco de beisebol Louisville Slugger acertando o ponto exato de uma bola difícil — e o prende ao chão.

Com os ouvidos zunindo, a visão embaçada, dor angustiante, o homem faz uma última tentativa de agarrar os tornozelos de Michonne quando o cabo duro como ferro desce de novo.

Depois de 83 segundos de confronto, o Governador desaba, uma sombra escura ofusca sua visão. O golpe final contra o crânio dele chega aos 86 segundos, mas o Governador mal sente.

Um segundo depois, tudo fica completamente escuro, e ele está flutuando no espaço.

Na escuridão iluminada pelo luar da clareira, no silêncio farfalhante da noite, Lilly cuidadosamente desembrulha o último objeto a ser jogado na boca da cratera de fogueira. Do tamanho de um caroço de pêssego, está aninhado em seu lenço. Ela olha para a coisa, uma única lágrima desce por sua bochecha. Lilly se lembra de tudo que aquele pequeno nódulo significa para ela. Josh Hamilton salvou sua vida. Josh foi um homem bom que não merecia morrer como morreu, uma bala na nuca, disparada por um dos brutamontes de Woodbury, o homem que chamavam de açougueiro.

Lilly e Josh viajaram muitos quilômetros juntos, aprenderam a sobreviver juntos, sonharam com tempos melhores juntos. Um cozinheiro gourmet, um chef executivo profissional, Josh Hamilton tinha de ser o único homem que viajou pelas estradas do apocalipse com uma trufa negra italiana no bolso. Ele raspava flocos daquela coisa para dar sabor a óleos e sopas e pratos com carne. O sabor com toque de noz e terra era indescritível.

A coisa no colo de Lilly ainda exala um aroma pungente, e ela se inclina e dá uma fungada profunda. O odor preenche seus sentidos com memórias de Josh, memórias de quando chegou a Woodbury, memórias de vida e morte. Lágrimas enchem seus olhos. Lilly ainda tem um pouco de suco de uva no copo e agora o levanta.

— A um velho amigo — diz ela. — Ele salvou minha vida mais de uma vez.

Ao lado de Lilly, Josh inclina a cabeça, sentindo a importância do momento, a mágoa sendo exorcizada. Ele segura firme o copo, próximo ao peito.

— Espero que nos encontremos de novo algum dia — diz Lilly, e segue até o buraco.

Ela atira o pequeno nódulo preto no buraco com os outros objetos simbólicos.

— Amém — diz Austin, baixinho, e toma um gole. Ele vai até Lilly e coloca o braço ao redor dela, e, por um momento, os dois ficam de pé ali, na escuridão, encarando o amontoado de artefatos no buraco.

O zunido ambiente de grilos e do vento acompanha os pensamentos silenciosos dos dois.

— Lilly?

— Sim?

Austin olha para ela.

— Já mencionei que amo você?

Ela sorri e continua olhando para o chão.

— Cale a boca e comece a cavar, bonitinho.

* * *

No vazio da noite absoluta — a escuridão no fundo das fossas Marianas —, uma frase sem sentido flutua na escuridão opaca como um sinal fantasmagórico, uma mensagem que não significa nada, um bipe de energia elétrica codificada que estala através da tela mental de um homem ferido com a intensidade de neon:

A COR DE MARACA!

O homem ferido não entende. Ele não consegue se mover. Não consegue respirar. Fundiu-se com a escuridão. É uma bolha amorfa de carbono flutuando no espaço... mas mesmo assim... mesmo assim... ainda sente a presença dessa mensagem direcionada apenas a ele, um comando urgente que não faz sentido algum:

A CORDA MATRACA!

De uma só vez, ele sente as leis físicas do universo retornando muito devagar, como se estivesse em uma embarcação acertando o curso na parte mais profunda do oceano, sentindo o peso da gravidade através de névoas de dor paralisante, agindo sobre ele — primeiro no tronco, depois nas extremidades —, uma sensação de puxão abaixo e em ambas as laterais do corpo, como se as amarras que o mantêm prisioneiro naquele tanque escuro de privação sensorial estivessem ficando apertadas.

O homem sente a existência do próprio rosto, grudento com sangue, quente com inflamação, uma pressão na boca, uma sensação de ardência nos olhos, que ainda não enxergam, mas começam a absorver uma luz reluzente e nebulosa de algum lugar acima.

No fundo do cérebro, a mensagem de neon sendo transmitida vagarosamente se torna clara, pelo som ou por algum outro meio telepático rudimentar, e, quando a mensagem entra em foco hesitantemente — um imperativo ríspido, encaixando-se como peças de um cubo enigmático —, a psique fraturada do homem começa a computar o significado mais profundo dela.

O comando irritado direcionado a ele dispara um alarme de aviso que estraçalha a coragem do homem e enfraquece sua determinação. Todas as defesas dele desabam. Todos os bloqueios em seu cérebro — todas as paredes de concreto e divisórias e compartimentos — caem em ruínas... até que ele não seja nada... nada além de um ser humano despedaçado tateando no escuro, horrorizado, minúsculo, fetal... conforme as palavras codificadas são vagarosamente decifradas em sua mente:

ACORDE, BABACA!

A voz vem de apenas centímetros de distância, uma voz feminina familiar, áspera.

— Acorde, babaca!

Ele abre os olhos ressecados. *Ai, Deus, ai, Deus, não, não, não —* NÃO! Uma voz no fundo do subconsciente do homem registra o horror e a verdadeira natureza da situação: ele está amarrado às paredes da própria sala de estar fétida, que agora serve como um reflexo perfeito da câmara de tortura na qual ele manteve Michonne, logo abaixo da pista de corrida.

Uma única lâmpada de segurança no teto, em uma luminária de alumínio, o ilumina. Michonne deve tê-la trazido. A parte superior do corpo do Governador está açoitada e ferida, puxada tão intensamente pelas cordas que os ombros dele estão quase deslocados. O restante do Governador — que ele agora percebe, bastante horrorizado, estar completamente nu — se apoia nas pernas dobradas sobre os joelhos e estranhamente abertas contra um painel de madeira apressadamente pregado ao carpete abaixo dele. O pênis do Governador dói, esticado em um ângulo estranho abaixo do corpo, como se colado ao chão em uma poça de sangue coagulado. Um fio de baba espessa, viscosa e sangrenta pende do lábio inferior dele.

A voz fraca como um miado bem dentro do Governador perfura o barulho na mente dele: *Estou com medo... ai, Deus, estou com medo...*

CALE A BOCA!

Ele tenta afastar a voz. Está com a boca seca como uma mina de calcário. Sente um gosto amargo de cobre, como se estivesse chupando moedas. A cabeça do Governador parece pesar 500 quilos. Ele pisca e pisca, tentando se concentrar no rosto sombreado diante de si.

Gradualmente, em ondas embaçadas como miragens, o rosto fino de uma mulher de pele negra entra em foco — ela se agacha em frente ao homem, a apenas centímetros de distância —, fuzilando-o com o olhar.

— Finalmente! — diz a mulher, com uma intensidade que o faz se afastar sobressaltado. — Achei que *nunca mais* acordaria.

Vestida com macacão, arco de cabeça e tranças e botas, a mulher apoia o braço nos quadris bem diante dele como uma técnica inspecionando um aparelho defeituoso. Como ela fez aquilo, porra? Por que ninguém viu aquela vaca espreitando a casa dele? Onde estão Gabe e Bruce, porra? Onde está Penny, porra? O Governador tenta manter contato visual com a mulher, mas tem dificuldade em segurar a cabeça de meia tonelada erguida. Ele quer fechar os olhos e dormir. Sua cabeça oscila, e ele ouve aquela voz terrível.

— Você desmaiou uma segunda vez quando preguei seu pau à tábua sobre a qual está. Lembra-se disso? — A mulher inclina a cabeça curiosamente para ele. — Não? Memória um pouco ferrada? Está me acompanhando?

O Governador começa a hiperventilar, o coração se atirando contra o peito. Ele sente a voz interior — em geral enterrada bem no fundo das cavidades mais remotas de seu cérebro — gorgolejando até a superfície e assumindo, dominando sua consciência: *Ai, Deus, estou com tanto medo... estou com medo... o que eu fiz? É Deus se vingando. Eu jamais deveria ter feito as coisas que fiz... com essa mulher... com os outros... com Penny... estou com tanto medo, droga... não consigo respirar... não quero morrer... por favor, Deus, não quero morrer, por favor, não me faça morrer, não quero morrer, ai, Deus, ai, Deus...*

... CALE A PORRA DA BOCA!!...

Philip Blake silenciosamente vocifera com a voz em sua mente, a voz de Brian Blake — seu eu mais fraco e mais sentimental — quando enrijece o corpo e se contorce contra a corda. Uma pontada lancinante de dor atinge seu tronco desde o pênis mutilado, e ele emite um arquejo inaudível por trás da fita colada sobre a boca.

— Calma aí, cowboy! — A mulher sorri para ele. — Não me mexeria tanto se fosse você.

O Governador deixa a cabeça oscilar e fecha os olhos, então exala fracamente pelas narinas. A mordaça está apertada em sua boca, um pedaço de fita prateada de 10 x 10 centímetros. Ele tenta gemer, mas sequer consegue fazê-lo — suas cordas vocais estão estranguladas pela dor e pela guerra que acontece dentro de si.

A parte "Brian" do Governador abre caminho de volta para a superfície através das camadas... até que se insinua de novo no cérebro dele: *Deus, por favor... por favor... eu fiz coisas ruins eu sei, eu sei, mas não mereço isso... não quero morrer assim... não quero morrer como um animal... neste lugar escuro... estou com tanto medo que não quero morrer... por favor... eu imploro... tenha misericórdia... vou implorar a esta mulher... vou implorar por minha vida, por piedade, por minha vida, por favor, por favor, por favor, por favor, por favor, por favor, por favor, AI DEUS, por favor, DEUS, por favor...*

Philip Blake se encolhe, o corpo convulsionando, a corda enterrando-se em seus pulsos.

— Calma aí, amigo — diz a mulher para ele, o rosto marrom reluzente quase sanguíneo à luz intermitente da lâmpada que oscila devagar. — Não quero que desmaie de novo antes que eu tenha a chance de começar.

Os olhos se fecham, os pulmões explodem com fogo, o Governador afoga a voz, engole-a de volta, enfia-a de volta nos convolutos obscuros do cérebro. Ele silenciosamente urra para o outro eu: PARE COM A PORRA DAS RECLAMAÇÕES, SEU BEBÊ FRACO, E OUÇA, OUÇA, OUÇA, OUÇA... VOCÊ NÃO VAI IMPLORAR E NÃO VAI CHORAR COMO UMA PORRA DE BEBÊ, PORRA, SEU BEBEZINHO!!!

A mulher interrompe o clamor:

— Fique calmo por um segundo... e pare de se contorcer... e ouça. Você não precisa se preocupar com a garotinha...

Os olhos de Philip Blake se abrem à menção de Penny, e ele olha para a mulher.

— ... eu a coloquei no quarto da frente, do lado de dentro, onde você guardava toda essa tralha. O que está fazendo? Construindo uma jaula para sua pequena escrava sexual? Por que a tem aqui? — A mulher contrai os lábios pensativamente. — Aliás... nem responda. Nem quero saber.

Ela se levanta e fica de pé acima dele por um momento, então respira fundo.

— Estou ansiosa para começar.

Agora, a tempestade devastadora no cérebro de Philip cessa subitamente como se um fusível tivesse queimado. Ele ergue o rosto para a mulher, sua visão periférica perdida — ela está totalmente concentrada nele agora —, e Philip encara assustado quando a mulher se vira e caminha lentamente pelo cômodo, movendo-se com um tipo de autoridade casual, como se tivesse todo o tempo do mundo.

Por um único instante, Philip acha que ouve a mulher assobiando baixinho conforme vai até uma sacola grande e manchada de graxa no chão, no canto mais afastado do cômodo. Ela se abaixa e vasculha diversas ferramentas.

— Começarei com um pouco de "mostre e conte" — murmura a mulher, e tira um alicate da sacola. Ela fica de pé, se vira e exibe o alicate para Philip como se pedindo um lance em um leilão. *Qual é o lance de abertura para este belíssimo alicate de titânio artesanal?* A mulher o encara. — "Mostre e conte" — reitera ela. — Vou usar tudo isso em você antes que morra. Primeiro... este alicate excelente.

Philip Blake parece engolir ácido, então abaixa o rosto para a plataforma de madeira ensopada de sangue.

Michonne coloca o alicate de volta na sacola, depois pega outra ferramenta e mostra a ele.

— A seguir, um martelo. — Ela agita o martelo alegremente. — Já usei esta belezinha em você um pouco.

Michonne coloca o martelo de volta e vasculha um pouco mais o conteúdo da sacola enquanto Philip encara a plataforma manchada e tenta levar ar aos pulmões.

— OLHE PARA MIM, FILHO DA PUTA! — O rugido dela atrai a atenção de Philip de volta para o outro lado da sala. Michonne segura um aparelho pequeno e cilíndrico com um cano de cobre. — Maçarico de acetileno — diz ela, com uma espécie de expressão justiceira, a voz novamente calma. — E parece quase cheio também. Isso é bom. Você usou para cozinhar. — Michonne dá mais um sorriso gélido. — Eu também vou usar.

A cabeça de Philip Blake cai de novo, o ruído branco em seu cérebro estala.

A mulher do outro lado da sala encontra mais um aparelho e o puxa da sacola.

— Você vai gostar muito do que vou fazer com isto — diz ela, segurando uma colher dobrada sob a luz para que Philip possa ver bem. A concavidade da colher reluz na sala mal iluminada.

Tontura percorre o corpo do Governador, os pulsos dele latejam de dor.

Michonne vasculha a sacola em busca de mais um objeto e finalmente o encontra.

Ela ergue o aparato para que Philip o veja.

— Furadeira elétrica — diz Michonne. — Deve tê-la carregado recentemente... a bateria está cheia.

Ela caminha na direção do Governador apertando o gatilho da furadeira, iniciando o motor. O ruído lembra o rilhar de um instrumento dentário.

— Acho que começaremos por ela.

É preciso cada último fragmento de força para que Philip Blake encare a mulher nos olhos conforme a furadeira chia e, devagar, se aproxima da parte mais resistente do ombro esquerdo dele, onde o braço se liga ao tronco — o lugar onde moram todos os nervos.

Dezoito

Durante o curso normal do vaivém da vida diária de uma cidade pequena, um grito abafado na madrugada escura da noite não apenas levantaria suspeitas, mas também puro terror entre aqueles que cuidam da própria vida, sonolentos, com as janelas abertas para deixar entrar a brisa agradável de uma noite de primavera, ou cochilando no terceiro turno como balconistas em lojas de conveniência 24 horas. Mas naquele momento, a exatamente 1h33 da manhã, no horário padrão do leste, em Woodbury, Geórgia, conforme as lamúrias emanam do segundo andar do prédio do Governador, o ruído afogado e abafado por camadas de argamassa, concreto e vidro — além da fita prateada que suprime os gritos —, o curso da vida diária é tudo menos normal.

Os homens que trabalham no turno da noite nas muralhas ao norte, a oeste e ao sul começaram a abandonar seus postos, perplexos com a ausência do supervisor. Martinez não dá notícias há horas — um evento bizarro que deixa a maioria dos vigias quebrando a cabeça. Bruce e Gabe já descobriram a enfermaria deserta — o médico e Alice não se encontram em lugar nenhum — e agora os dois homens discutem se incomodam ou não o Governador com a notícia.

A calma esquisita na cidade também despertou Bob de um sono inquieto e levou-o a lutar para ficar de pé e fazer uma caminhada ébria no ar noturno para limpar a mente e entender por que as coisas parecem tão estranhamente paradas e silenciosas. Na verdade, Bob Stookey pode ser o único residente que de fato ouve os ruídos baixos de gritos naquele momento. Ele cambaleia ao passar diante da fachada do prédio do Governador quando os gritos agudos — mascarados pela mordaça de fita prateada, tão baixos, porém distintos quanto um pássaro cantando sobre a extensão escura de um lago parado — ecoam por detrás de uma das janelas cobertas por tábuas. O som é tão bizarro e inesperado que Bob acha que está imaginando — o álcool às vezes prega peças nele —, então continua a caminhada oscilante pela calçada, alheio à importância dos ruídos estranhos.

Mas nesse momento, dentro do referido prédio, no fim do corredor do segundo andar, dentro da sala de estar sufocada do maior apartamento, à luz amarelada de uma lâmpada pendente, que agora oscila levemente à corrente de ar, não há nada imaginário a respeito da dor infligida a Philip Blake. A dor é algo vivo, que respira — um predador —, mastigando o homem com a ferocidade de um javali selvagem chafurdando em busca de pepitas ensanguentadas no emaranhado de nervos entre o peitoral esquerdo e os músculos deltoides do Governador.

A furadeira canta conforme a broca afunda cada vez mais no tecido neural dele, jorrando sangue e partículas humanas no ar.

O grito de Philip — filtrado pela fita prateada, quase ao ponto de soar como um alarme de carro desafinado — é constante agora. Michonne empurra a broca giratória até a base, a névoa delicada de sangue é soprada de volta no rosto dela. Philip emite um gemido feral — que soa um pouco como *"MMMMMMMMMMMMMMGGGHHHHH!!!"* — conforme a furadeira zune e chia. Michonne finalmente solta o gatilho e, sem cerimônia, arranca a broca do miolo do ombro de Philip com um puxão violento.

O Governador estremece em agonia entre as duas cordas que estalam ruidosamente a cada contorção.

Michonne deixa a furadeira cair no chão, sem se preocupar muito com o bem-estar da ferramenta, rachando o exterior. Gavinhas de cartilagem e matéria orgânica estão agarradas à broca em um emaranhado sangrento. Michonne assente na direção da furadeira.

— Tudo bem — diz ela, falando mais consigo mesma do que com seu alvo. — Vamos cuidar desse sangramento e nos certificar de que você fique acordado.

Ela encontra o rolo de fita prateada, pega-o, puxa uma faixa, arranca com os dentes e a enrosca ao redor do ombro ensanguentado e ferido com muito pouco carinho. Michonne teria mais cuidado se estivesse decorando um peru para o jantar de Ação de Graças. Ela fecha o ferimento como se consertasse um cano vazando.

Enquanto isso, Philip Blake sente a cortina de escuridão se fechar sobre o campo visual. Ele sente o mundo se separando como dois painéis de vidro se abrindo debaixo d'água, formando uma imagem dupla que se dissipa mais e mais, até que a cabeça dele oscile para a frente e o frio se espalhe pelo corpo. Então Phillip misericordiosamente começa a desmaiar de novo.

O tapa surge do nada, forte e rápido, na lateral do rosto.

— ACORDE!

Philip cambaleia para trás contra as cordas, os olhos tremeluzindo até se abrirem para a visão aterrorizante da expressão determinada e perversa da mulher negra. Ainda com as cicatrizes e as marcas roxas do açoite da própria tortura, o rosto da mulher se enruga com desprezo, e ela fixa o olhar furioso e irredutível no Governador. O sorriso dela é tal qual o de um palhaço, com loucura e ódio.

— A última coisa que você quer fazer é desmaiar de novo — diz ela, tranquilamente —, vai perder toda a *diversão*.

A seguir vem o alicate de ponta curva. A mulher o procura na sacola e volta assobiando aquela melodia enlouquecedora que faz a pele do Governador se arrepiar. Parece que uma colmeia de vespas zune nos ouvidos dele. O homem fixa o olhar incandescente nas pontas afiadas daquele alicate, e Michonne se abaixa e pega a mão direita dele, que pende, inerte, do pulso amarrado. Assobiando distraidamente, ela, com cuidado, segura o indicador de Philip entre o próprio polegar e o indicador, como se estivesse prestes a fazer a unha dele.

É preciso algum esforço, mas Michonne arranca a unha do Governador rapidamente, como se arranca um Band-Aid de um machucado.

A dor lancinante espirala pelo braço do homem, estrangulando-o, incendiando os tendões de Philip como lava derretida. O rugido feroz que ele emite — suprimido pela mordaça de fita — parece o de uma vaca sendo abatida. Michonne segue para o dedo médio e arranca a unha. Sangue pinga e se acumula. Philip começa a hiperventilar com agonia. Ela faz o terceiro dedo e o mindinho por precaução.

— Essa mão está destruída agora — diz Michonne, tão indiferente quanto uma manicure que oferece conselhos de beleza. Ela solta o alicate, se vira e procura por algo do outro lado do cômodo. — Simplesmente arruinada — murmura Michonne, ao encontrar a espada.

Ela volta e, com muita destreza — sem hesitar —, ergue o corpo como um rebatedor da liga profissional de beisebol prestes a mirar a cerca e desce a espada com força e rapidez na articulação do braço direito do Governador, logo acima do cotovelo.

A primeira sensação que atinge Philip Blake — antes da dor incandescente e insuportável — é um alívio de pressão quando a corda oscila para longe com o braço arrancado preso a ela. O pênis de Philip se solta da tábua e sangue jorra do coto em frangalhos quando o homem cai de lado, agora solto da parede leste. Ele atinge o chão com força, olhando para o que restou do braço direito com um horror incompreensível — bem no centro dos olhos, nas pupilas, no miolo das íris, as aberturas se fechando até parecerem cabeças de alfinetes que queimam como díodos —, e emite um ruído grotesco por trás da mordaça de fita prateada, lembrando um porco estrangulado.

O sangue o banha a essa altura, tornando a plataforma de madeira tão viscosa quanto uma poça de óleo. Um frio profundo envolve Philip, transformando sua carne em gelo.

— Não se preocupe — diz Michonne a ele, mas o homem mal consegue ouvir uma palavra do que ela diz. — Tenho quase certeza de que posso parar o sangramento. — Michonne tira um isqueiro Zippo do bolso. — Onde está aquele maçarico?

Na passagem surreal de tempo antes que a mulher retorne com o maçarico, deitado no chão sobre o próprio sangue, o frio irradiando por seu corpo, Philip sente a outra voz bem no fundo de alguma cavidade enterrada do cérebro, soluçando e engasgando na súplica angustiada: *Deus, por favor, não me deixe morrer assim... por favor... me salve... não deixe acabar... assim não... não quero morrer ass...*

BASTA!

BASTA!!

Bem no fundo da alma, Philip Blake supera um obstáculo, a revelação percorre sua espinha e explode no cérebro.

Em câmera superlenta, Michonne se aproxima com o maçarico, acende o bico com um WWWWHOOMP, mas a visão da mulher não mais perturba Philip, não mais o alarma. Ela é o destino em duas pernas, e Philip encontra sua verdadeira personalidade ali. Ele observa enquanto a mulher abaixa a chama arqueada na direção do coto em frangalhos que é seu cotovelo. Philip olha para ela com aquele único olho — espreitando entre mechas pendentes dos cabelos oleosos — e tem a maior epifania da vida.

Está na hora, pensa ele, projetando os pensamentos para Michonne através do farol de seu olhar febril. *Vá em frente. Estou pronto. Acabe com isso. Eu a desafio. Vá em frente, vaca. Estou pronto para morrer, porra. Então me mate... agora... ME MATE! APOSTO QUE NÃO TEM A PORRA DO ESTÔMAGO! VÁ EM FRENTE E ME MATE AGORA SUA VACA!!*

Michonne queima o coto com a chama azul, cauterizando sangue e carne e tecido, emitindo ruídos de estalo aterrorizantes na sala de estar silenciosa, a fumaça espumando e a medula chiando, irradiando a pior dor que Philip jamais sentiu pelo corpo... jamais.

Jamais.

E, infelizmente para Philip Blake — também conhecido como Governador —, o processo não o mata.

E a mulher chamada Michonne apenas começou a trabalhar em Philip.

Do outro lado da cidade, sob as estrelas, conforme o canto onipresente de grilos e outros ruídos farfalhantes da noite continuam, imperturbados, a primeira pá de terra é jogada sobre o buraco para fogueira. A terra arenosa e marrom-escura da Geórgia cai sobre a fotografia de Megan com um leve estampido. Austin enche mais uma pá e joga a terra. E outra. E outra. E a terra começa a cobrir a pilha de objetos preciosos com o caráter definitivo de um enterro.

Em certo momento, Austin para de encher a pá e olha para Lilly, que está próxima, enroscada em um cobertor, observando. Ela segura o cobertor com força ao redor do pescoço, conforme deixa as lágrimas se acumularem até que escorram pelas bochechas e umedeçam a ponta do cobertor.

Austin entrega a Lilly uma pá cheia de terra, e ela joga o conteúdo no buraco.

Nenhum dos dois diz em voz alta, mas a sensação que se passa entre eles é de desapego.

Estão se desapegando do luto, do medo, do passado. Têm um futuro agora. Têm um ao outro e têm um minúsculo embrião de vida nova crescendo dentro de Lilly como uma promessa silenciosa. Lilly sorri, triste, limpando o rosto. Austin sorri de volta para ela. Os dois terminam de preencher o buraco, e Austin baixa a pá.

Então eles voltam para os troncos de árvores cortadas e descansam os corpos cansados no silêncio escuro.

— Ah, você está acordado de novo... que bom.

A iluminação se tornou translúcida e onírica na terrível sala de estar conforme a voz de Michonne flutua como uma linda mariposa pairando no ar atrás dele. Philip não consegue mais vê-la — apenas a sombra rasgando o chão atrás dele —, mas consegue ouvir Michonne ali atrás, próxima à bunda dele. Philip percebe que foi reposicionado, e agora está deitado de bruços, o rosto pressionado contra a plataforma, a traseira elevada. Todos os órgãos sensoriais dele agora absorvem o ambiente vagarosamente, de modo embaçado —, uma câmera cuja lente foi desatarraxada.

A ponta fria e dura da colher penetra o reto de Philip com força e bem fundo.

Ele desliza para a frente com um tranco conforme o implemento afunda até seu osso sacro. Por um brevíssimo momento, os horrores do único exame de próstata que ele já fez retornam a Philip como uma enxurrada, o médico em Jacksonville — qual era o nome dele? Kenton? Kenner? — tagarelando distraidamente sobre as jogadas dos Falcons o tempo todo. Philip se imagina rindo daquela piadinha interna, mas em vez disso, arqueja.

Michonne enfia a colher até as vértebras sacras do Governador e gira-a como vingança — como se estivesse tentando pegar com uma colherada o cóccix e o intestino dele —, e Philip grita. Naturalmente, a fita abafa o grito, e tudo que ele ouve com os próprios ouvidos é uma série de gemidos infantis. O fogo em seu abdômen queima fora de controle quando Michonne começa a ter um pouco de dificuldade, a colher fica presa em alguma parte da anatomia interna do homem.

O Governador está prestes a mergulhar mais uma vez na areia movediça da inconsciência quando Michonne arranca a colher dobrada do ânus dele com um ruído úmido de sucção.

— Pronto — diz ela. — Vai ficar dolorido durante um tempo aí dentro.

Michonne se levanta e caminha diante do Governador de modo que ele possa vê-la de relance pela visão periférica febril. A mulher ergue a colher ensanguentada.

— E achei que colocá-la *dentro* fosse difícil — comenta ela, sarcasticamente, conforme as persianas se fecham novamente, tão misericordiosamente, sobre a visão do Governador, levando-o de volta para aquela escuridão abençoada, vazia e fria.

Os especialistas sabem como manter uma pessoa acordada e consciente durante o "interrogatório intensificado" — espiões da CIA, valentões do Terceiro Mundo, fantasmas da KGB, cartéis de drogas, etc. —, mas essa amazona com os dreadlocks de medusa não tem perguntas a fazer e não parece ter experiência na arte de manter uma pessoa consciente durante esse tipo de tortura apressada e improvisada. Tudo o que tem, até onde o Governador consegue ver, é o senso inato de justiça e um pouco de sabedoria de rua para se manter em ação e manter o Governador acordado. O Governador percebe tudo isso sempre que é despertado e vê que seu nível de compreensão foi corrompido e distorcido ainda mais através da lente surreal daquela dor infernal.

Dessa vez, ele acorda com a sensação de que um piano caiu em sua cabeça. Philip sente o impacto colossal, rachando a lateral de seu crânio, causando-lhe uma concussão, enviando minúsculas bombas de agonia até o osso do nariz. Ele ouve o retinir fora de tom de todas as 88 teclas do piano, de uma só vez, dentro da cabeça, e seus ouvidos cantam uma ária desafinada, o tilintar é tão alto que Philip mal pode respirar.

Michonne está de pé acima dele. Ela acerta a sola da bota sobre a cabeça do homem uma segunda vez.

O salto racha a mandíbula dele, e, de uma só vez, o Governador fica apenas semiacordado... não está totalmente consciente, mas também não está inconsciente de verdade.

Ele oscila e geme e dá risinhos por trás da fita, em um tipo de névoa neurológica, as funções mais sofisticadas do cérebro cessando e entrando em programação *default*: *o eu primordial*. O Governador sente que é um menininho em Waynesboro e está sentado no colo do pai no parque de diversões. Ele sente cheiro de pipoca e de merda de cavalo e de algodão doce. Ouve o realejo tocando uma melodiazinha engraçada, e a estrela do espetáculo — a Guerreira Negra de Bornéu — o circunda vagarosamente, circunda vagarosamente o assento sobre o colo do pai de Philip na primeira fileira.

— Acho que chutei você forte demais — diz ela, com a vozinha engraçada. O público bate palmas e ri. — Parece que algo se partiu.

Ele quer rir da piada engraçada da mulher, mas alguém — seu papai, talvez? — mantém a mão sobre sua boca. O que faz tudo parecer ainda mais engraçado. A Guerreira Negra de Bornéu se ajoelha perto do rosto de Philip. Ele ergue o olhar para ela. A mulher olha para ele e sorri um sorriso engraçado. O que vai fazer com aquela colher? Talvez faça o melhor truque de todos!

A mulher segura a colher perto do olho esquerdo de Philip e murmura:

— Não desmaie e me deixe... ainda não terminamos.

A ponta da colher está fria quando a mulher começa a cavar a órbita ocular dele. Isso lembra Philip a vez que o dentista precisou perfurar-lhe uma cavidade bem no fundo da boca — doeu tanto, tanto, tanto, tanto, taaaaaaaanto — e Philip ganhou um pirulito, e dói mais do que ele achou que seria possível. Philip até mesmo ouve os ruídos nojentos — como quando sua mamãe destrincha um frango para o jantar —, ruídos viscosos e aquosos. Enquanto a Moça de Bornéu cava a órbita ocular dele e a coisa, por fim, se desatarraxa do bocal.

Philip tem vontade de bater palmas para aquela incrível moça negra que consegue deixar a órbita ocular oscilando na metade do rosto dele, pendurada por fios de nervos e coisas vermelhas nojentas como serpentina úmida.

A visão dele agora fica totalmente errática e é como se Philip estivesse em um brinquedo emocionante — como quando papai levou seu irmão Brian e ele para o parque estadual Coração da Geórgia e eles andaram no Zipper — e tudo está girando. Philip ainda consegue ver — um pouco — pela órbita pendurada. E ainda consegue ver com o outro olho. E o que vê naquele momento faz com que ele se sinta mal pela Grande e Selvagem Guerreira de Bornéu.

Ela está chorando.

Lágrimas escorrem pelo rosto marrom e brilhante da mulher enquanto ela está agachada diante de Philip, e Philip se sente triste, *ele também*, de súbito, por aquela pobre moça. Por que ela está chorando? Está encarando Philip como uma criança perdida, como uma garotinha que acaba de fazer algo muito ruim.

Então outra coisa acontece que chama a atenção de Philip Blake.

Uma batida alta na porta o leva de volta para o presente. Philip pisca com o olho bom, e a moça pisca para afastar as lágrimas, então os dois ouvem a voz masculina grave e irritada do lado de fora da porta.

— GOVERNADOR! ESTÁ AÍ DENTRO?!

De uma só vez, a música do realejo para, e o pequeno Philip Blake não está mais no parque.

Michonne pega a espada, fica de pé e olha para a porta — paralisada pela indecisão. Ainda não terminou sua obra-prima, a peça mais importante do quebra-cabeça estava prestes a ser colocada no lugar, mas agora a coisa toda pode ser — em tantos níveis — *abreviada*.

Ela se volta para os restos grotescos no chão — o homem que mal se agarra à vida — e começa a dizer algo a ele quando a voz ecoa do lado de fora da porta.

— EI! PHIL! ABRA! A VACA MALUCA SUMIU, CARA! O MÉDICO E ALICE... E OS OUTROS DOIS TAMBÉM! — O ranger de madeira, um estalo.

Michonne olha para baixo, para o Governador, quando um enorme estampido reverbera. Ela estende a ponta da *katana* na direção da virilha dele.

A voz de Gabe — inconfundível com seu rugido grave e de sotaque pesado — se ergue uma oitava do lado de fora da porta:

— QUE MERDA ACONTECEU COM SUA PORTA, CARA?! O QUE ESTÁ ACONTECENDO?! DIGA ALGUMA COISA, SENHOR! VAMOS ENTRAR!

Mais um estampido descomunal — talvez tanto Gabe quanto Bruce usando os ombros ou talvez um aríete improvisado lá fora —, as treliças já estão se partindo, chove poeira, e elas ameaçam estourar no local em que Michonne as pregou apressadamente.

Michonne segura a espada a centímetros do pênis flácido do Governador.

— Parece que o que sobrou dessa coisa pode se curar caso você sobreviva a isso — diz ela, baixinho, para ele, a voz tão suave que poderia estar falando com um amante. Michonne não tem ideia se o Governador sequer consegue ouvi-la ou compreendê-la. — E não queremos isso.

Com um único movimento do punho, ela arranca com precisão o pênis do homem na base, o sangue borbulha e escorre quando o órgão desaba inerte na tábua de madeira ao lado do homem.

Michonne se vira e dispara para fora do cômodo e já cruzou a extensão do apartamento, abriu uma janela, desceu e está na metade da escada de incêndio quando a porta finalmente cede.

Bruce entra cambaleando no apartamento primeiro. A cabeça careca reluzente, os olhos arregalados e incandescentes, ele quase cai no chão. Gabe irrompe atrás dele, os punhos fechados, os olhos verificando rapidamente.

— PORRA! — Bruce vira quando ouve o minúsculo grunhido da criança morta. — PORRA! — Ele vê Penny acorrentada por segurança do outro lado do corredor. — PORRA! PORRA! PORRA! — Bruce sente no ar o fedor pesado de fluidos corporais e do sangue de um abatedouro. Ele olha ao redor. — PORRA! PORRA! PORRA! PORRA! PORRA! *PORRA!*

— Cuidado! — Gabe empurra Bruce para o lado quando a garotinha morta avança neles, esticando as correntes, estalando os minúsculos dentes pretos no ar perto do tronco de Bruce. Gabe grita: — Saia de perto dela!

— Ah, porra... porra — profere Bruce subitamente, quando se vira na direção da passagem arqueada para a sala de estar. Ele vê os restos repulsivos da refeição de Penny. — Governador! Ah, porra!

Na escuridão calma e primitiva da clareira, sob o enorme céu rural, Austin Ballard finalmente interrompe o silêncio.

— Quer saber? Acabo de perceber... Posso montar um pequeno quarto de bebê naquele jardim de inverno nos fundos do meu apartamento.

Lilly assente.

— Isso seria legal. — Ela pensa a respeito. — Vi um berço no armazém que ninguém está usando. — Então pensa mais um pouco. — Pode me chamar de louca, mas acho que isso vai funcionar.

Austin estende a mão para ela, puxa Lilly em um abraço carinhoso. Os dois estão sentados no mesmo tronco agora, abraçados. Lilly beija o cabelo de Austin. Ele sorri e a puxa mais para perto.

— Woodbury é o lugar mais seguro em que poderíamos estar agora — diz o rapaz, baixinho.

Lilly assente.

— Eu sei... tenho a sensação de que o Governador está com as coisas sob controle.

Austin aperta Lilly com delicadeza.

— E Stevens e Alice podem fazer o parto do bebê.

— Bem lembrado. — Lilly sorri consigo mesma. — Acho que estamos em boas mãos.

— É. — Austin olha para a noite. — O Governador vai nos manter em segurança. — Ele sorri. — Esta é a melhor situação no mundo para começar uma nova vida.

Lilly assente mais uma vez para Austin. O sorriso dela poderia iluminar uma cidade inteira.

— Gosto de como isso soa... uma nova vida... tem um tom legal.

Pela primeira vez na vida, Lilly sente, de verdade, que tudo vai ficar bem.

Gabe e Bruce mergulham para a câmara de tortura que é a sala de estar e de uma só vez percebem as evidências do trabalho manual de Michonne — as ferramentas ensanguentadas, a sacola de lona, o braço arrancado, os lenços e as manchas de sangue espalhados pela plataforma de madeira como asas demoníacas infernais brotando do corpo. Eles dão mais alguns passos na direção dos restos mortais.

As mentes dos dois estão imersas em pânico, tentam ficar calmos e conversar um com o outro.

Olhando para o corpo, Gabe fala:

— E quanto à garota negra?

Bruce fica boquiaberto.

— Foda-se ela. Deve estar fora da zona de segurança agora... não tem chance.

— Cruzes — murmura Gabe, olhando para o que restou do chefe, os restos mortais eviscerados, queimados, açoitados e contorcidos, um olho pendurado por fios de tecido na lateral do rosto do homem. O corpo estremece. — Ele... ele está morto?

Bruce inspira rapidamente e se aproxima para se ajoelhar ao lado do Governador.

Um leve ruído cicia das narinas do homem.

Bruce nem mesmo consegue encontrar um lugar para sentir a pulsação, o corpo está tão destruído. Ele cuidadosamente tira a fita adesiva dos lábios do homem.

Então Bruce se inclina para baixo e aproxima a orelha da boca ensanguentada do homem.

Sinais de uma respiração fraca chegam ao ouvido de Bruce, mas ele não sabe dizer se é um suspiro de morte...

... ou se o homem está se agarrando a um mundo crepuscular à beira da morte.

Abaixo de um dossel de estrelas brilhantes, Austin toca o rosto de Lilly como se acariciasse as contas de um rosário.

— Prometo, Lilly, as coisas vão, definitivamente, se encaixar. — Ele a beija. — Tudo vai ficar ótimo. — Ele beija Lilly de novo. — Você vai ver.

Ela sorri. Que Deus a ajude, mas Lilly acredita no rapaz... ela acredita no Governador... acredita em Woodbury. Tudo *vai* ficar bem.

O sorriso de Lilly permanece nos lábios, ela apoia a cabeça no ombro de Austin e ouve a noite eterna, que continua a farfalhar e zunir em seu ciclo remoto de destruição e regeneração.

Obrigada, Deus.

Obrigada.

Este livro foi composto na tipologia Palatino LT Std,
em corpo 10,5/15,5 e impresso em papel off-white,
no Sistema Cameron da Divisão Gráfica
da Distribuidora Record.